故乡在路上

黑 孩 —— 著

时代出版传媒股份有限公司
安徽文艺出版社

图书在版编目（ＣＩＰ）数据

故乡在路上/黑孩著. —合肥：安徽文艺出版社，2020. 1（2022. 7 重印）

ISBN 978-7-5396-6699-0

Ⅰ. ①故… Ⅱ. ①黑… Ⅲ. ①散文集－中国－当代

Ⅳ. ①I267

中国版本图书馆 CIP 数据核字(2019)第 138666 号

出版人：姚　巍　　　　　策　　划：岑　杰
责任编辑：姚爱云　　　　装帧设计：张诚鑫

....

出版发行：安徽文艺出版社　　www.awpub.com
地　　址：合肥市翡翠路 1118 号　　邮政编码：230071
营销部：(0551)63533889
印　　制：山东百润本色印刷有限公司　　(0635)3962683

....

开本：880×1230　1/32　印张：10.25　字数：300 千字
版次：2020 年 1 月第 1 版
印次：2022 年 7 月第 2 次印刷
定价：59.80 元

....

自　序

　　今天把写过的散文整理了一下，吓了自己一跳。我以为自己没怎么写东西，整理出的文字竟有二十万字。时光太短太长，像流逝的河水。我这里扔一篇，那里扔一篇，当我忘记许多人和许多事的时候，这些我曾写过的文字同时也被我记忆的河淹没了。主要的原因当然是我一贯都过于懒散。但是在这里，原因就不必说及了。

　　到过东京涩谷的人，可能都知道车站附近有一个狗的铜像。人们通常把铜像做约会的地点。我也在铜像那里等过几次朋友。我一直认为，就是这个原因，才会令铜像无人不知、无人不晓。但是，后来我看了电影《忠犬八公》，于是知道了狗的名字叫八公，八公真实存在过，还有一个感人至深的故事。之后的某一个周末，我一样去铜像那里等人，当我的眼光抚摸八公的时候，竟觉得八公不是铜像，是一条真的狗。之所以在这里说起八公，是因为今天我重读自己的文字时，不由自主地想起了八公的事。虽然八公也不过就是一条狗，但是，那么多人记住它却是因为它的故事与众不同：尽管它的主人已经去世，它却仍然在车站等待主人的归来，等了十年，等到死。上个星期，我跟朋友去涩谷，看到铜像八公的时候，朋友对我说："《忠犬八公》这个电影，

1

看一次，我就会哭一次。"我想说，我朋友哭的，其实不是狗八公，而是现实生活中我们感受到的生命的无常与无奈，是人类内心缺失的爱与忠诚，是哀伤，也是渴望。

　　不敢说这本书像狗八公似的与众不同，但是，我敢说这本书跟狗八公一样，是独一无二的。为什么我会这么说呢？1980年我离开大连去长春上大学，1984年去北京工作，1992年留学日本，它们是我人生的一次次的上路。每天经历的新的生活，液体般在我的身边涌动。每一个经验都很宝贵，每一样感知都很重要。世界是如此陌生，但是，身体的温度不变，心总是温暖的。狗八公被剥夺了主人而开始的等待行为，人们视之为忠义并被唤起了内心强大的感动，大到感动了整个世界。美国将狗八公的故事改编成电影，美国人也为日本的一条狗流泪了。狗八公是秋田犬，秋田犬因狗八公得到了全世界的喜爱。有秋田犬的家，在世界各国，慢慢多起来。大爱无疆，爱如山如海。爱是悲切的，悲是深沉的，爱与忧伤一样完美，一样可以放之四海。回过头来说我，耗尽所有的情感之后，对生活深思熟虑的把握，好像空气一样把我包围起来。感谢生活，在我这样说的时候，可以用满脑碎银来形容我的脑子里浮现出的童年的居屋、母亲、父亲、姐姐、富士山、温泉、和服、花火、茶道、生鱼片和成群成群的夏的野鸟。这些琐碎片段其实是对过去的生活的一种承继，就是它们包围着我。它们是流星划过我的脑子时留下的一个个闪闪发光的感触。比如母亲，是我埋藏在内心的一平方尺的寂静和温馨。生鱼片，我觉得是一幅美丽的画，而温泉是暖暖的情。

和服像花,花火燃烧出一寸寸风情。一杯绿茶可以喝尽所有的山清水秀。事实上,真实的生活是无法捉摸的,而文字的确是有形有味的。总之,我写一人一物一事一景一情,它们遍及我生活的很多边边角角,是生活的日常,有些甚至就是鸡毛蒜皮,篇篇也不甚有联系。但是它们是我的生命感触。这些感触跟狗八公给人们带来的泪水有相同的意义。

今天虽然是九月里的一天,日本仍然高温。但是,早晨伯劳鸟的清脆的叫声,却令我感到秋的凉意。我察觉到秋已经到了。

自序／1

第一辑　往事随风

西湖里有我年轻时流过的一滴泪／3

闭上眼睛／9

我与永和／17

雨季／21

一路平安／24

红绳腰带／27

好久不见／30

一寸风情／33

狗话／37

续狗话／40

姐姐的醋意／44

初体验／48

圣诞夜／51

温泉情结／55

男友的口头禅 / 59

阳光灿烂的日子 / 62

母亲和我 / 66

恋爱难谈 / 68

不落的太阳 / 70

一线扯到天涯 / 72

故乡在路上 / 74

友情 / 77

浊酒余欢 / 80

一样的心情 / 83

最后的华丽 / 86

缘 / 90

我身上有你的美丽与真诚 / 93

两个人的站台 / 96

第一滴血 / 99

初见冰心 / 103

两个人的岁月 / 108

这样迷上了你 / 110

病 / 112

第二辑　日本日常

寅次郎 / 117

富士山和生鱼片 / 122

日本夏天的风物诗 / 129

浅草的桑巴 / 133

樱花雪 / 138

寂寞是学问 / 142

寂寞始于归意 / 146

水果和垃圾 / 149

老师 / 151

方圆 / 154

琉球舞蹈 / 158

秋刀鱼 / 160

节分 / 162

糯米团和牡丹饼 / 164

绘马匾额 / 166

尺八 / 168

忘情风景 / 172

第三辑　根的记忆

猫话／177

醉寨／182

写作读书是因为伤感／190

居屋／197

过年／202

少年行／209

根的记忆／225

我的三次回家／281

我家乡的秋子／297

阴阳世界／306

第一辑　往事随风

西湖里有我年轻时流过的一滴泪

我只去过一次西湖，还是三十年前。那时我 24 岁，风华正茂，在有名的《青年文学》杂志做文学编辑。

除了看文学稿、编文学稿，平时朋友聚会的时候谈的也都是文学。我那时喜爱日本文学，日本文学里又最喜欢川端康成。和文友谈文学的时候我就引用了川端康成的一段话："听我谈文学，不如到碓冰去观赏月色，无疑那里更富于文学色彩。高原早已是秋花烂漫，比如那些细茎上稀稀落落地绽开了地榆花，像结着小桑子似的。哪怕是三分钟，仔细地观赏那些花也比阅读千百篇无聊的小说更富有文学性。所谓文学，就是这么一种东西。即使在一片叶或一只蝴蝶上面，如果能从中找到自己心灵上的寄托，那就是文学。"

24 岁的我同时还是一个文学青年，出版了《父亲和他的情人》《夕阳又在西逝》等文集，想在不久的将来能够成为川端康成那样的文学大家，想将来自己的后代能够说我是中国文学的巨人。

这种自觉忽然令我感动。

我反反复复想象这样一个能够寄托自己心灵感受的地方。

浙江省有一个杭州市。杭州市的西部有一个湖叫西湖。西湖有十景,分别是苏堤春晓、曲院风荷、平湖秋月、断桥残雪、花港观鱼、南屏晚钟、双峰插云、雷峰夕照、三潭印月、柳浪闻莺。

苏堤春晓、平湖秋月、曲院风荷、断桥残雪不用说就知道与季节有关,雷峰夕照则与时间有关,而双峰插云、柳浪闻莺昭示的是人的视觉和听觉。

一个西湖好像一个装满了天地人时的罐子,一个西湖被无法穷尽的词语概括。

《湖心亭看雪》中,张岱笔下西湖的冬的景色是这样的:大雪三日,湖中人鸟声俱绝。是日更定矣,余拏一小舟,拥毳衣炉火,独往湖心亭看雪。雾凇沆砀,天与云与山与水,上下一白。湖上影子,唯长堤一痕,湖心亭一点,与余舟一芥,舟中人两三粒而已。

粉妆玉砌一目了然。

袁宏道喜欢游山玩水,他在文章中说杭州本地人通常在上午11点到下午5点之间游览西湖,但是实际上日升日落的时候西湖的山的姿态、花的柔情、水的情意才会另有一番风味。

"毕竟西湖六月中,风光不与四时同。接天莲叶无穷碧,映日荷花别样红。"杨万里的诗将西湖的夏景精妙地概括出来。

太多对西湖的美的描述几乎令我觉得西湖的美已经接近于一种迷信,如果去观赏一下,一定会有属于自己的新的感触。这感触是什么,也许就是川端康成所说的文学。

年轻时的我喜欢他人的颓废,好像日本的画家、诗人竹久梦二,他活得好是因为他对死的理解远远超过对生的理解。他企图通过女性与人性的和解来造就男女的恋爱悲剧。

最优秀的艺术家，其实就是实验家。实地实物可以直接活跃人的感官，而如果我可以像张岱、袁宏道、杨万里那样给西湖的山、西湖的水、西湖的花赋予更多生命力的话，西湖就一定会赋予艺术家更大的写作能力和价值。我或许就可以成为想象中的文学大家。

去西湖时我的心情好像跑步时脚不着地那样轻快。杭州的一位青年作家小周到车站接我并陪我同游杭州。小周是典型的江南美男，一米八的个子，眼睛、鼻子、嘴，都好像是精制出来的。他安分守己，所以喜欢穿西装，我 24 岁的时候国内没有几个人穿西装的。小周比我大两岁，所以我们在一起就是年轻男女。我和小周是在一次文学笔会上认识的。笔会在定海召开，我记得《北京日报》一位姓刘的记者从朋友那里得到绍兴酒和臭豆腐，晚上他叫上我和另外几个人去他的房间喝绍兴酒。也许是臭豆腐不对劲儿，喝完酒回我自己的房间不久我就又呕又吐。

三天后我在医院的病床上醒来，睁开眼睛第一个看到的就是小周。他说我睡了三天，他还说医生告诉他所有的检查都做了，但是找不到原因。葡萄糖点滴吊了三天我精神无比，原因用不着查了，倒是小周在病床边陪了我三天这个事实令我感动。有一种特殊的感情在我心底萌生，但是我那时正在和其他的男孩谈恋爱，并且是以结婚为前提。随波逐流，随风来随水去，年轻的我也许会成为风成为水而将自我失去。我不知道。以后的事有谁会知道呢？

出院后我回到笔会安排的旅馆,回旅馆后才知道小周去医院陪伴我的事是避着大家的。我也不提这事,只是心中更加多了一份思绪缠绵的梦。

巧合的是,当时八一电影制片厂的包梦梅导演也住在小周为我安排的同一家旅馆里。包导演当时正在着手制作《大学生与放牛娃》一片。我和小周去旅馆的饭店吃饭,打算吃完饭去西湖慢慢地赏夜景。

饭店不大,我和小周的座位的旁边就坐着包导演。

"你们是恋人吗?"

包导演的突然提问令我和小周相视而笑。我和小周在一起,已经不止一次被问到这个问题。也许我们两个人真的很般配,我们是一对正处在黄金年龄的青年男女。我们年轻,我们漂亮,我们心心相印。

包导演说她正在找演员:"你们两个人正好可以演主角。女的是大学生,男的是放牛娃。你们两个人就留在杭州拍完我制作的这个片子。我也不必再找演员了。"

小周看着我并对我说:"你决定吧,你想当演员,我就配合;你不想演我也不参加。"

我要包导演容我想一想。想一想其实就是我打电话征求一下正恋爱着的男朋友的意见。男朋友对我说:"如果你当演员,我们之间就算吹了。"

我对小周说:"我们还是回绝包导演的好意吧。"

和小周在西湖漫步的时候,我们早已经将大学生和放牛娃抛到脑后。因为伴着月色，我就找寻来西湖前读过的诗句。"月明白鹭飞""明月出天山""花坞苹汀""西南月上浮云散"，等等。

"太多了，多得对不上号了。"小周在一旁说。我本来想找出什么生动的语言来表达我眼里的西湖的美，除了山也好看、花也好看、水也好看之外，我感到的就是心情很好。心情好极了。我的心情是一座花园。

我用不是自己的语言回答小周，我说："所看到的一切都是美的，美不胜收。"

年轻的我找不到美丽的诗句来描述西湖的魅力，但是我想问问川端康成，年轻的我的内心被西湖所唤起的快活的情感，还有我和小周，我们两个人，为了一片荷叶的形状似椭圆形的鸡蛋就会兴致勃勃地联想半天，这样的心情，这样的情景，是不是也可以叫作文学？自古以来，太多的文人用诗用词用散文写西湖，为西湖所倾倒，西湖也因此留存在很多的文学作品里，可以列举的好比《武林掌故丛编》《西湖梦寻》《西湖集览》《西湖志》《湖山便览》等。说到佳句，则可以列出好多名人来，白居易、苏轼、柳永、徐志摩、胡适等都曾吟咏过此处，而我的感觉则是我想写西湖的时候文学就不知不觉地溜走了。文学不是从西湖出发的，文学是从西湖给人的内心所唤起的某一种心情出发的，好比我的快乐。

年轻的我受川端康成的影响特地跑到西湖寻找文学，西湖虽然没有令我发狂般感到喜爱，但是西湖给了我一种特殊的快乐。西湖不仅是一个地名，不仅是一个文人墨客所倾倒的地名，西湖连一片荷叶都会给不同的人不同的感受。我记住了西湖是一个令人心情好极了的湖。为了这份心情我还会再来西湖。人是为了追求快乐而生存的。

在苏堤的映波桥我和小周分手。时光突然像桥下的水踉踉跄跄。月亮膨胀起来,月光下我和小周的影子也变成椭圆形。杨柳夹岸,柳丝于清风中飘忽舒卷。

"如果你希望的话,我可以离开西湖到北京。"小周对我说。

小周知道我在恋爱。

桥下的荷叶正是最好看的时候,如四季的长廊。

轻轻地西湖水在流。

桥两岸的所有鲜花是小周送给我的花束。

小周陪我游西湖也还是穿着西装。小周穿西装的样子常令我有点儿依恋。我扯扯小周的衣袖,对小周说:"西装真的很适合你。"

我知道有一滴泪水无奈地落在西湖里。

三十年过去了,我除了没有忘记那一种快乐的心情,还记得西湖里有我的一滴年轻时流过的泪水。

闭 上 眼 睛

2017 年 10 月 22 日凌晨,三姐死在大连市的一家医院里。三姐躺在病床上,瘦得皮包骨,竭尽全力,对握着她的手的丈夫说了声谢谢就走了。最后的一口气似天使的一声叹息。

死亡证明书上写的死亡原因是末期癌。我,还有哥,比任何外人都知道三姐并非死于癌,而是死于一种自杀行为。

法国作家加缪说,真正严肃的哲学问题只有一个,那便是自杀。判断人生值不值得活,等于回答哲学的根本问题。至于是否有三维,精神是否分三六九等,全不在话下,都是些儿戏罢了。

同是一个爸妈生的,六个兄弟姐妹中三姐好像属于额外的那一个,像一粒饱满的种子,随便埋到哪一种土壤里,都会开花,会鲜艳。三姐明快宽容,其他的兄弟姐妹无可比拟。虽然人都免不了一死,但是,看起来最不容易死的人先死了,是死的可怕之处。三姐死时刚 60 岁。

三姐是好姐姐。从小到大,我没有三姐和我以及其他兄弟姐妹吵架的记忆。三姐只大我 6 岁,事事都让着我,也让着其他兄弟姐妹。我能够大学毕业,也是多亏三姐。我 21 岁的那年冬天,爸突然死了,哥发电报到大学叫我速归。回大连的第二天爸就火化了。火化的当天晚上,妈召集全家人开家庭会。大姐和大姐夫、二姐和二姐夫、三姐和三姐夫、四姐和四姐夫、哥和嫂子,还有妈和我,围坐在饭桌前,妈说开家庭会是为了我读大学的学费,妈说我还有一年就大学毕业,希望每个家庭可以每月摊点儿钱出来。

爸刚死,家里气氛比较沉重,妈提到钱,气氛压抑。没有人接妈的话,沉默中我觉得应该表个态,深吸一口气,我看着每个人的脸说:"爸死了,没人供我学费了,我是你们的小妹,你们供我是应该的,但是我毕业后会回报你们。"

大姐夫接过我的话,说我一个大学生实在是太不懂事。大姐夫说:"即便是小妹,并不能因此说我们供你读书是天经地义的。"

我觉得理亏,想找适当的话解释的时候,三姐抢着说:"多有多帮,少有少帮,五个人帮一个人,不是天大的事。"三姐从小学到中学,一直当班长,会领导人。

每次从大连返校的时候都是三姐和三姐夫去火车站送我。每次都买一袋苹果。三姐夫和我一起上车,找到我的位置,三姐夫将苹果放到我的座位下再下车。隔着窗玻璃,我与三姐和三姐夫互相看着对方笑,笑到火车开起来,于是三姐和三姐夫跟着火车跑,一边摆手一边大声喊:"要好好学习啊!"爸去世的那一次,三姐和三姐夫一边摆手一边喊:"要保重啊!"

大姐夫说得对,没有什么人供我读书是应当应分的,所以三姐所说的话,绝对不是容易的事。我第一次尝到被人从水里捞上来的滋味。以后我常常帮助一些"落水"的人,有人说我的心太软。

1992年,我到日本留学,此后的数年里,我找工资比较高的大学教授做担保人,将哥、大姐还有三姐,一个个办理来日本探亲。

那时出国不像现在这么简单,而是好像伸手摘天上的一颗星,是一件令人羡慕的事。那时流行一句话,能出国的人,不是有钱的就是有名的。这话不对,好比我,既没有钱,也没有名,有的是运气。我所翻译的书,作者是一位教授,邀请我到他所在的大学读研究生,学费相当便宜。大姐、哥和三姐能来日本,也是运气,缘于我想报他们当年供我读书的恩情。

但是,即便是这点儿报恩之情,也如泡沫般很快消逝。不说大姐,也不说哥,只说三姐,白天我外出的时候她去车站散步,自己在车站边的饭店里找到一份洗碗的工作。饭店老板是大连郊区的庄河人,三姐在厨房里不叫他老板叫哥,我去表示谢意的时候老板随着三姐叫我妹。三姐发工资的日子,将一个信封递给我,里面有三万日元。三姐说三万太少,但是一点儿心意。我不肯收,三姐认真地对我说:"这钱你一定得收,不然我住在这里会觉得不踏实。"我第一次感到不知如何是好,以后再没有过这种感觉,恐怕一生都不会有。

妈去世后,我几乎将三姐当妈。三姐从日本回国后,我几乎天天给三姐打电话。一只麻雀不小心撞到我家的透明窗玻璃,我照顾受了伤的麻雀,麻雀伤好后,我从同一扇窗放它飞到天空。为了不再发生类似的事,我在窗玻璃上贴了好看的纸花样。哪怕是这样的小事,我都跟三姐说。太多鸡毛蒜皮的事,如今几乎忘得一干二净,儿子的事却令我终生难忘。那时儿子只有六岁,一感冒就出荨麻疹,跑了无数家医院,一直查不出原因。一天,儿子坐在我的膝盖上问:"妈妈,为什么偏偏是我呢?"我抱着儿子,虚伪地说:"因为你勇敢,上帝知道你会承受,还知道你会击败这个病。"

我哭着将与儿子的对话告诉三姐,三姐对我说:"西医治不了,也许中医可以治。"三姐去中医院,将我在电话里说的话重复说给医生听,医生给三姐配了个药方,三姐拜托中药房按配方将药分成小袋,一天一袋,一下子买了九十袋。国际快递一个星期就把药送到我家。好多成分我不认识,但是我认识蛇和毒蝎子。中医不得了,以毒攻毒。怕儿子看见蛇不肯喝药,等儿子睡着后我在夜里将药煎成汁。汁很苦,儿子不肯喝,我就大声吼儿子:"就是捏鼻子灌也得灌下去,你不是很勇敢吗?"

发现儿子不再出荨麻疹时,我才意识到儿子不知道是什么时候治好了病的。不知不觉中,总是三姐在帮助我,这样的事,是经常发生的。

日本作家芥川龙之介在《给一个旧友的手记》里写道:"我说不定会自杀,就像病死那样。"我喜欢这句话,我将这句话理解为:芥川龙之介认为病死般的自杀是死的最好的形式。三姐没有读过芥川龙之介的书,当然不是受芥川龙之介的影响。三姐不是作家,但与芥川龙之介有相同的思维。三姐得知自己的病是癌症后,自始至终拒绝吃药。癌症到了末期,身体开始剧痛,三姐夫忍不住,偷偷地通过各种渠道搞来大麻,偷偷地将大麻煮成水给三姐止痛。三姐知道癌已经到了晚期,开始拒绝吃饭。三姐一天天瘦下去,瘦到令人不忍目睹。三姐夫看不下去,求三姐吃饭,哥也求,我也求,我说:"就当是为了我,求你吃一点儿东西吧。"我这样说,三姐会喝一小碗豆浆或者小米粥。三姐能说话的时候对我说："医院那种地方身不由己，想好好死都不行，会被活活折腾死。"

慢慢地，三姐不肯说话了，也许根本就没有说话的力气。三姐每天看左边墙壁的那一扇窗。不知道三姐为什么看窗，看窗时在想什么。我试过以各种方式看天空，唯有躺着看天的时候，才可以感受到属于自己的那份深邃。我从日本打电话，劝三姐去医院，三姐说不去。我又劝三姐吃饭，三姐就说："你不懂，我已经看见了。"我执意劝下去，三姐就将电话转给哥。

不治之症最终导致死亡，死亡后什么都没有。癌症末期的三姐未来也只剩下死亡。在我看来，三姐不吃药，不吃饭，不住院，是一种反抗，用反抗等待她唯一能自己争取的"好好地死"。事实上也许并非如此，三姐每天躺在床上看窗外的天空，看到什么只有三姐自己知道。好多人只有在临死前才有时间看东方的日出和西方的日落。我问三姐究竟看到了什么，三姐说："说了你也不会懂。"三姐的心好像只属于她自己。三姐越来越衰弱了，脸发青，眼圈发黑，阴气逼人，似鬼魂附体。哥怕我不相信，特地拍了一张三姐的照片发到我的手机上。我看了三姐的照片，泪水止不住地流。只有妈去世的时候我才流过同样多的泪水。但是我很快平静下来，反复凝视中，我发现三姐的眼神里有一种风情，似海水，水顺风来而随波去。

日本的哲学家梅原猛在评论《源氏物语》中的人物浮舟时，做过这样的解释：浮舟确是鬼魂附体……除死于非命之外，别无其他活路。只有这样的人才获得佛祖的拯救，这就是大乘佛教的核心。

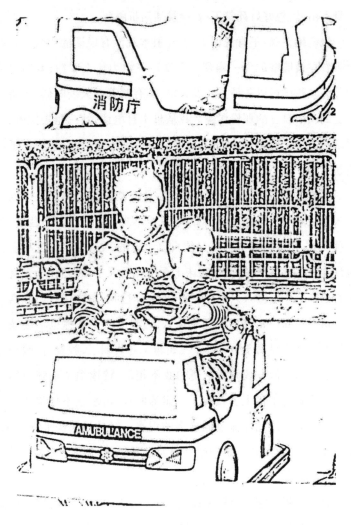

三姐与我的儿子

三姐是被佛祖拯救的人吗？但愿是。

死亡仿佛是距离我非常遥远的一扇门，我知道三姐已经走到门前，正竭尽全力推那扇门。分别的时刻快到了，也许就是今天。我知道，我没有办法再一次劝三姐吃药吃饭了。哥也对我说："没办法。"三姐夫说："只有等她不省人事的时候叫120。"但是三姐预感到了自己的死，那天夜里三姐突然对三姐夫说："你送我去医院吧。"三姐连死都不给家人添麻烦。

在痛苦中挣扎着活下去是坚强，判断不值得活下去是勇敢。三姐用她自己的生命去体验并面对死亡。三姐有权利反抗她自己的生命，她通过选择死掌握她自己的人生。也许荒诞，也许自相矛盾，但是我没有选择死的勇气，所以我不会懂得死，也不会懂得三姐。心甘情愿长眠的三姐，内心一定是平和的。

三姐推开临终的门，跨过门槛，临终的门重新关上。三姐在门的另一边。三姐和我们，虽然只隔着一扇门，却世各一方，生的世和死的世。

我手机里哥拍的三姐那一张照片是凄凉的、阴冷的、病态的一张女人的脸。三姐已经死了，这张脸不再是三姐的。女人的脸从但丁的肖像画中跳出来：这张脸摆脱了世俗的污浊。作为姐妹，我活着，三姐就不会消失，好比现在我写这篇文章来怀念三姐，三姐的"生命"就持续活在我的心里。死了的三姐依旧给我更加深刻的爱的力量。

三姐夫对哥说三姐留给他的几乎都是想头。虽然不是全部，三姐的某些部分却活在三姐夫的脑海里。只要想起三姐，三姐夫就能看见三姐。孤独不是一个人，孤独是心中没有可以爱恋的人。三姐家的鞋柜里，那双三姐穿过的鞋，有一刻也许会活起来，两只脚穿着它，从鞋柜里走出来，去遥远的一片田地，那里是三姐和三姐夫恋爱的地方。

哥不相信命运，自信到可怕，但是六个兄弟姐妹中哥的命最好：家里除哥一个男孩之外，其他的都是**女孩**，独生子用不着去农村接受贫下中农的再教育；哥生于 1953 年，赶上"文革"后的第一次大学考试，成为六个兄弟姐妹中的第一个大学生……所有属于时代的好机会，哥一个也没有错过。哥现在拥有的一切，没有一样是因着欲望而得到的。有一次哥学开车，花了好多钱却没有拿到驾照，哥说腰酸背痛实在忍不到最后，**这件事**也许是哥一生中唯一遭受的挫折。三姐去世后，哥连着几天**说："吃药的话就不会走得这么快。"**有好长一段时间，三姐没有**吃药**这件事，成了哥无法快乐的原因。"我心情不好"成了哥的**口头禅**。我对哥说："你也说过没有办法，除了尊重本人的意思，**还能怎样**？"我接着说，"你说再劝她吃药的话，担心她甚至会咬自己**的舌头**，你忘了你说过的话吗？"哥以他自己的方式爱着三姐。

不能抚摸三姐的肉体，但是哀切的**悲痛和深沉**的爱，让我从记忆的温田里拾起一片片属于三姐的、**属于我**的过去。爱变得亲切，死亡令我感到对肌肤的眷恋。最珍贵**的人**或者东西，只有闭上眼睛的时候才能看见。我闭上眼睛，窗外正下着大雨，雨像大滴的泪珠。

我 与 永 和

给一个朋友打电话聊天，她问我是否知道微信，我说不知道。朋友说我一定活得十分孤独，微信早已经是无人不知无人不晓，连小学同学都能帮你串起来。我问微信是什么，朋友说是一个软件，下载后就可以使用。说起来或许没有人相信，这是去年的事。

加了微信后，电话号码将一大群人串起，于是我知道在日本有一个用中文写小说的圈子，还有一个用中文写小说的笔会。圈子里浩浩荡荡几十个人，消息也多得不得了，如此我得知有二十年未见的陈永和也在写小说和散文，并且写得不错。

约好了在我家见面，我去车站接她，她笑着向我摆手，看上去无忧无虑，二十年的光阴好像被她一摆手就摆掉了。

之后又见了三次面，我们谈到好多事。与陈永和聊天，我发现她对自己对他人似乎不添加她自己的眼光，但是谈到我好多年不写作的情况时，陈永和却让我感到隐藏在她内心的热烈。她这样对我说："黑孩，你要相信自己，走出自己，你可以重新写的，你不该放弃。"她的这些话清晰地印在我的脑子里。本来我以为写作是过去了的事情，过去了的事情就让它过去好了，陈永和对我的鼓励像远方的闪电，一瞬让我看见远方的一条小路。

与陈永和见面后，我还真写了几篇散文。《寅次郎的故事》在

《北京文学》杂志上发表后，陈永和说："黑孩，你迈出了第一步，接着走。"《话说西湖》《富士山和生鱼片》在《中国文化报》发表，《闭上眼睛》在《上海文学》杂志上发表，陈永和比我还高兴。她对我说："黑孩，你走得挺好，坚持下去。"显而易见，我应该感谢陈永和，昨天写出长篇的第一行，我发微信给她，说无法接受这个开头，还说早年一天写一万字，现在一千字都难。陈永和回话说："堵塞了那么多年，哪能一下子就哗哗地流啊？写作是生命，要慢慢来，将生命写到最好。"原来她憧憬文学至此。我感动到无语，觉得一生一世都可以跟陈永和用一个鼻孔出气。我本来在日本的区政府工作，很稳定，重新写作后我开始犹豫要不要辞去这份工作。看到我犹豫，陈永和就说："你有这么多东西可以写，你辞职写啊，再不写就没有体力写了。"我怕写不好，即使写出来也未必有人要读，陈永和就说："一天二十四小时，总得用什么方式打发时间啊，不要考虑正在写的东西有没有人读，你就写好了。"我二话不说，立即把区政府的工作辞掉了。

　　我读了她的长篇《一九七九年纪事》，小说里写了好多种人，好多种爱情。所谓下笔如有神，小说的神在细节。陈永和笔下的细节看起来非常真实，她的长篇应该都是经过长期准备的。福建是她的故乡，福建也是她心中的故乡。在一篇创作谈里，陈永和这样说："小时候，妈妈常常牵着我的手到城里三坊七巷走亲戚……那时候，坊巷间铺的全是石板路，走了几百年，也就走出凹凸不平来，下雨天会积点水，平日脚踩在上面会发出好听的响声。后来，到了'文革'，没有时间走亲戚了。忘了是哪一年，又开始走时，才发现坊巷间的石板路已经没了,全变成了水泥路。于是很感叹。没想到过了几十年后又变回来了。现在的坊巷间,又全铺上了石板路。石板路很新,走上去不响,也不积水。于是就想,还要再走上几百年,才会变成我小时候走过的,会响、会积水的石板路吧……小时候的走,常常会走到心底,像白布被染上色,一辈子再也无法褪掉。于是,不知不觉,就被这种褪不掉的色彩控制了。年纪越大,就越发觉自己被它控制。"

文字静寂而清新,似音乐淌过心间。《一九七九年纪事》的读者也许会将她笔下的人分成好人坏人,将她笔下的爱情分成幸福的、贫穷的、高尚的、庸俗的、粗暴的、柏拉图式的、放荡的,甚至是盲目与极端的。虽然小说充满鬼气,文字背后的她却像跟我谈话一样,对任何人和任何事都不持有主观评判,该发生的自然地发生了,唯有一股绵绵不断的力量是属于她自己的。陈永和的故事肯定万物,视无常为命运,有对一个时代的一切的尊重和理解。陈永和的随和是谦逊的、诚实的,达到一种境界。陈永和非常善良。我时常情绪低落,跟她聊天后觉得大彻大悟,所以总是打电话给她,好像她是我的汉方药,可以为我解毒。陈永和会说:"人都有这样的时候,很正常。"我几乎得了陈永和依赖症。优秀的作家看人、写作的时候,会去掉私心,陈永和做到了,所以我想说她是优秀的,她的优秀与她本人有关。

关于陈永和的另一部长篇《光禄坊三号》,她说她的《光禄坊三号》可以称为 IDEA 小说。与其他小说最大的不同就在于 IDEA 小说一定都有一个眼,或者说一个想法。这个想法不那么普通,甚至相当奇特,但都具有很强的生命力,有深度与厚度。整部小说就建构在这个眼、这个想法之上,包括人物设计、情节走向、结构规划,都服从这个眼、这个想法,顺着这个眼、这个想法走。总之,想法贯穿整部小说,离开了这个想法小说就不成其为小说了。陈永和说在《光禄坊三号》中,这个眼就是三份遗嘱。不仅如此,小说的背景是她的老家福州,作家陈希我和陈永和有过一次交谈,陈希我说:"在陈永和这里,本土题材不再是被廉价提取的资源,她提供了故土叙事的新的可能。"陈永和本人也说:"我之所以总喜欢把自己小说的背景放在福州,或许就因为现在年纪已经足够大,大到能让褪不掉的色彩在心里充分发酵,使它足够成熟,使它溢出心灵到身体,再从身体溢出到文字吧。"陈永和说这一类小说的代表作,她看过的有日本作家三岛由纪夫的《金阁寺》、德国作家帕特里克的《香水》和英国作家雪佛兰的《戴珍珠耳环的少女》。我告诉陈永和,除了《金阁寺》,其他的两本我还没有看过。于是她再来我家的时候就带了几本书来,里面就有《香水》和《戴珍珠耳环的少女》。陈永和希望我继续写小说,就这两本书,比什么都能证明她的一番心意。

话说回来,我每每提起陈永和小说的好处,她都说她没有感觉。她说她的小说自有它自己的命运。为此陈永和不太在乎对她的小说的评价。陈永和的淡泊,是一个作家的个性。心情不好的时候,跟她聊几句就会病愈。这样的人并不多见。

雨　季

日本的雨滴流下来的时候滑过肌肤,肌肤上会有一种白白凉凉的感觉,因而我常觉日本的夏天像夜的月光,使人产生一种秋的寂寞。

附近的公寓又新添出许多招揽住客的广告牌子,一张张地排下去,很像我房间里墙壁上挂着的日历簿。日历簿的页码再翻过去几页,该是雨季过去的时候了。就是在这个时候,你对我说你将远行几日,你要去的地方远至一片海洋的彼岸。

你说这话的时候,是日本雨季里雨最大的一天,还清楚地记着你是踩着阳光走进我的房门,只是在你说过你要远行以后,一场骤雨就降临了。我所居的小木屋,还有小木屋中的我和你,那时就沐浴在一种灰色里。尤其是穿着灰色西装的你,简直就是灰色的一部分。我觉着日本的雨季是从灰色中渗出来的,也是从你的西装上溢出来的。脑袋枕在你灰色的西装上,我将心里灰色的风景告知你。

或许是雨的寂寥,我的弥漫的灰色感染了你,你说,今年日本的雨季好似格外得长,以往这个时候,日本已经很热了。

你说的恐怕是真的。只是我再一次惊愕于你的沉静。于客观存在中触及一种感觉,并不是每一个人都具有命中的因缘。我短短的一生中,感觉常似梦幻般地泛滥。就因为是感觉,因而并不真实。很久以前,我就发现自己有一种失落的阴暗心理。除却人生无常、虚幻的老生常谈,更是因为我不具有明了自然和人生的超然素质。许多时候,我以自己对自然和人生的感悟中所得到的境界而一味地回归到古已有之的悲哀里,就因为如此,我的病与多数人不同,我的病是一种郁悒,或者是一种无限的缠绵。我总是长时间地处在一种源源不断的灰色的梦的感觉里。

沉静的你与我完全不同。你总是这样沉静。在我这里觉得不得了的事在你那里都是自然存在的样子。与你认识这样久,从未见过你大喜大悲,更多的却是常听到你说这样的几句话:是这个样子啊,没有关系啊。你这种十分现实的沉静总是使我一边做着梦一边就清醒过来。我常思忖,你待人接物时自然表露和运用的沉静,你优雅而澄明的心境,该不是那种超自然的经过内心和精神上的苦恼后才可以达到的境界吧。

我不知道你的沉静是否真的是这样一种宗教意味的境界,就好像我不知道对于人生来说,处于不甚明了的徘徊中是否幸福一样。但无疑的是,与你亲近,你的沉静慢慢使我亲近了一种超自然的安谧,使我颓丧的心绪得以治愈。因为,你总是将一种感受的实体昭示于我,自然和人生的存在,是人类的幸福和愉快。肯定万物,视轮转无常为人的命运。倘若你的沉静当真是一种宗教意味的境界,那么,你或许无意昭示于我的便是你沉静情感的内涵。

就是这样,我有幸亲近了你的沉静并得以平复心绪,就好似我本来正徘徊在忧郁中却突然被你吸引,顿觉心情沉静并安静下来一样。如今，你远行已有多日，倘若在过去，我会为此而寂寞并忧郁。但这一次不同，这一次我觉着你仍在这个城市里，就在我身边，只要我抓起电话，或者伸手触摸，就可听到你的声音，抚到你的身体。寂寞不再是四顾无人，而是心中无一个人可以思念。天地万物与生命同在、永存。人，活着，就是在活着，并非在意志的驱使下活着。无常是生命的闪光。

可不可以说，最不安宁的是人的魂。倘若可以这样说，那么，最不安宁的魂的另外一种极致便是最彻底的安宁，我现在已经拥有了这样一种极致。这极致就是你。你走后，世界之于我，凝聚为你一个人。

仍然是雨，黑暗中大片的灰暗已悄然隐去。我如此发现了我自己的心情，想到这心情的发现与你的沉静有关，我从中获得了一种舒畅的慰藉，感受到一种爱的温暖。

在雨季，你的沉静，静静地陪伴着我。

一 路 平 安

这一天,是我从大连返回日本的日子。清晨,灯光射到我的脸上时,我从辗转的夜梦中醒来。

母亲正坐在我的身边,蜷缩的身子拥着棉被。母亲低声对我说:"早点起来吧,吃过饭,从从容容地上路。"

说完这话,母亲就穿衣去厨房了。

小屋里剩下我一个人,沉寂似夜幕般阴冷。我听见耳畔手表走动的声音,极威严、极冷涩。

前天自日本回到家乡,为的是念着母亲的孤单,想不到离开母亲时,会是这般疲倦,这般害怕。

这种相聚的机会极不易得,无论哪个时候,找个探望母亲的借口,又是十分难了。我跳跃的心,紧紧地打着死结束缚起来。不敢漂泊,怕的是似乎每一块地方都有母亲期盼的目光注视着我。多少次了,我早想将这一种心境写出来,因为母亲,每每只蕴积在心底,愈积愈厚。

数不清母亲的银丝又添了几许。母亲一天一天地老起来,看上去已是相当地老了。在这样一个温馨的黎明,在这样一种纯洁的灯光下,我多想在母亲柔软的怀里多待一会儿,让母亲得到那又懒又醉的快慰。我惭愧终免不了这远离母亲的分离，让短暂相聚的欢乐平添上分别的惆怅。

吃罢饭，我希望我能一个人悄悄地走，希望母亲任我去，甚至想母亲忘掉我该有多好，孰料母亲硬是不许。母亲从未去车站送过我，但母亲这一次执意要送我。母亲是担心我一个女孩，独自走那样长那样黑那样孤寂的夜路呢。真不知母亲知道不知道，她自己已是走路都颤巍巍的老人了。可怜母亲期冀于我的，竟是这般小。虽然我能将全部的灵魂和情感供母亲驱使，独独无力免除母亲这般小的忧虑。在母亲的心上，我该是弱的。

我和母亲走在清晨寒冷凄迷而又寂寞的道途中，母亲的脚步摸摸索索。我挽着母亲的胳臂，挽得很紧。淡淡的光下，能看见移动的双影。我一路无语，母亲也一路无语。几次想开口又不知说什么好，母亲不说话，怕也是这样的原因。然而，我哪能安宁？我哪能安宁？我想到我上了车后，母亲要独自返回这一段孤寂而漫长的路。母亲老了，记忆力不好，该不会走失了方向回不到家吧？

我将我的担心说于母亲，母亲笑了，说我十分痴呆。母亲的笑声碎片般地镶在我的心里。真想问问母亲，世间为什么有这许多绳结死死地牵系着？

我和母亲到车站的大门口时，天色尚黑，时间尚早。夜幕中远远望着母亲要独自返回的路，苍黑中似隐着极深极静的神秘和不安。

"妈，我再送你回去吧，时间还来得及。"

假如母亲理解我的这句话。母亲确是理解这句话的。

"你真的不用担心,我认得回去的路,平日天暖的时候,我常走这条路到那边的花园去散步。"

母亲的声音一下一下地敲击着我的心,有弦声回旋。我的心愈加沉重、愈加庄严凄怆。看着母亲,我再次无语,沉默着不知说什么好。与母亲相比,我所不能比的,是母亲永远平和、神寂以及幽深的心。

听到汽车的鸣笛声,天已微亮,但觉还什么都没有说,时间已流逝得来不及了。我怆然上车,拣邻近母亲站的一边的窗边坐好。母亲站在几个送行的人中间,看上去很有勇气,昂着的头似有对万人演说的气概。我不知说什么好。

车准时启动,向机场方向驰去。母亲的身影渐渐模糊。

我打开车窗,将头探到窗外,看母亲随车走动的姿势。母亲似在追逐捕获什么似的,且突然用力挥了一下手,像要抓住什么。时间的流逝是这样快,母亲的身影已全然不见。

终于避开母亲的目光而暗自流泪,这确是十分悲痛的。但不知过了多久,一种挣扎的音乐声触着我的心了。是司机放的录音,放的是《魂断蓝桥》电影中的主题曲《一路平安》。真的,听到这音乐,我的心竟觉得有些微醉了。母亲,你知道这个世界怎么会这么伟大吗?你知道这世界窥视着我的隐秘并潜隐着一个爱的深海吗?《一路平安》幽隐的默祷一直融化到我的心里,我的泪水淋漓起来。

母亲,一路平安。一路平安。

红绳腰带

妈拜托姐打电话要我回家过春节。到日本许多年,妈第一次如此刻意,似乎不给我犹豫的余地。我也拜托姐,要姐告知妈我是一个日本公司里的小职员,中国旧历年时正值工作最繁忙的时候,断断请不了假的。妈执意要姐打电话给我,一而再,再而三,我不答应妈就绝不肯罢休似的。妈要我回大连,务必回大连。

我只好将元旦当作春节过。公司有十天的休假,途经北京,不敢久留,只匆匆打扫了一下房子的卫生就急急奔向了故乡大连。

想不到妈的一张脸变化得好似可爱的童颜。近八十岁的人了,本已白尽的头发突然间又黑了一半。我相信妈真的是返老还童,不仅仅因为妈的头发变黑,妈的言谈举止一样令我感到充满稚气。

妈似乎忘掉了她经历过的一切,她只是以健康为乐,以儿女常聚身边为乐,以不愁吃穿为乐。见到妈是如此这般的情景,不禁觉得妈的晚年很是幸福。

家里姊妹兄弟多,每每过节的时候,哥、姐总是有意将日子错开,一家一家地来看妈。今年由于我回去,妈的身边一下子浩浩荡荡地围了几十个人,热闹无比。

晚间的餐桌上,妈说特地为我备了一份礼。自从步入社会,妈

27

送礼物给我,这还是第一次。妈从衣柜里取出一个包裹给我,我以为有奇特的欢喜,看到的竟是一条红绳子。

我逗妈,问妈是否学了杨白劳,不能亲手摘花,只好扯一根红头绳给女儿扎起来。妈极认真地纠正我:"不是红头绳,是红腰带。"

不敢想象我回到东京每天系着妈送给我的这条红腰带的情形,我啼笑皆非。

妈看出我的心思,解释说今年是我的本命年,本命年多灾多难,我一大把年纪了,又是一个独身女人在海外,系上这条红腰带,虽然不敢保证万事皆可逢凶化吉,但总希望我因此可以躲过一些灾难,心中多了许多安慰。

我感动不已,内心已经妥协了不少。感动归感动,我还是不相信自己会系这条红绳子。我对妈说我如今生活在日本,一方水土一方神圣,日本没有本命年多灾的说法。妈却说生活在日本又怎样,还是照常说中国话、看中国文字。我说我已经属于看或者写繁体字的那一类人了,这类人不太会八卦自己的未来或人生,只相信奋斗或者成就,相信自己是那一个端坐在内心的"神"。

妈的回答有很强烈的情绪,使我联想到燃烧着的线香,妈说她比我更早见识过繁体字,并且是从繁体字中走过来的。繁体字并不能代表什么真实的东西。

妈的话并非令我十分服气,尤其我远远比妈年轻得多,根本不认为明天突如其来的某一些事情一定就是什么人生的遭遇,但我不再与妈争执。妈所做的一切都包含着一份深深的爱意和祈福,妈通过一条红绳腰带,幻想未来现实生活中将会发生的事情,都如她内心所希望的一样,妈是将一种美好的期待持续吸收到她的情感世界里。红绳腰带是妈模拟出来的吉祥物,妈以为红绳腰带有令我幸福、幸运的能力。

本以为我永远不会系的红绳腰带,被我带回日本后,将妈的心意一笔一画地深刻到我的心里,孤独时系到腰间,一丝明快的安慰便悠悠地从遥远的空间逼来。真是不可思议,原来人世间有许多事情真的不可以用常识来衡量,整整一个正月,夜里我系了妈送的红绳腰带睡觉,心特别踏实,睡得特别熟,第二天去公司的路上,心情也特别地快乐。

好 久 不 见

有电话找我,虽然熟悉却想不起是什么人的声音。对方报了姓名以后我惊讶得不得了,竟然是郎。我读大学本科的时候,郎是同系的研究生。我大学毕业后去了北京,一年后郎去了深圳,去后音信渺无。十三年后的今天,郎却打了这个漂洋过海的电话。

郎告诉我他两周以后会来日本,连住宿都预订了,是位于池袋太阳城的王子饭店。听到这个消息,我来不及细细体会那一刻的心情如何,只觉得有色彩闪烁的记忆,片断般在眼前飘浮,无细节也不连贯的过程。

显然郎因为有充足的心理准备才打的电话,郎在回忆的时候十分平静。郎不像在对我说话,郎似乎在描述。

郎说十三年前的我像一个刚刚出壳的小鸭子,纯稚得对世界无一丝戒备。郎还说十三年前的我,一张脸就好像大理石,白白的、冷冷的。

郎的描述使我原本有些兴奋和恍惚的心境增添了些许的迷离,放下电话后,自觉着面颊有点儿热,忍不住取出随身携带的小镜子照了一下。我看到了一张神情叵测的女人的脸,眼角的细纹使人联想起粗糙的纤维。

物换星移,时间早已将一切背景改变,皱纹如细细的流水,流溢着深深的寂寞和失落。

两星期后郎如期而至,我如约赴王子饭店,一切的一切,果然未出所料。

郎的房门敞开着,明亮的霓虹灯光投射到楼道里。我一边敲门一边就看见郎在房间的中央站立着,郎几乎没有什么变化。我对郎说了句"你好"就不请自来地走到沙发处坐下。然后我从皮包里取出烟,抽出一支叼在嘴上,一边就用饭店的火柴将烟点燃了。郎就站在原地,看着我走进来,看着我抽烟,一句话也没说。

烟雾缭绕中我开口对郎说话。我说,郎,你一点儿都没有变,不过健壮了些,看上去更加成熟了。郎这才对我说话,郎说,如果不事先预约的话,突然间看见我还真的不敢认。

我对郎说,十三年过去了,偶然间走到一起,一眼就可以认出我的话,你不是天才便是我的身上有奇迹降临。郎说,也是,我们好久不见。

虽然一如事前的想象,又觉比想象更加理性了一些,连来时的路上所准备好的台词也根本用不上。想不到郎是如此随和的人,心机一转,随之也就执着于现实了。郎在我的对面坐下,郎说仔细再看,你其实没什么太大的变化。我笑了。郎也笑起来。两个人笑够了后,差不多同时说,我们去喝酒。

免不了有一种感慨在内心的深处,是那种无法回归的感慨。又有点儿不满足,仿佛一种预期的东西尚没有来临。现实这种东西,即使有心理准备,依然不容易接受。不知不觉间,我在内心已期望自己能够变成郎所描述的十三年前的我。

很少有机会这样喝酒,一杯接着一杯,言语支离破碎,颠三倒四,仿佛两个人从未分离过。有关过去的一切回忆不再似片断般地闪烁,而是以一种凝重的实体向我迫近。

郎红着脸对我说,你现在的脸充满了世俗的一切,你有一张这样的面孔,相信所得越多失去也越多。我回答郎说,当然了,三十而立嘛,我已经30多了。郎说,很难想象十三年前你曾骂过我呢。我一下子愣怔在那里。我骂过郎?记忆中怎么也搜寻不到这件事情。郎说,你骂过我的,就是那一次,你为了所有的人都夸你漂亮,而唯独我没有夸你。

我大笑起来。20岁的女孩以为自己是装饰画中的玩偶。郎说,其实我那时怎么能不动心呢?怎么说你也是校花啊,只是你那时已经有了男友,且他又是我的朋友。十三年过去了,郎说这话的时候仍有一种酸溜溜的味道。

酒的缘故,后来所聊的一切都不太记得了。于清醒中做缠绵的梦,我发现郎内心仍有一个可以汲取的源泉。归根结底,我无法控制并掌握一生的长河,感到灵魂赤裸时的幸福却是一个事实。

日本童谣作家野上彰、藤田圭雄的合集《云和郁金香》的序文中有这样一句话:悲惨的摇篮曲渗透了我的灵魂,永恒的儿歌维护了我的心。

十三年后期望和郎有另外一次再会。

一 寸 风 情

　　无论我流浪到哪一个城市,我总会邀母亲来共同住上一段时间。我带母亲到各个观光地游玩,吃各种风味小吃,给母亲买漂亮的衣服。我常常问母亲是不是很幸福,母亲也一直回答说,她所有的快乐都是我给她的。"知足了。"母亲说。

　　我最大的幸福就是和母亲感情很深。和母亲开玩笑时我常一边大笑着一边对母亲说:"我是你的太阳,你的月亮,你手指上的钻石戒指,你脖子上的白金项链。"母亲说:"你比钻石和白金还宝贵呢。你可是妈妈的梦想,妈妈未能实现的梦你都替妈妈实现了。"

　　我突然间会产生很大的歉意。母亲是第一个喂我吃饭的人,母亲是第一个牵着我的手带我上街的人,母亲是第一个为我流泪的人。我从小到大分不清东西南北,至今仍然不识五线谱,看电视时常常不知道新闻报道的是什么意思,动不动就将自己的生活搞得混乱不堪,而我总是可以毫无顾忌地将所有乱七八糟的事交给母亲。

　　母亲是朦胧中的一种抚摸,好像那一次我得了美尼尔综合征,我跑遍了所居地区附近的八家医院,胳膊被针扎黑了也无济于事,到了母亲身边,只在母亲的膝盖上睡了一个星期病就好了。有一种无穷的力量在母亲身上,这种力量又牵引着我。

如今我常常想起侯德健《酒干倘卖无》这首歌：

　　没有天哪有地，没有地哪有你，没有你哪有家，没有家哪有我。

这样一个接着一个的答案给我的母亲是最最合适的。母亲是真正的作者，侯德健不过是一个记录的人。

我于4月买了新房和新车。新家具全部安置好后，只要一坐到沙发上我就开始想象和母亲在寿司店、在迪斯尼乐园中的味道和人声。想象令我倍感过瘾。其实人生有很多大意义和小意义。对于我来说，人生的意义是内心的感觉和感知。我爱母亲，母亲便源源不断地施感觉于我。感觉不尽，人生的意义不尽。新家是我的一个小小的梦想所停留的地方。我决定邀母亲来日本。

6月中旬我打电话给母亲，想定一下回去接她的日子，母亲却告诉我她已经买好了飞机票，三天后就可以看见我了。我一句话也说不出来。母亲快80岁了，从未单独出过远门，也不懂日语，出关入关的，母亲丢了怎么办？

在母亲的身影出现在成田机场前，我的心一直怀揣着不安和恐惧。不安和恐惧侵入心脏，心脏物理性地软弱起来。我曾安慰自己不安和恐惧不过是一个过程，所有的过程都会结束。然而我好像有一百年没有经历过这种程度的不安和恐怖了。等待的日子里，我发现原来除了亲手可以抚摸到的东西以外，没有什么是真正可以相信的。下雨了却忘记带雨伞，雨中疾行后患上感冒。没有雨伞的下雨的日子里，我是一个软弱的人。

　　我不敢相信母亲真的出现在成田机场，我的脸上带着不安的神情。我和母亲在目光对视之后闪电般地握住了对方的手，我一连声地问："母亲你怎么来的？你怎么过的海关？你怎么对付那些日语？"我的想象力被母亲真的来了的事实激动得丰富起来。一个勇敢的母亲忽然拥有了天使的翅膀。现在母亲就站在我的眼前。

　　母亲比几年前小了很多，头发几乎全都白了。这个感觉有点儿像秋天的风，吹过了之后，全身都浸着凉意。如果不是在机场，不是在那么多人的面前，如果不是怕母亲害羞，我真想抱抱母亲。

　　我发现母亲用一种只有母亲才可能有的温柔的目光在看我。母亲的目光使时光倒流了无数年，我回到了很多个从前。

　　终于有心情细细打量母亲的时候，我发现母亲的衬衫下有一条红绳子垂下来。母亲出门时喜欢用红绳代替腰带。母亲相信红绳是一种吉祥物。天呐，母亲一路上就是这样垂着红绳腰带来到我面前的。想控制也控制不住了，我将母亲抱在怀里。母亲轻得没有分量。独自踏上来日本的旅途使母亲用尽她所有的力量，母亲已经没有能力顾及其他了。母亲一定也是和我一般不安和恐惧过。不过其他的一切都不重要，重要的是母亲来了，在我身边。所以我要母亲在日本的这段时间里快快乐乐。

　　"怕你寂寞，知道你喜欢小狗，我特地挑了一只很可爱的小狗，名字叫豆豆。我不在家的时候它会跟你玩儿。"回到家我对母亲说。

"我老了,不像以前那么喜欢玩了,我也不怕寂寞了。不过有了小狗会更开心。"

母亲说她老了,我还是第一次听到。我的眼泪流了下来。我说现在人都活到100岁的。照100岁比,妈还年轻得很。母亲说活到100岁什么的,用不着想得那么远。母亲又说她也给我买了礼物,是我小时候最喜欢玩的的的拉拉丝。小时候在新年夜里不敢放鞭炮,但是那种捏在手里的细线般的的的拉拉丝,燃起来后,小小的火花于夜色中生出鞭炮所不可企及的一寸风情,模糊了我童年的所有慌乱。长大以后,我常从的的拉拉丝的一寸风情上获得新的参悟:虽然自己一点儿也不完美,但是被记住的感受是自己的。

当天晚上,就在新房的院子里,我和母亲一起点燃了的的拉拉丝。微小的泛着苍白颜色的火花,想象中的火药的气味,噼噼啪啪破碎般的闪烁的节奏,母亲的微笑,都带着我所有的渴望。

狗　话

在我们搬到新家后的第一个星期天,男友向我提了一个问题。他问我:"如果突然间赚了十五万日元的话,你最想要什么?"我有一点儿发蒙。来日本十年了,赚了钱还不是把它们存起来?

那么来日本之前呢?一说到来日本之前就想哭。来日本之前是一瞬间有一颗流星穿过脑海,是流星照耀下的那部电影《北京,你早》,是那首名为《晚安,北京》的歌,是记忆,是历史。说到历史,人生是一个接着一个的开始,无从把握。

我很想对男友说直接把钱给我吧,让我把它们存到银行里我的账号上。但是这种事是说不出口的。我喜欢男友把我想象得高尚一点儿,因为我真的喜欢他,我不想失去他。

男友提示我,他说要不然我给你两种选择,你自己挑一个。男友说要么在新家安置一个干燥机,雨季的时候不怕衣服没有地方晒;要么买一条小狗,寂寞的时候不怕没有人陪。我说我要想一想,想一想其实就是为患得患失找借口。

衣服早两天干和晚两天干没有什么太大的区别,我决定选择狗。

我至今仍然记得很清楚,1986年春季里的一天,午后我和当时深爱着我的小雨一边喝着橘子水一边聊文学。那时我们两个人都刚刚25岁。我们谈到了萧乾。小雨说,萧乾当年在国外的时候,

37

可是一位一只手拄着文明棍,一只手牵着小狗散步的绅士。比什么都糟糕的是,从那一次谈话后,我对有派头的事情进行想象时,狗成了背景中最为重要的一道风景,狗在我的意识里成了戏剧性昭示主人生活阶层的招牌。

和小雨的那一次谈话胜过岁月里其他故事深驻在我心里,我奇怪是否跟小雨有关系,是否跟因为年轻才会有的地老天荒的爱有关系。

小狗是男友开车带着我去买的,我们在很多家动物商店进去了又出来。男友挑了一张英文唱片一路放着。对于不能将十五万存到银行里,虽然有一点点儿失落和悲伤,但是男友坐在身边四处为我挑小狗这件事着实令我幸福得想流泪。

车开到池袋附近的时候,男友已经越过那家极小的动物商店又折回来。"最后一家,"男友说,"如果连这一家也没有你喜欢的小狗的话,我们只好下个星期天再找了。"

只有两条小狗。一条黑色的,一条茶色的。两条都是迷你泰迪。黑色的骑在茶色的身上,茶色的只是一个劲儿地逃。

"我想抱抱它。"我指着茶色的小狗对店主人说。

小狗被放到我怀里的时候,我突然间就不想撒手了。爱的感觉不是渐渐来临的,爱的感觉是一下子火焰般地燃烧了我的身体。有一种目光纯净得像深邃的海水,是这条小狗的眼睛所放射的;有一种神情像需要安慰的孩子,是这条小狗所渴望的;有一种味道是我最喜欢的冰激凌的奶香,是这条小狗的身上所散发的。活到今天,我突然有了一种做母亲的欲望,真的,爱的感觉挡也挡不住。

我与豆豆

无限奥秘隐藏在我的感觉里、我的身体里。不同的两个生命以身体接触的速度快速感应，我想说这是缘分。我是情不自禁的。

我抱着小狗对店主人说我就要它。我开始亲吻小狗。我无法分清小狗的皮肤和毛，因为它们一样柔软。直到我的亲吻成为小狗的痛苦，男友对我说，先抱回家吧。

对待小狗到了这种程度好像有点儿怪怪的。关于怪怪的解释又好像是另一个问题。不变的事实是我从一开始就将小狗视为儿子。我给孩子起名般地给小狗起了一个名字：豆豆。从此，豆豆是家族的一员。豆豆有了母亲。豆豆不再是小狗。

续 狗 话

又恨又爱的感觉令我没有办法对自己说我后悔了。

饭桌,电视架,地毯,碗柜,都在我上班的时候被豆豆啃得乱七八糟的。甚至新房的地板也被豆豆啃出个圆洞来。即使我的耐心还有,自信心却是降到了极点。我开始怀疑我当初决定要豆豆的时候是否经过了大脑的思考。就因为萧乾是文学大家,而萧乾当年在国外的时候曾经很绅士地一手拄文明棍,一手牵着小狗散步?就这么简单。

男友对我说,如果一个人连小狗都不能容忍的话,这个人就不会爱他人也不会爱自己。他还为了承担一点儿责任似的跑去动物商店买了一个笼子来。豆豆被允许在我上班时间内待在房间里的笼子中,我下班回来时会带牛肉干以及奶酪等零食给豆豆,并给它绝对的自由。豆豆对零食的欢喜愉悦显然超过对我。为了极力使豆豆明白我的母亲一般的爱意,我训练它在吃零食前必须先亲吻我,或者在我说出"手"这个词的时候将它可爱的前爪放在我的手上。

我更愿意相信豆豆很快就记住了在吃牛肉干前将前爪放在我手上是真的明白了我的心,但是我不得不说我想避免的那个词"然而"。然而豆豆吃过牛肉干或者奶酪后因为睡足饭饱就开始咬我。

豆豆一边摇着尾巴一边咬我。我的胳膊、腿上布满了细小的血洞。

"都是你,无缘无故地一定要送小狗给我。"我没有办法对豆豆还手,只有将气撒到男友身上。在每月一次的健康检查时我问兽医,豆豆如此咬我是不是白天留它自己在家,它感到寂寞而产生了ストレス(我无法找到一个适合的中文词)。兽医说有一点儿这方面的原因,但归根结底是豆豆的阶级意识使然。豆豆一定是将我看成是它可以支使的用人了。

这种解释只是令我觉得好笑。我告诉自己不要在豆豆身上抱有太大的幻想。豆豆终归是一条小狗,即使在某种程度上通一点点儿人情,小狗的智商到老也不会超过两岁的孩子。无论爱还是恫吓,豆豆都是一个永远长不大、永远理解不了人类社会的孩子。豆豆是可爱的也是歇斯底里的。人类怎么可以将希望寄托在小狗身上呢?

一次,就在我去卫生间的一小会儿,豆豆将我刚刚买来只穿过一次的毛衣咬了一个小洞。我的心真痛,一万日元呢,我还没有喜欢够呢。

吃喝玩乐以及"搞破坏"构成了豆豆全部的生活。我伤心地对男友说,我们这是养了一个"问题儿童"。男友用和兽医一模一样的话教导我:"所以你要让豆豆觉得你在它之上,你才是主人。你要在它咬你的时候紧握住它的嘴巴,你要在大声责备它的时候直视它的眼睛。"

我试着在豆豆咬我的时候紧握住它的嘴巴并直视它的眼睛,

责备的话尚没说出口,豆豆的黑眼睛无邪地看着我,鼻子里发出婴儿般的哭泣。我下不了手,我对男友说:"按人类的年龄来计算的话,豆豆现在还只是一个7岁的顽童,我好像在虐待儿童。有没有其他的方法了?"我近乎乞求。

男友说日本有狗旅馆,通常是狗主人外出,没有人照顾小狗的时候临时寄养小狗的地方。男友建议我将豆豆送到旅馆几日,说不定豆豆过一下集体生活后会分外体会到我的爱。为了教育一条小狗竟然不惜花钱将责任交给他人,好像俗气做作得不得了。但我还是赶紧上网,查到家附近的一家狗旅馆的电话。豆豆将会在这家狗旅馆度过七天集体生活。

豆豆不在,好像下班后的时间一下子不容易打发了。我和男友心不在焉地看着电视,想豆豆在干什么,是不是吃得惯旅馆的饭,然后我们又为这种荒唐的担心感到好笑。豆豆在旅馆七天,我们发了七天的神经。

七天后,我们下了班直接去接豆豆,豆豆见到我们直扑过来。我抱起豆豆,豆豆就舔我,很疯狂。上了车,豆豆一直坐在我的怀里不肯下来。我想豆豆在狗旅馆的七天里,大约感觉到失去了什么。不知道豆豆有没有"回来了"的体会。若是有,小狗的生命一样很抒情。

我得想办法。豆豆回到家有半个小时了,对于我来说完全是陌生的一条小狗。豆豆对什么都没有反应,长时间以同一种姿势坐在同一个地方。家成了一个大实验场,我必须将豆豆身体里的一道大门打开。这是什么逻辑?豆豆当真一点儿也不咬我了,我却伤心得不得了。需要"回来"的不是豆豆,是我。生活里怎么有这么多难以理解的事情呢?我用球用人偶用一切可以唤起豆豆天性的东西引诱豆豆,不断重复地引诱着。过程中我感受到很多,直到豆豆开始很享受地接住那些玩具并像从前一样咬它们,我才感觉到我在某种范围内某种程度上经历了一次自我完善的过程。感觉这个过程中有一点点儿高尚滋生出来。

"我再也不会将豆豆交给他人。"我对男友说。

"不要说得这么严重,现在我反而觉得豆豆是幸运的。"这种话我曾经对人说过,现在男友用在豆豆身上我觉得怪怪的。不过我曾经想过很多很多问题,想不通的话就不去再想了。反正烦恼和爱都是真实存在的。

姐姐的醋意

孩子尚没有出世我就已经十分烦恼了。烦恼的原因在于爱犬豆豆。

所有和我谈到即将出世的孩子的朋友都不忘记提醒我说，孩子生出来后一定要将孩子和小狗隔离开，小狗的身上带病菌。

小狗的身上带病菌这件事，我早已经从电视和报纸上得知，可是正所谓爱屋及乌，我将豆豆从婴儿时带到三岁，豆豆正如我的儿子，我爱豆豆，所以我从来没有介意过豆豆身上有什么病菌。豆豆在家里完全是自由自在的。豆豆常常令我姐姐感到醋意或者是失意。姐姐常对着四爪朝天地睡在我的床上的豆豆说："豆豆啊，你真是幸福，有小楼可以住，有席梦思可以睡，冬天有暖气，夏天有冷气，比我的环境要好很多啊。"于是姐姐会联想起很多她不如豆豆的地方：豆豆就是有福，从来不用买衣服，永远都有裘皮大衣可以穿；豆豆也不用像我这样，为了白头发而不得不花钱去染发，豆豆天生就是一身的金发，如此等等。我姐姐甚至说托生为她这种命运的人，还不如托生为豆豆这种命运的小狗。于是我对姐姐说，你都认为是命运了，当真你托生为小狗的话，可能会是一只遭受遗弃的小狗呢。

我真是瞠目结舌，然而我无法对姐姐说你何必要吃一只小狗的醋。因为前年我回国探亲时,姐姐的处境令我心痛。姐姐特地将她平时睡觉用的折叠床让给我睡,而我躺在那张床上还不如说是躺在囚笼里。那是一张一直坠下去坠下去的钢丝床,因为年代太久的缘故,钢丝已经陷下去,好像钢制网兜。我想翻身而翻不动,因此全身没有一处是不疼的。

带着一身的疼痛回到日本,我首先做的一件事,就是去办理手续让姐姐到日本来,到我的身边来。姐姐到日本后,我首先做的一件事,就是给姐姐买了一张席梦思。

"怎么样?"我问姐姐对床的感受。

"是很舒服啊!可是有什么用?又不是我的东西,只能在日本睡睡。"姐姐说。

我心里的第一个反应就是我做错了事,与其让姐姐来日本,还不如在国内买一张席梦思送给姐姐。

豆豆有很多被我惯坏的毛病,比如豆豆只吃牛肉条,吃牛肉条也要我将牛肉条掰成一小截一小截地用手喂。还有豆豆散步时不肯走,一定要我抱着。诸如此类的毛病总是令姐姐不快。姐姐会大声地埋怨我,说我将豆豆惯坏了,说豆豆不像是小狗,简直就是小皇帝。然后姐姐总不忘加上一句话:"你爱豆豆却不爱我。"

姐姐大我 18 岁,倘若姐姐早结婚的话,姐姐的孩子都应该是我现在这般年龄了,可是姐姐竟然要求我爱她。姐姐对爱的渴求有根本的原因,身为六个孩子中的长女,我母亲顾不上她,我父亲是个酒鬼不知道照顾她。后来姐姐结了婚,她的丈夫又不会爱护她。年近 60 的姐姐常常感叹她不知道被人家爱是什么滋味。

我如此这般地对待小狗，就惹得姐姐一边埋怨我过于娇惯一只狗，一边无限感慨豆豆的幸福。有一天豆豆被我抓得舒服了，因而肚皮朝上躺着，姐姐在旁边自言自语地说："被爱一定就是这样幸福的。"

姐姐从来不肯爱抚我的豆豆。

我和姐姐不愉快是为了什么事情我已经忘记了，可以忘记的一定就是小事情。我记得姐姐终日躺在三楼我给她买的席梦思上不肯走下楼来，我则是终日不肯离开二楼。这情形维持了两天。两天里，我要睡觉的时候就会带着豆豆上三楼。一直以来，豆豆都是和我同时上床的，但是这两天豆豆是先到姐姐的床上十分钟左右，再到我的床上。我和姐姐和好了以后，姐姐告诉我，豆豆每天都到她的床上用鼻子"亲亲"她的脖子，她感觉豆豆是在安慰她。姐姐说她长这么大，第一次被感动得热泪盈眶，想不到真正关心她爱她的，居然是一只小狗。

"难怪你会如此爱豆豆。"姐姐说她终于明白了。

其实，姐姐住在我的家里，总是有寄人篱下的感觉，和我闹不愉快便使姐姐格外容易动情。但是我意识到应该给姐姐一种安然坦然的心境，给姐姐一个新的能够令她自信起来的环境。凭借在出版社工作多年的关系，我将姐姐安排到出版社下边的装订厂工作。姐姐除了给我一点生活费之外还可以存一部分钱。

姐姐看上去明显比以前精神了很多。每天从工作的地方回到家里，她人还在大门口，呼唤豆豆的高声已经先传到楼上来了。爱抚过豆豆以后姐姐才会与我打招呼。

一天我对姐姐说："你回国后可以买一张好的大席梦思了。"我想象姐姐在席梦思上开始她新的梦想。这一定不是梦想。然而姐姐说买床也得有一个放床的地方。想一想姐姐说的是对的。姐姐没有房子，前年我回家时姐姐是住在母亲那里的。可不是，就连那个像钢丝网兜般的折叠床，还是母亲跟我的小姐姐借的。看来我想帮助姐姐睡在她自己的席梦思上的梦想还有一段路。

发工资的日子姐姐最是兴高采烈。每天早晨我看着姐姐走出我家的庭院，看着姐姐一点一点消失的背影，我会觉得那段路已经不会太长。

初 体 验

我怀孕了。

我的医生朋友告诉我要早一点儿进行胎教，比如听听音乐什么的。我忙将积满了灰尘的 CD 找出来，将古典乐曲的盘擦干净后就一小时一小时地听。家里开始出现一种人为的高雅的气氛，感觉很有一点儿娱乐的味道。主妇的生活又多了一点儿丰富的内容。

怀孕两个月后的一天，我看着刚刚从公司回来，手里还拎着一大袋我平日里最喜欢吃的红豆雪糕和草莓的丈夫的脸，对丈夫说："我要跟你商量一件事。"我接着说："本以为生小孩子很好玩儿，没想到会是这样的感觉，我快恶心得受不了，我太辛苦了，我们把小孩子打掉好吗？"

他自己冲了一杯咖啡，然后抽出一支红豆雪糕递给我，他说："你不如先吃了这支雪糕。"

我很恼火。"如果我能够吃得下东西的话，也许就不会想到要打掉小孩。"我问丈夫，"你知道那种恶心的感觉吗？"说这话时，我内心的委屈一泻千里，泪水一下子涌出来了。

丈夫递手帕给我，又忙用餐巾纸擦我脸上的泪水，丈夫一边做这些事一边说："你说你吃得下什么东西，不论是什么我现在都去买回来。"丈夫闭口不谈打掉小孩的事而一心哄我,很像他想和我恋爱的初始一般。我本来因为是他令我怀上了小孩子而生他的气,他如此哄我我还是会感动。不再坚持要打掉小孩的我像一只迷途的羔羊。

事实上,当朋友打来电话问我这个孩子是计划之内的还是计划之外的时候,我回答得很真诚。我说是计划之内的。我特地买了几本书,一切都是按照书上所写的来进行的。应该说一切都十分顺利。可是事到如今,我却开始想我为什么要生孩子。为了做一个完整的女人吗?或者担心老后孤单没人照料?又或者刚刚买了新房想着死后还有一个人可以继承自己的财产?⋯⋯我自己也搞不清楚,因而颠三倒四的。但是朋友在电话里感叹我怀孕时用

我与儿子

了一个词:好怀念啊。我觉得我不是一个好母亲,因而怀揣了很深的罪恶感。我也有怀念的事物,我怀念十几岁的日子,拥有长长的时间,不必承受辛苦……我的罪恶感更加深重。

2月,我再去医院的时候,医生为我做超声波。"听见了吗?"医生问我。我快速地接收到那个信息,心脏跳动的节拍。我开始振奋起来,我在屏幕上第一次看到了小孩的模样,侧身的模样。我知道这就是我自己的小孩,我辛苦时想着打掉的小孩。心脏的节拍如音乐让我进入另一种境界,亲爱的孩子,亲爱的医生,快乐和美丽完美得不可言传,我躺在受诊床上却好像躺在红豆雪糕上,我的心里很甜。

那真的是一个绝妙的瞬间!灵魂的飘扬比平时更加原始,血液的流动加快了。除了我自己的心脏在跳动,还有另外一颗心脏在我的体内跳动着。完全不一样的另外一个身体。一种享受无止境地延续下去。小孩是纯洁的礼物,来自天空来自大地来自空气来自风……我是新的生命通向新的世界的道路。

晚上再看见丈夫,我说我看到小孩子的模样了,好可爱。我心里不再生丈夫的气。丈夫看着我只是傻傻地笑。想象小孩会和我有着一样的眼睛一样的肤色一样的喜好……

圣 诞 夜

在日本，人们不过春节。不过春节不是因为不想过，而是日本人不把春节当回事，没有气氛。中国人要工作，没有时间。对圣诞并没有真正的兴趣，却和日本的年轻人一样过起圣诞来，好像一首被唱得走了调的歌，音调中一样有歪曲的渴望的韵律。

我总是在一些时候会想起一些莫名其妙的事来，我为想起来的这些事而烦恼而伤心而痛苦。我母亲最早发现了我的这个毛病，她为此感叹道："都是读书读的。早知道你读了书会这么痛苦，宁肯你和你的那些姐姐一样，只在工厂里做工，然后结婚生孩子。"

我也想像母亲说的那样，可是每一个人都有他自己的命运啊。虽然烦恼、伤心和痛苦令我不好过，但是燃烧痛苦的那个过程使我一点儿一点儿地深刻起来。现实中我喜欢阳光明媚的白昼和星光灿烂的夜晚，想象中我却喜欢冰冷的雨和黑洞一般的夜空以及死亡和破碎等。我尤其喜欢在故事中将人物想象得很惨很惨，然后我将很惨的地方当作碎片一点儿一点儿地拼凑起来，拼凑成美丽的哀伤的神情。神情中有一种好看的启示。没有伤心和痛苦的话，幸福还有什么意义？幸福没有意义的话，平淡怎么承受得了？

去年的圣诞对于我来说是一个极其平淡的日子。但是正因为有了所谓的哀伤,平淡就变得不平淡了。

圣诞节的当天,我下了班从公司回家,收到黑猫递送来的急件,是一个包装精美的盒子。我小心翼翼地将盒子打开,除了一套米色的套装之外还有一张圣诞卡。圣诞卡上写着"圣诞快乐"四个字。签名是 L。

有些事情不需要明说就可以心领神会。L 特地将礼物寄来我就知道 L 不打算陪我吃圣诞餐了。L 有他自己不可不陪的人。L 这样做并不是第一次,将 L 当成朋友的我早已经习惯了 L 的常常失约。要命的是,因为是圣诞节,L 不来我便觉得寂寞得受不了。我开始觉得失落。我觉得我是不是爱上 L 了。习惯了没有男人的日子,却没有习惯没有男人陪的节日。

我不得不想出一个排解寂寞的方法。我快速到了商店,满楼层寻找烛台。我本来是想买一个烛台,不点灯只点一支蜡烛。烛台的旁边再摆上一枝玫瑰花。我坐在玫瑰花下喝着香槟酒。这种想象令我在寂寞中勇敢起来。有想象的人总是比没有想象的人要勇敢一些。

我于现实中完成了我的想象,香槟酒的香味缭绕着我,我和香槟酒在一起。当我有滋有味地品尝着香槟酒时有人按我的门铃。打开门一看,竟然是 H 不期而至。烛光下 H 的脸看上去很像小孩子。我忽然觉得不点电灯的话,烛光下的我和 H 很像一个误会。误会是一种不愉快的心情。在男人和女人之间没有大海,我也没有大海一样的心胸。

不是不相信我自己,也不是不相信 H,我将蜡烛吹灭打开电灯。我要 H 陪我再喝一杯酒。H 不肯。H 说他来是想叫我一起到外面喝一点儿咖啡,想随便聊一点儿轻松的话题。我意识到圣诞夜里感觉到寂寞的人除了我还有 H。

我看了看蜡烛和玫瑰花,然后我从蜡烛和玫瑰花上抬起头来,说我们这就走吧。

圣诞夜属于咖啡屋,属于男人和女人,属于男人和女人所在的酒吧、舞厅和饭店。找不到有空座位的咖啡屋,我和 H 到了一家极小的卡拉 OK,都是日文歌,H 没有心思唱,我也不想唱。我和 H 就坐在电视机前看着里面的演员。咖啡的香气在我和 H 之间升腾着。没想到在极小的卡拉 OK 单间里喝咖啡远胜过咖啡屋。我不敢确定我和 H 之间是否存在一种无声的安慰,朦胧中有一种令人感觉踏实的暖流。我本来是在家里一个人喝香槟酒,硬挺着自己装勇敢的,现在我只是感谢 H,不知道 H 的心里是否也在感谢我。

有一种时刻,两个人之间忽然就什么都不需要而一下子亲近起来。我觉得没有费什么力气我就从寂寞中上了岸,我和 H 一样,我们也是圣诞夜里星空下的孩子。为了这种感觉,我好想趴在 H 的怀里大哭一阵。这种想哭的感觉是安慰,而安慰不需要理由。

很长的一段时间里,我总是不由自主地想起这间极小的卡拉 OK,想起那种神秘和温情,而今年的圣诞节又快要临近了。我知道今年 H 一定不会再来光临已经结了婚应该不再为寂寞而落魄的我的家了。我早早就为 H 准备好了圣诞卡。圣诞卡是我自己用电脑做的。画面是年轻的我伫立在黄昏的门前,房子里有一盏小灯亮着微弱的光。很伤感的氛围。我没有在圣诞卡上写什么祝福的

53

话,我只是写上了我的名字。我要 H 知道,在以后的日子里,即使我和 H 不再相见,但是圣诞节这个日子永远都会提醒我曾经有过的那个既伤感又温馨的午夜。

温 泉 情 结

妈一到日本,我立即安排她去热川的温泉。妈说她不想去,因为当着那么多陌生的人将衣服脱光实在难堪死了。我努力劝说,我说在那种地方,大家都是光着身子的。

妈又说她在国内的时候,听说日本的温泉是男女在同一个浴池里,我才理解妈为什么不肯去温泉。于是我告诉她我们去的那个温泉男女分浴,跟妈在大连时常去的那种公共浴池没有什么两样。

我是如此坚持着要带妈去泡温泉。妈几年前曾经来过日本一次,我那时是想过要带她去泡温泉的,但是她一推托我也就不再执着了。想不到妈回大连后,只要一谈到温泉或者是一去温泉,我便会后悔她在日本的时候不曾带她去温泉,后悔得不得了。再一次邀请妈来日本,主要原因便是我的这一份悔得不得了的悔意。

那一天的早晨我为妈和家人准备去泡温泉的衣物,那个时候的妈是我极其熟悉的。她穿着白衣灰裤,直到上车之前一直都是有些不安地在我的身边走来走去,我知道妈是在兴奋。

热川的温泉舒服得令我感到幸福。泉水汩汩地流出来,我和妈坐在腾腾热气中,海很空虚,月亮似乎伸手可以触摸。我看到妈有点儿紧张,她不时地东张西望。我迷恋妈的这种神情,我的成长

我与母亲

就是伴随着对这种神情的逐渐理解而确立起来。我的脑子兴奋起来,温泉水带着我所渴望的温度赋予妈一种全新的不曾有过的幸福体验。妈的笑容是遥远的地方盛开的桃花。我想流泪。想流泪的感觉告知我我是一个极其朴素的女儿。

从浴场回到房间不久,妈又要回浴场,一而再,再而三。她的单纯的快乐是慢慢地到来的。妈说真舒服、真美。渐渐地,她不再东张西望。

"以后如果有机会的话还想再来吗?"我问妈。

"想。"妈说。

我的心震动了一下，我知道我被她说的这一个字感动了。我忽然觉得，语言、皮肤其实也都是会思考的，至少它们会帮助人思考。泉水的温度和涟漪像结构和背景一样在我的心里将这一篇散文带着潮湿的气息勾勒出来。

我好长时间都没有办法将自己的目光从妈沐浴在水中的那张脸上移开。我甚至相信，也曾经有过太多厌倦想解脱的时刻，但是努力着活下来为的就是她的这张熠熠生辉的灿烂的脸。有一种单纯永远无法用语言来诉说，这一点我懂。朱自清笔下的父亲的背影何以感动人，这一点我也懂。

决定了当夜不再去浴场后我们开始喝酒。我们换上了那种很像和服的睡衣。真的，不管时代如何改变，和服永远都有一种华丽的美。和服的容颜不会改变。妈展开灿烂的笑脸要我为她拍照片。我为妈拍照片，拍得很细腻。妈穿上这种很像和服的睡衣便有一种我未曾见过的风情。活着总是会有一些新的东西等待我们去发现。活着的好处便是可以随时去体会随时去感觉。努力便是想办法不要让感觉从自己的身边滑走。

妈在临睡觉前突然趴在我的耳边对我说："今天在浴场换衣服，那里的镜子很大，我第一次看到自己的身体，已经这么丑了吗?吓了我一跳。"妈不是那种夸张的女人。

我看着妈的眼睛，问她："你一直都觉得自己的身材很漂亮吗?"

妈说："也没有想到是这么胖的啊。"

我说："妈，你快八十岁了啊。"

妈说:"我睡不着了。"

我说:"我们再去温泉。"

去温泉时,我将准备好的眼镜带上。不久,妈会看到海上的日出呢。

男友的口头禅

有人常常将某一句话挂在嘴边,语录般地重复着,这便是口头禅。有一些口头禅常常代表着某一个人的个性和思想,就好比我男友的口头禅。

男友在我们刚谈恋爱时常带我去居酒屋,是那种上班族爱去的居酒屋,便宜而又轻松。男友喝酒如喝水,每每生啤、果酒、日本酒等一股脑儿地喝下去后,我飘飘欲仙,而男友却一点儿都不倒"架"。男友是真正的酒仙,喝了酒不仅不走板儿,反而更有魅力。

日本的居酒屋常设有卡拉 OK,喝了酒的男友唱起歌来,会把周围的人的灵魂带到很遥远的地方。男友这种以酒为乐、以歌为乐的情趣我很喜欢。

然而这不是问题。有几次从居酒屋出来,男友忽然停住脚,满不在乎地对我说:"钱全部花光了,能不能借我回家的车费?"

我以为这只不过是偶然,恋爱中的男人,在喜欢的女人面前高兴得过了头,忘记给自己留余地,怎么想得到——

同居有一个月了,日子一天一天地累积下来,男友花钱如流水。一个发工资的日子,他打电话到公司,要我下了班去银座。以为有什么重要的客人来,下了车,走出检票口,男友神情潇洒地等在那,说是去吃饭。

刚刚领过了薪水,当然是尽情地喝,尽情地唱,快乐中双双忘记了末班车。男友毫不犹豫地招一部计程车。回到家,看一看钱包,一个月的工资竟去了四分之一。

"太浪费了,这种花钱法……"

话还没说完,男友就接着说:"钱是在天空中咕噜咕噜转动的东西,立刻又会转回来。"

过了没几日,下了班走回家门口,一阵香气扑鼻而来。打开门,满目的姹紫嫣红,男友人不在。愣怔了片刻,我才发现花丛中还夹着一张明信片。展开来看,男友苍劲挺拔的字写着下面这句话:"生日快乐。愿未来你的人生如此花美、如此花香。"

三十几岁的女人了,第一次过这样的生日。脑子里金星飞舞,十分美丽的时候,男友回来了,手中拿着一瓶红葡萄酒、一枝红玫瑰花。男友还是明信片上的头一句话:"生日快乐!"

内心深处隐藏的一根弦猛地被花、被酒、被祝福拨动了起来,继之是排山倒海般的轰鸣。

这一次流出的泪是弹出来的。接过最喜爱的玫瑰花,我说:"太奢侈了,都三十多岁了……"男友又打断了我的话:"钱是在天空中咕噜咕噜转动的东西,立刻又会转回来。"

眼看着囊中不断地羞涩起来,我开始涌出对生活的担心。最不在乎的是我的男友,他总是那一句话。然而,日子一天天地逝去了,不缺水、不缺电、不缺米、不缺菜,没有钱的日子也朴实而快乐。

再发工资的日子,又去银座,担心花钱太多的时候,想起男友的口头禅,竟有了一种无限延伸下去的梦。对花钱比对赚钱更了解才会如此快乐地活下来。我真不知天下还有没有第二个像我这个不倒"架"的男友了。

原以为钱不会带给人真的快乐和幸福,男友对钱的态度和花钱的方式却给我一种明了的快乐和幸福。

阳光灿烂的日子

说得严谨一点儿，这个 7 月 5 日是公元 2001 年的 7 月 5 日。地点是东京。

对于我来说，真正的开始是下午而不是上午。我在下午起床，上午成了我醒来后的想象。想象是我这一天开始的第一件事。

然后是浇园子里的花。我才发现阳光和昨天一样铺天盖地地罩着一切。浇花只用了五分钟，而我却感觉自己老了有五年。腾腾热浪中，所有身体上可感可知的部分，都随着汗水融化掉了。失却了感知，我发现自己像一只倒挂的大提琴，瘫软而滑腻。

小学的时候，我从老师教的地理课中得知：热带地区，生命的成熟是最快的。我为此一直都害怕夏季，害怕夏天里的炎热。这种害怕当然是出于我对所谓成熟的认识：紧跟着成熟的是枯萎和死亡。我已经不年轻了，将所谓枯萎以及衰老等视为魔鬼。

既然阳光铺天盖地，空气中便飘着魔鬼的气息，那种哮喘一般的气息，痉挛一般的气息。"太阳升起来了，黑暗留在后面。""太阳多温暖，生活多美好。"这种语言在 7 月 5 日这一天显得十分虚伪和怪诞。

在空调机前读信就十二分地奢侈了。

信是《留学生新闻》社寄来的。

"您的生活只属于您自己,您是日本华人社会的一道独特风景。我们的征文活动如果没有您的参与,就是不完美的。若干年之后,当读者打开报告文学集《东瀛华人的一日》的时候,如果看不到您这道风景,他们会感到多么遗憾!"

我只对信里上面的一段话感兴趣。虽然我知道这种电脑打印的有着编辑长董柄月签名的信会天女散花般地落到许许多多的人的手中,却还是有一种美滋滋的被人肯定和欣赏的心情。

虚荣有时候是一种极其令人愉悦的东西。我还真的开始想一点儿什么了。

过去的一切似乎早已经在我踏上来日本的飞机的时候就长睡不醒了。今天呢?

我又迷失了,我总是在一要思考的时候就迷失掉,迷失在思想中。

最喜爱的东西是可以让我产生情绪的文字和男人的整齐洁白的牙齿。很多事情虽然可以忘记,但是今天这个日子有人要使它成为未来的怀旧日。很多人因着这封信成为风景。

风景这边独好。

TZJ 已经连着三天用他的私家车来接我去他的家里了。我们的关系和"情"字毫无关系。他没有正式的职业,我刚刚辞去了工作,想和什么人一起做点儿什么的时候,在东京这座人人都忙的城市里,我们就成了最理想的伙伴。他接我去他的家里是为了让我教他电脑。

我们同岁，都不是艺术家却整天想着和艺术有关的写作。快四十岁了，忽然发现继续写下去的话，既成不了名也赚不到钱。

TZJ雄心勃勃地要开编辑公司。他认为编辑业是能让我们大展宏图的最好的战场。这一点我懂。我在日本的四家出版社混了七年，每一次辞职的时候都留下了无比深厚的持久的关系。我掌握了最先进的电脑排版技术，有客源和技术，电脑的投资是那么小。

人到中年，却仍功未成名未就的话，中年就成了一个词的象征：挣扎。

坐到TZJ的电脑前，我要他打几个字给我看的时候，我知道这一次的挣扎怕是徒劳的。我看着他，我说这么多年来你还上过大学，你学的东西都丢到哪里去了？你怎么连拼音都不会？他说，那些字母就在眼前，可是想不起来。我脑海里浮出"若隐若现"四个字，又好像听见一只古董花瓶坠落在地上，发出令人心痛的破碎声。

岁月其实就是代价。TZJ写了那么多的诗，却偏偏忘记了组合诗的语言的胚胎——拼音。文字忽然变得不真实起来。有许多东西在什么时候什么地方从我们的身体中飞逝了，找不到了。如何才能支撑着身体让空着的它不至于破碎呢？上午的那种倒挂的大提琴的感觉再一次覆盖了我。

TZJ说只要给他一点儿时间他就能战胜这点困难，他把他的问题说成是困难。他还说努力会拯救他。TZJ喜欢把努力和结果连在一起。我觉得他比较有责任心。归根结底，我相信的是真理。

努力是颠扑不破的真理。野火烧不尽,春风吹又生。至于 TZJ,野火不灭,哪怕春天和我们擦肩而过。

从 TZJ 家回来后,整整一个晚上,我一直躺在沙发上想象 TZJ 仍然坐在电脑前,仍然在努力。

一切不过是时间问题,而 TZJ 那里的电波不会消失。山河重拾。

午夜,我带着爱犬豆豆去散步。夏天远远地走掉了。我的影子覆盖着豆豆,夜覆盖着我。

母 亲 和 我

前两年不敢请母亲来日本,因为一边读书一边打工,怕母亲看了那样一种艰难困苦的生活会伤心。就职后还是不敢请母亲来。30多岁的女人了,早出晚归,怕母亲看了那样一种惨淡孤寂的生活一样会伤心。终于有了丈夫,有了一个实在的家了,这才敢请母亲来。

17岁离开母亲闯世界,分离也是十七年。其间虽然探亲回了几次家,匆匆来去之间,感觉如客人一般。母亲不让我做饭,也不让我洗衣,告诫我只需吃好、睡好、玩好。我就吃了睡、睡了吃,吃足睡饱玩够了后,又必须对着母亲说"再见"了。

现在,终于有机会和母亲在一起生活几个月了,真想像儿时那样在母亲的怀里伸一个懒懒的腰,打一个长长的哈欠……

母亲来日本后的第二天,我于暮色中回到家中,钥匙刚刚插进门锁里,母亲已将脚步由屋里走到门口处接我了。一打开门,母亲就接过我的手提包。饭桌上放着一盘洗得光鲜亮丽的大苹果。

吃过饭,母亲和我抢着收拾杯盘。我看着母亲笑,悬了一天的心放下来,因为知道母亲是高兴并且是健康的。虽然睡觉前不得不将母亲没洗干净的地方再重新洗一遍。

早上又要去公司,母亲坐在沙发上,看着我穿了一套黄色衣装,十分霸道地命令我:"换那一套粉红的去,这一套不如那一套。"

我穿了粉红色的套装在公司,稍微有点儿闲暇的时候,便不断向家里打电话。听到母亲因年老而变得十分沙哑的声音,心里就只剩下两句话:"吃饭了吗? 一个人会不会很闷?"

下班后,再不看母亲看不懂的日本电视,却耐下心听母亲讲故事,讲她如何到了城里,如何乘花轿,如何有了女儿和儿子……不知不觉间母亲说起许多她的往事。

上街的次数多起来,母亲总不厌其烦地问了一遍又一遍:

"我土不土?"

"不土!"

"我这个样子和你一起上街,会不会丢你的面子?"

"我现在的面子是你给我的啊!"

自己觉得自己变得特别俗气和神经质,每天都犹豫着晚饭是准备蔬菜好还是肉和鱼好,吃饭的时候,又喜欢偷偷地看着母亲的样子……

终于有一天,我和丈夫准备带母亲去皇宫。临行前,我让母亲穿上我为她新买的衣裤。母亲的衣领没有扯平,衬衫的袖子也窝在里边。我为母亲将衣领和袖管都扯平了后,忍不住拍拍母亲的头说:"连衣服都穿不好。"

丈夫在旁边看着我,说:"人生真有意思,你小的时候妈妈这样对待你,现在妈妈却成了小孩子,要你去疼她。"

我心里有点儿酸,却逼出一股豪气来。天会荒地会老,母亲和孩子间的爱不会变。

恋 爱 难 谈

先是井上君,美国和日本的混血儿,一双眼睛像蓝天一样明亮。

井上君开车带我去了一次箱根,又去了一次读卖乐园。每次挑的都是夏季中最热的一天。两次见面的情形,几乎可以说是一模一样:在饭店停车区将车停下来,去可以买到冰激凌的地方买两大盒冰激凌。冰激凌吃过后,便去咖啡屋喝极冰的咖啡。刚走出咖啡屋,井上君接下来会问我哪一家饭店比较好。

可以说,见面后的两个小时之内全部都是吃。吃的时候我听见咀嚼声从两个人的嘴中发出机械般的枯燥无味的声响。很想知道此刻的井上君在想什么,并且希望井上君能了解我在想什么。然而,来不及想明白应该从什么地方开始这种交流,时间已于迷迷糊糊中消逝了半日。无奈的感觉越来越滞重地缭绕在心头,竟有了清醒的力不从心的意识。这意识令人惶惑,仿佛生命正一分一秒地滑走,而你却不知该如何抓住它。因为心中的感觉就好像永远也触摸不到它们似的。

回家的路上,很累并且很想打一个长长的哈欠睡一个温软的觉。睡梦中不再期冀可以看见一双蓝天般明亮的眼睛。就这样,只恋爱了两个星期,甚至可以说还来不及恋爱,便与井上君分手了。

　然后是藏下。初中刚毕业仅有15岁的他便到饭店里当了学徒工。每天同一时间同一地点乘同一电车的缘故,两个人相识了。交流后才知道藏下乃25五岁,小我6岁。之后再和藏下在一起,有了一种和小孩子在一起的感觉,正谈着的恋爱似乎也成了一种游戏。年过30岁的女人,无论从何种意义上说,都是承受不起再游戏下去的生活的。说与藏下听,藏下说他对年龄不十分介意。并且藏下明确地告诉我,以我现在的年龄,尤其在国外,选择的范围在年长者或年轻者中。两者相比,当然是年轻人比年长者好。

　我十分诧异藏下这种一针见血的直率的分析,但是藏下的这种无丝毫情感因素也无幽默成分的话语,给我的内心带来丝丝隐隐的伤痛,就好像藏下对我,以我现在的年龄能够找到藏下这样的年轻男孩,应该感到十分幸运才对。我同时更知道,虽然生命因现实而沉重而成熟,仍需要有梦,像新鲜的露滴将人生湿润。与藏下的恋爱时间很短,仅一周就结束了。

　再后有远藤、查理等日本、美国的男孩,都是同样的结局。或许文化氛围、文化素质以及国民性不同吧,也或许语言上有障碍的缘故,恋爱十分难谈。过去的经历都视为他人的故事吧。随缘漂流,不论什么时候、什么地方、什么人,到终于遇见了可以成为归宿的那一个人。

不落的太阳

　　妈来日本居住的那一段日子里,天总是下雨。有时大白天里忽然被浓重的黑云遮了天,满世界黑下来,一瞬间好像自己处在一个大黑洞里。

　　真是没有办法安心工作。想象妈七十多岁的人孤独地待在家里,不懂日语,电视解不了闷,平日里好天气时去附近的公园散散步还好,如今连续不断的雨……我甚至感到将妈请来日本,又无奈将她一个人留在家里,简直就是在折磨她。

　　为了妈不至于太闷,也为了自己内心一份沉重的不安和歉意可以减轻一点,我半个小时左右就给她打一次电话。

　　听到妈的声音的那一刻心固然安宁,电话切断的瞬间心又空空地悬起来没着没落。妈来日本五个月,虽然雨天里这种空虚的痛楚更深刻,平常的日子里也是痛楚的重复。

　　下了班回到家,陪妈说话,累时就将脑袋枕到妈的膝上,从下面望妈的脸。妈的脸已不像我八年前来日本时那么光泽了。于是将妈的手抓过来,握在自己年轻的手心里。看她的神情,知道母女相依乃是世界上最最幸福的事情。休息天妈要我陪她去公园,本想带她去温泉走一走,可是她说花太多的钱不说,光天化日下在陌生人面前裸着身子洗澡实在太难堪。妈从旧时代里走过来,我了

70

解妈,便不再强求。在鸟语花香的公园里,妈突然从口袋里掏出一片面包来,将面包撕成一小块一小块,刚抛出去一片,成群的鸽子就飞到我和妈的面前,妈又惊又喜。在妈一惊一喜的一刹那间,我的心也生出同妈一样的惊和喜来。

自从觉得自己是个大人后,就学会了在高兴或者不高兴的时候到公园走一走、坐一坐。唯有妈来的日子里,我才觉得公园里的树如此温馨、风如此温柔、空气如此温和。于是我更温顺体贴地照顾她。在漂泊不定的生命过程中,妈是我内心永远不落的太阳;在下雨的日子里,我是她的太阳。我的电话、我的声音、我的存在,都可以将那黑暗照亮。这是妈归国前对我说的。

一线扯到天涯

　　来日本的中国人中和异国人结婚的为数不少。比如我认识的阿青,是和德国人结婚的;阿仙是和日本人结婚的。我自己呢,正和韩国人谈着恋爱。

　　男友只会说一点点儿汉语,韩语我只会说一句"你好",所以我们的交流便只限于母语外的第三国语言——日语。

　　这种恋爱生活,感觉上既美妙又苦恼,其原因就在于双方都无法十分透彻地进入对方的世界。许多文学家或哲学家曾说过,夫妻间要有一定的距离才好。诗人形容说,如此,天边的风便会在两个人的中间,自由自在地穿来穿去。这样的观点无疑是真理,问题的关键在于,刻意去保持一定的距离,多少有点儿疲劳。

　　不同国家之间的人相处,文化、习俗、语言等的不同,不需要刻意去保持距离,距离便客观地存在了。

　　由夫妻生活看这种距离,总好像内心的爱因无法完全倾诉给对方而变得愈来愈浓郁;总好像自己正在做的努力,无法使对方来得及明白其间的意义;总好像对对方的感知不过是自己的想象……

　　这种总好像一般的感觉,足够令人知道现实里应当如何去做对方才知道你是爱他的;这种总好像一般的感觉,足够令人竭尽所能地去善待自己所爱的人。当语言无法淋漓尽致地向对方表示自己的所思、所想及所爱的时候，就只能从行为上给对方以酣饱。

当然也会有吵架的时候，气极的时候用自以为是最恶毒的语言来诅咒对方，话一出口，定是自己的母语，对方根本就听不懂。耳不闻心不烦，看到对方在自己口出恶语后仍一副不理不睬的样子，自己倒是先笑起来。再气不过，只好一个人满街乱走一气。

常言说，日久情疏，当爱情的花朵应该因时间的关系而凋萎时，我们之间仍存着十二分的好奇心以开拓对方的疆土。我知道，在以后的一段时间里，我们大致仍然会兴味盎然。

一线扯到天涯。同行着的人并不相同，孤独的人也笑了。

故乡在路上

生活中常常有不同的遭遇,每每遇到不开心、不快乐的事情,总幻想回到家。在日本,想起家,便会想起中国,想起北京,想起位于北京航空大学附近那间闲置了六年、连墙皮都脱落了的小居室。

然而,北京也不是我真正的故乡。

17岁那年我因为考上了东北师范大学而离开了大连。有一首歌唱道:大海呀大海,就像妈妈一样。每每唱起这首歌,不用妈妈对我说,我也会想到我的故乡——有着蓝蓝的深深的海洋的大连。

想不到今生只不过是大连一个匆匆的过客。四年长春的大学生活,九年北京的工作生活,至今为止的日本客居生活,我甚至不同大连人在一起便说不出大连话中独有的海蛎子味。在日本,天南地北的人凑一起闲聊,听我说话,只猜得出我是北方人,我知道自己连口音也是南腔北调的了。

日本公司每年放两次长假,长长的寒假和长长的暑假。闷得无聊,便会怕那无底的孤寂。坐上三个小时的飞机到北京,落满灰尘的小居室弥漫着潮湿的霉气,逼我将自己放逐到旅馆里。

再乘一小时的飞机去大连,分居了十七年的母亲、姐姐和哥哥,虽然看起来依旧鲜活,我却总感到自己身上那种来自异地异国的生人味。我知道我早已经与有着蓝蓝的深深的海洋的故乡格格不入了。

家在哪里？

属于我心灵深处的故乡在哪里？

离开大连二十年，更多的感觉是风雨飘摇着的随风来顺风去的流浪与无奈。如今之于我，当一种有着亲切、踏实的感觉令我想起某一个地方的时候，这个地方竟然会是日本。永远都是八点三十分出发，永远都是乘着给人一种宁静、平和的绿色的电车去位于神保町的出版社，永远都是怀着匆匆忙忙的心情赶回自己的家。在出版社里，工作山一样地堆积着，什么胡思乱想，什么烦恼苦痛，一旦投入工作的状态中，立刻全部被忘掉了。人对生存的渴望，对实现自我价值的渴望，对自由的渴望，尽在充实的工作中得到满足。

回到家里，虽然腰酸背痛，但是做一点自己喜欢吃的东西，无友也无电话，用一种最为放松的姿势坐在饭桌前，总是诧异电视里出现的每一个人或者是动物怎么都那么可爱。

有时候被朋友约了去吃饭或者去喝酒，听到四周传过来的日语，确信相聚的朋友们，无论来自上海的北京的还是大连的，大家都共同属于一个地方，属于中国。中国人——隐去了具体的故乡，恰恰将那样一种漂泊动荡的岁月更加深刻地昭示了出来。

一条路走了几十年，所有发生过的刻骨铭心的故事，都发生在不是故乡却又是故乡的地方。因为感情和生命都已在这些地方留下来了，对它们的熟悉程度远超过对自己。

有了太多的故乡的感觉,我知道我已经失去故乡了。从十七岁开始我就一直不断地变换着生活的地方。妈妈对我说:"你怎么越走越远了呢?"

越远就越孤独,越孤独就越坚强。遭受挫折时泪水禁不住流下来,会想起儿时读过的高尔基说的一句话:穿着破棉袄,挺起胸膛向前走,前面有阳光、沙滩和绿洲……

心里便有一丝明亮慢慢地延伸下去、扩展开来,世界好似温暖又明快了许多。

真觉得自己已经像一粒生命力极强的种子,随便撒到什么地方都会破土成长起来。中国有一句俗话叫随遇而安。这话真好。

一天和一辈子没有什么区别,一个地方和许多地方也没有什么区别。四海为家以后,会在所走过的地方爬出一条蜿蜒的心路。同时,"故乡"这两个字也变得生疏起来。

免不了还是有被痛苦追逐的日子,也相信会有某一个夜深人静的夜晚,当熄掉最后一盏灯,立即会有沉沉的黑暗爬进身体上所有的皱褶里,所有模糊的人影和往事又一次清晰起来并且会重复着某一种伤害。但是夜过了就是白天,我不得不在不是故乡的故乡继续生存下来。怆然而独立。

故乡在路上,心随我在,我无处不在。

友　情

　　20 日,小雄从香港打来电话,约我 21 日晚六七点的时候在家等他的电话,他说他那时回日本,直接要见我。20 日晚我等到夜里 12 点,不见小雄的电话,也不见小雄来。我突然想起小雄在电话里说香港 21 日有台风的事。估计台风的原因飞机不能按时起飞。想着小雄一定会再来电话告知我原因的,就随便拿了一本书看。

　　本来,听说小雄要来,我是早早地赶回家来,洗了澡,化了妆,换上漂亮的衣服,徒劳修饰一场的感觉使我难以专注读书。只模糊记得是写一个很寂寞的女人偶然得了一只很通人性的狗,女人和狗正处得十分融洽的时候,狗却突然丢失了。女人因此失去了一种被无限信任、无限依恋的感觉。

　　我恍惚想象着女人失落的情形,不觉读到了最后。没想到,作者的一句话突然使我的心中滑过一阵冰冷的哆嗦。

　　那话是这样写的:怎么能想到,它与我只有短短一个半月的缘分呢? 怎么能相信,多少年来梦寐以求的忠实伴侣,好容易来到你身边,却会在一刹那就无影无踪了呢?

　　读书至此,我再也没有心情了。哆嗦处所触及的,是一种不祥的感觉。十分冰冷。

　　来日本这样久,在所结识的朋友中,小雄虽然不是伴侣,却也是一个非常难得的知己。不然在小雄外出的几天里，我不会有一种失落的感觉。而且，在我等小雄未回，当我读书看到那样的话时，我也不会从心底打出这样冰冷的哆嗦。

说不出什么原因，我下意识地打开电视机，紧张地将频道从1调到10，又从10调回1。我怕新闻中会有我怕看见的消息。新闻报道：在塞班岛有一个日本人被杀害。详情介绍完后，是一个食品广告。我的心稍有安慰。

只是仍不安宁。呆呆地坐在床上，目不转睛地注视着电话机。在心中，那台电话机就仿佛上帝一样。我期待铃声响起来一如期待上帝的福音。

铃声一夜未响，我也一夜未睡。不安的恐惧中，每一个微小的声音都会使我心跳不已。

23日，我足未出户，焦虑闭锁了我。一股巨大潮湿的气息在我的心中和眼睛中回荡，我似乎嗅到了一种死亡的气息。倘若我发现了一种最好的形式，那么我试图从最原始、天真的游戏中找到一种结局。这当然是一种试验。

我将那一枚圆圆的硬币握在手心里，一边对上帝祈求着，一边就有汗水将那硬币湿尽了。当我抬起手，试图将硬币抛起来的一刹那，我害怕了。我怕硬币落下来时不是我所祈望的正面。我想起我常相信的一句话：人什么都可以不信，但是不能不相信神谕，我怕这个神谕是那个万一。

有时候，事情越想明确就会变得越不明确。说起神谕，我想起小雄在电话中说他明天就回来后我说的一句话。我说小雄你可不能不回来。这话是我当时玩笑着说的,现在却神谕般以一种巨大的阴影罩在我的心上。

莫非……

我不敢想下去。我陷在茫茫无垠的失望和痛苦中。

遇到意外的事时只想到不好的方面,也许是忧郁而颓废的,但融在朴实的悲伤中的情感,却无疑含有几分温馨,使人感到对友情的眷恋。担忧是这友情中最为强烈的一种。许多情形下,只因为有担忧在,人类才留恋地生活着。担忧是值得珍爱的。也许正因为如此,当24日小雄从日本机场打来电话时,当我安心之余将我的心情诉诸小雄时,小雄竟感动得不行,不断地说:"谢谢!"

放下电话,我重新凝视着电话机。作为一种通信工具我感到它所具有的异常的价值。它曾经被我当成上帝的福音而期待过,而小雄的声音通过它清晰地传达给我时,也就是我的安慰了。世上万物,无论大小,都有它生命的本性,无情的人是进不了这本性中的。自古至今,人类得以在战争、疾病、离别等痛苦中继续生活下来,大概也是这情的作用吧。

浊 酒 余 欢

7号晨我醒得很早,但我不愿意起床。小木屋墙壁上挂着的石英钟从容地发出滴滴答答的声音,我便一声一声地数。但是,从没数到三十个数就又从头数。就这样挨到了7点一刻。

7点一刻,该是你登机的时候。

本来,6日的夜里我仍是抱定了信心要赴成田送你,但7日晨因为醉酒而精疲力竭,又因为心慌而落魄失魂的我,却无论如何都起不来。孤身在机场候机的你,想必知道我并未忘记这离别的一刻,而我未能去成田送你的缘故,你也是知道的。

果然,在登机前你从机场给我打来了电话,告诉我起飞的时间推迟到8点整。

有一句话叫醉人欲狂。这个故事,我们在这五六天里以我们自己的方式经历过了。那是在黄昏,在居酒屋里昏黄的灯光下,在一杯杯失控畅饮的酒水里。

常有一种感觉,18岁以前的时光长得无限,18岁以后的时光快如闪电。18岁至30岁这段时光之于我,就在一瞬间。转瞬的时间里,我已很少有闲暇喝酒了。但是在你来到我身边的三天里,我却喝了四次,且醉了两次酒。想必醉了酒的人才会懂得酒。

6号醉酒后我吐过三次,7号上午我躺在床上想象在空中飘摇的飞机、想象你的时候,我又吐了一次。因为醉酒而在当天吐过后的第二天再吐,怕是不多见的。就是在此刻,那样一种眩晕欲狂的滋味仍紧缩在我的心上。虽然已是人渺影远,虽然已是天各一方,但是,就因着这醉的滋味,热泪就常常禁不住地湿了我的鬓发我的腮。

我们离别时我醉着,但是心告诉我我未曾说过挽留你的话。当我将情箭搭在你的心弦上时,我已想过我们的前途。一个是国内,一个是海外,纵使人生一切一切的情境都似闪电,那相距天涯般的辗转也未必能够穷尽。

因而,你走时我说的话都很有勇气。

如今回味起来,离别时你和我一样醉着,且和我一样有勇气。你对我说,说我应该见大世面,应该有大眼光,应该做大事业。这样的鼓励,其间迂回婉转的心思,我们是相通的。迂回婉转中就有一种永远的空寂,这空寂包裹着我们的生命,并给我们的生命以平静而又空虚的愉快。

只愿天南地北的生活中有你我二人的心维系。

但是,大概是一种病态也说不定。

你走之后,偌大的东京市忽然间变得十分萧瑟。公司里做事时尚不觉得,一旦有了闲暇想点心思,那心思必是你。两天来心里总是一惝一惝的,十分慌乱,慌乱之后便是难以言述的沉重。一本本书抓起来又放下,一次次抓起电话只拨了一个号码又放下。我想我是病了。真的,一次次地感受着心猛然沉下去的滋味,使我觉着孤独。只有一个人默默地承受着的怆然感，又使我惧怕这孤独。

我的的确确病了。而这病痛，正是由于你的离去。

也许你并未注意到，你我在一起时，我总是默默地注视你的眼你的鼻你的嘴。每每你将目光转向我时，我都想将我的注视告知于你，但我没有勇气。在你的眼未曾接触我的眼时，我的心已感到一阵凄楚了。生如寄，死如归，逃脱不掉的，就该静待着来临啊。不是有一句歌词这样唱"平平淡淡才是真"吗？让生命去等候吧，等候即将来临的漂流。让生命去等候吧，等候一颗永远属于你的心。

今天是 8 号。有一个朋友过生日请我去，还一同请了几个女孩，都是 20 岁左右的样子。18 岁的姑娘一朵花，这话真好。年轻人凑在一起又是酒又是歌，女孩个个唱得痛快淋漓，我兴致也高起来，随男孩女孩们跺脚唱歌。出国几年，新流行的歌不会唱，就唱几年前流行的《再回首》。

男孩女孩们唱歌是为了表现洒脱，我却已从他们那挚诚的天真里感受到一种明快和朴素。而我呢，有 5 号 6 号的酒醉，一唱《再回首》，浓浓的醉意不自觉又将你带到我心中。或许我活着，却又太不洒脱了，总之我又十二分地觉着心底的悲哀了。这以后，我只喝了个浅浅的酒底儿，便不敢久留了。

回到家中，已是午夜。先是睡不着，再后是梦。

一样的心情

　　记不清写过多少封信,反正是一封接着一封地写,一封接着一封地寄出去。也记不清信中都曾经写过什么话,只知道所有的语言都在表达同一种心情。该算作什么样的捉弄? 这个世界,本来有它的时间、语言和行为,但时间、语言和行为却不能为心情来说明什么了。

　　还记得离别时的心情十分沉重。当扩音器提醒去日本的旅客注意时,我最后一次把目光投向你。你忧虑的眼神似哽咽直接注入我的心房,飞机起飞时十分缓慢,是那种徐徐的起动,就仿佛人类惜别时的依依之情。意识到这一点,只能使我的心情更加悲戚。缠绵的飘摇是残酷的,飞机擦地而起的那一瞬,一种寒意压抑了我。

　　这压抑如今依旧笼罩着我,没有着落。过去,过去是怎样的情形呢? 偶尔不能与你在一起,打个电话,叫一辆出租车,这就什么都可以了。而现在,世界多么深邃,深邃又多么空寂啊。拿起电话,随便一拨,用不着想就知道一定是那个最熟悉的号码。如果不在,便是那深邃的空寂;如果在,在又如何呢? 就因为飞机鸟般地一飞,时间和地点,世界上的一切都重新移动了。咫尺天涯。其实,那样一种听得见声音却看不见也摸不到对方的滋味,岂止是

"咫尺天涯"四个字可以容纳的？

　　明明已经知道了，知道这诸多难以言述的东西比纸上的东西更为重要，却还是禁不住天天盼着信来，似乎没有信来那感情也不存在了呢。这便是那无着无落的残酷的压抑吗？人的感情为何这般纤细并且脆弱？那种足以维系两个心灵的东西究竟多么重要，以至于这般令人放心不下？

　　晴朗的天空，用眼睛看上去，再不是纯纯的蓝色，而是灰色的了。分离的时间里，自我消失，变成了操纵者。如梦浮生使人觉着心神交瘁。漫漫的长夜无限而绵软，多希望能够打一个长长的哈欠。长长的拥抱有时是幸福的，反过来，却是十二分地痛苦。现在对于我来说，时间实在太长也太多了，太长太多以至于令我觉着不堪其重了呢。

　　这般期待时间不再存在的意义究竟是什么呢？涌向我心头的是你抱着一束用透明的玻璃纸包裹着一大束紫红色玫瑰花站在我面前的形象，是你第一次黑着头发、黑着眼睛、黑着衣服向我走近时的电击一般的感觉。那意味着我或许可以猜出来了，紫红色和黑色，是凝重而又阴郁的象征。

　　在日本，玫瑰花特别多，尤其紫红色的玫瑰花居多，我寄居的日本人家里竟十分偏爱这种紫红颜色的花。黑漆漆的夜来临的时候，在玫瑰花香沁满的小木屋里，心中总是有一种很强烈、很奇特，也很苦涩的东西。这种时刻躺在榻榻米上，一如躺在坟墓里。血管里的血液似凝固了一般……如果这也可以叫作心情的话……

所思多在离别中。十二分的孤独,十二分的寂寞,十二分的落魄,十二分的辗转,十二分的于闪光中难以分辨的模糊的真伪。

时间的长河,明知道分离了还会再聚,但是,只要是在分离的时间里,所有的心情都一样地源于思念。只是,用以表述这样的心情的语言是无穷无尽的。刚刚才懂得,语言实在是浅薄而又有限的。

最后的华丽

已经过了那么久,直到今日夜谈,小雄突然对我说:"还记得北京的礼士宾馆吗?去年年末我们一起去北京的时候。"

怎么可能忘记?那一天是 26 日,在礼士宾馆,在二楼的三号房间里,小雄和我,差一点就做了那件事。

小雄接下去说:"那一天在床上,我开始抚摸你的时候,你的身子就抖起来,好像小女孩十分害怕的样子。我内心怜恤的念头一闪,那劲儿就过去了。"

多么纯真的话语。心被捣碎了,如泥。

仍记得那日从害怕以及恍惚中清醒过来,床上亮着明晃晃的灯光,好似一丝余地也留不下来……

小雄又用和那天一模一样的目光来看我了。这一次我微垂着头,小雄奇异的目光我是用心感觉到的。感觉到的一刹那,我发觉小雄与我在内心深处的某一点上相遇了,之后小雄和我同时伸出了双手,将对方拥抱在怀。

接下去的缠绵激烈而又错乱。

彼此自焚而又焚了他人。

每一次呼吸都好像深深地汲了天也汲了地。

多少次就好像死去了又醒来。

⋯⋯雨过河原。满屋子的声音似乎在一刻间静止下来。

我和小雄头并头倒在床上,许久许久无话。小雄打开电视机,将频道调到5,正播放儿时即看过至今仍记忆犹新的名片"插曲"。黑白片中我叫不上名字的男女影星正拥抱在一起。虽然是做戏,看起来却和真的一模一样。

我看了小雄一眼,小雄好像正入了男女影星的戏中。我想起小雄这之前竟用扑克为我算过命。我将目光转回男女影星,却对着小雄说:"小雄,你看银幕上演着的正是银幕下的事。"

小雄又似在礼士宾馆时一模一样地抚摸了我。这一次不仅仅是恍惚,更有冲动。男人和女人,经历了一代又一代,如今我和小雄两个人也终于走了过来。

事情过后我发觉自己有一点点儿的后悔、一点点儿的呆怔和一点点儿的亲情。

我想如果今天和小雄不发生这种事,我永远不会想以后的事情。明明多了的这一件事使所谓的爱情增了一份奇妙也损了一份奇妙,我却是将正渴望着的被抚摸的感觉一念转向了对稳定的需求。

我知道自这件事发生后我和小雄就会同居下去,或者干脆结婚。30多岁的我已不想再玩。我问小雄:"我一生都可以依靠你吗?"

小雄的回答十分肯定,他说:"当然可以。"小雄接下去笑着对我说:"你这个傻瓜!"

我沉默了许久,内心一而再再而三地斟酌小雄的两句话,慢慢地便觉华丽炫目,泪水就情不自禁地自脸庞流下来,滑向耳际,永不停止似的。

　　每一天自东方升起的太阳其实永远是那同一个太阳。

　　小雄懂得这个道理,因此小雄也懂得我的泪水。小雄不再说话,他只是用小手帕将我脸上的泪水拭干净。这一刻小雄凝视我的目光开始有温柔和伤感。华丽潜入我心底。这一刻的华丽是我和小雄相识、相爱、相结合以来最美的一次,也将是最后一次。过不了多久,我就会是小雄的妻子了。名正而言顺。

　　我抱住小雄,再抱紧一些。这一刻的心底则是波涛汹涌。一半是现实,一半是憧憬的时候,原来是这般华丽。

　　我想对小雄说祝福我吧,也祝福你自己。为了现在我们如此相爱,也为了……

　　我本来是想为了将来和永远,但我竟失却了勇气想下去。将来难以为继,未来也难以预测。

　　我必须喘一口气。

　　一眼就看见茶几上前日买来如今已近凋萎的玫瑰花。紫红色依然鲜艳并浓重,生命也依然延续着。我不知为什么问小雄,我说:"小雄,30多岁的女人了,是不是已经很老很老了?"

　　小雄微笑着不做回答。小雄是不是不置可否呢?

　　再看小雄脸上的笑意,正慢慢地消失,本来随笑意洋溢着的明媚,在我的有心或无意下,正仿佛某种华丽的装饰般叮叮咚咚地滚落下来,滚向四方。

明明是生命中最华丽的一刻,我却感受着生命的流光为荒枯而去的其中一个过程,不该想到的却想到了。

身为女人,我知道这是最后的华丽。女人的最后的华丽。

缘

最通俗而又常常被人们使用的话中,有一个字就叫作"缘"。并非所有夫妇的结合都始于缘分,但因为缘而结合,确乎又是多数的。

最伤感的时候是在异国或者旅行。那种动荡、飘摇的感觉,那种聚散离合的滋味,随便触到哪里,哪里便生了痛楚般地迷茫起来。

长途旅行的时候,多数为一个人,孤寂地看着窗外一段段闪现又消逝的风景,在闪现与消逝之间,总好像包含着某种深深的启示,真切得令痛楚的心挣扎出一些说不清的东西来。

一直想将这种说不清的东西穷究出来,却永远都做不到,于是常常有了想要哭泣的愿望。泪水是流不出来的,只有心因为被濡湿着而分外地模糊。之后会是胀痛在心中一点点儿地延伸出来,抚也抚不去。抚得深了,便依稀抚出一些日常的东西:家常的居屋,温暖的阳光静静地从玻璃窗照到床头……

闲聊的时候将这种感觉说与朋友,朋友说我一定是在想着结婚的事。30多岁的女人了,或者真的就是在想着结婚的事情吧。于是连倾诉和分辩的勇气也没有了。

是你的失不去,不是你的求不来。这句关于所谓缘分的解释听得多了,渐渐就生出绝望来。在那一种缘分来临之前,只有默默地承受着一切。

这样想象着,忧伤的心于是轻松了许多。

一个冰冷的寒冬,我又一次踏上了动荡的旅途。我生来似乎与"驿"字有着手足般的缘分。

飞机起飞时正值黄昏,从窗玻璃向外望去,夕阳血红的颜色令我目眩。说不清的东西又将那种痛楚带到我的心中,当为乘客准备的餐饮端到面前时,我有一种释然的解放的感觉。现实的本能的欲望,令我无意中将黄油毫不在乎吃相地吃掉了。

就是这块黄油,使我和另外一个男人为我们后来的行为找到了一种比较合理的解释。

当这个男人在后来成了我的丈夫之后,男人对我说:"如果不是你当时穿了一套黑色的脏兮兮的衣服坐在身边;如果不是你痴呆呆、孤寂的样子引起我的注意;如果不是你也喜欢吃黄油;如果不是你咬黄油时将一排可爱的牙齿露出来;如果不是你竟然不拒绝一个陌生男人给你的黄油……于是我就想,这个女孩,我应该在她的身边保护她……"

一连串的"如果"将我和男人缠绕到了一起。应该说一连串的"如果"是一个偶然。虽为偶然,毕竟是人为的。单单男人的内心产生的一念,才是那冥冥中的缘吧。

结为夫妻,开始在同一个房间中生活。内心的感觉是分离的。

一方面,当男人爱抚我,便觉着几生几世以前便已经和男人在一起了,完完全全是与生俱来的;另一方面,当男人坐在旁边而我凝视男人的时候,便觉这个男人是十分陌生的,完完全全地陷于困惑之中。

于是常常问男人:你是谁?为什么那一次旅行你要坐在我的身边?我们是分属于两个不同国度的人,为什么会在天空的云中相遇?为什么在熙熙攘攘的人群中,偏偏就是你呢?……可是,在那一次旅行之前,你在哪里呢?

男人笑着说:"你读过西方哲学,先有鸡先有蛋的问题搞得清吗?你也读过中国文学,'江畔何人初见月,江月何年初照人'的诗句你想得通吗?你只要记得我来自宇宙,特地为保护你而来的就可以了。"

男人会接着问我一句:"你不相信吗?"

我当然不相信和我结婚的男人会是宇宙人。但是,自始至终都在寻觅着的另一半,真的与自己相依相傍了之后,为什么仍有那么多无法穷究的东西呢?对于剥离着的感觉来说,哪一天才会不再执着下去呢?

我身上有你的美丽与真诚

小雄,因为你来过电话,我知道你将在三日后抵达福市。又因为曾经给福市寄过信,我知道寄去福市的信要三天时间。算一算,我若今天写信给你,你便可以得到一种欣喜。这样的欣喜便是在你抵达福市的时候,恰好有我的信告知你我心中的思念与苦痛。

小雄,我是这样地惦记着你,也许你不信。知道你出差在外打长途不十分方便,也知道不方便你仍旧要一天一次地打电话给我,我一刻也不敢久离我的家门。只想等到你的电话,听到你的声音。

果然你天天都打电话来我的家。我心中潮湿。

只是,每一天每一刻我都在盼小雄你的电话,你的电话真来了,我却紧张得不知说什么好。

或许我心里要对你说的话太多太多,也或许我每每听见你的声音时心中太激动太高兴。很少对待一个朋友像对待你这般。一般的情形下,不是谈一件正经的事就是一次随意的问候。可是你不同。你打电话来,或者你亲自来,我先是紧张,后问你的计划,再后便是我滔滔不绝地将我生活中的一切琐碎倾吐于你,不给你一点儿说话的机会。待到我想要问你此行的目的,怕是已经到了最后。这几天里,我参加了一次会议,会上我见到了最好的朋友小温和小庄;我打算写一部尚且不知道结局的长篇;我有三日不曾睡好觉;等等。几乎我一切的一切都已经让你知道了。向你倾诉,成了我平淡生活中一个重大的焦虑。

竟会是这样的情形! 我一直在想,我这样焦虑,其实是在希望你时时刻刻地想到我。

然而你当真给了我一种极大的安慰。昨日你来电话时对我说,你打电话给我这件事已经成为你生活中一个不可缺少的组成部分。不打电话,不听见我的声音,便似缺少了什么,心中空空荡荡的。小雄! 我该用什么不普通的字眼来形容我的焦虑感和你的空空荡荡的感觉呢? 每一次,当我放下电话时,我都觉得是在向我一生中最快乐的时光做一个小小的告别。真正离别时的苦痛不曾忘记,而这不平凡的悠长的快乐,却又实在以它欣喜且满足且安适地将那样一种苦涩的离别淹没。小雄,我要告诉你,基于这样的一种思念,我过去的时光里所惧怕的那种孤寂不再令我觉着难以承受了。因为我知道,在这个世界上,有小雄你这样一个朋友在为我而思念而空寂,而这思念与空寂其实正是我完全晓悟的一种感情呢。

我要告诉你,小雄,这种种复杂的情感令我充实且安慰。

无论如何,我仍确信我们实实在在是相知的,我们实实在在是互相看重的。这样的一种关系,在千人万人里是实难寻觅的。万千人海中,我们彼此发现彼此选择着同行下去,我们便是选择了一条最单纯也最快乐的路。小雄,我要告诉你,我从来没有像现在这般这么近地接触过生命,我从来没有这么清楚地觉得我是同一种神圣融在一个躯体里。我会在白昼的阳光中梦见晶莹的露水和小鸟。小雄,你知道这梦其实正是含苞待放的灵魂,在我心中它像春天一样洋溢着清新。小雄你懂得这一点吗?

如果你还不明白,让我进一步解释给你听。

小雄,自从遇上你,你就以你的热情使我失掉了我自己,且用我全部的身心将你承受下去。在我的身上,有着小雄你的美丽与真诚。小雄,你若是明白了这一点,你就要一生照耀我,让春天永远不离开我。

小雄,这几天我过于紧张,昨天睡了一昼又一夜,醒来后我不愿意起床,我看着阳光由窗而写字台而地毯而我的全部身体照进来。我沐浴在阳光里。我在想,这时阳光是照了我,照了我的房间,照了所有我思念的人。那么,小雄,你知道这时阳光也在照你吗?你知道阳光不再是一种温暖的光芒,它其实是柔和的思索,是欢乐而且神秘的眼睛吗?

两个人的站台

将你及一大群人送至火车上后,我的心怦然碎裂了。模糊的窗玻璃中,你也许没有看见我的两眼是噙满着泪水的。万千的苦痛那时一下子涌到我的心底,有什么话好说?有什么话可以说呢?你分明也是流着泪上车的呀。

一路上,我的泪水是淋漓着出来的,那淋漓的感觉似乎是隐藏在灵魂的深处,是猝然奔放的激情,正如你说的话,是一种光辉的苦痛。就为了这,也许可以说,世界上最深刻的东西我们都拥有了。

却难免盼你的信,焦灼地想象着无论如何要等着接到你的信再写字于你,哪怕那时候会有两封甚至三封的信寄予你,也许汇集成一大捆一下子甩给你让你欢喜,却终是忍不住,便想居住在覆盖着洁白的冰雪的小城中的你。

记得你临行前对我说过的话吗?我问我能不能想象你在小城的日日夜夜是怎样的情形,你问我能不能在分离的日子里常常想到在小城中有一个时时刻刻眷恋着我的小小心灵。那时刻我是以沉默回答了你;那时刻我是站在熙熙攘攘的站台里,心神专一地看着手腕上的指针如何一点一点地滑落下去;那时刻我是感觉心旋转起来且被一大群一大群的人走马灯似的轮流占据着。你那不安宁的来来回回走动的身子,映在那时刻的我的眼里,看起来就像魂的影子。我那时就想回答你,你所居住的小城一定是我心中最冷清、最寂寞的地方。因为有爱才会有天地呢。

你知道吗?我这样想象着你时,是在一间古老的宿舍里,躺在一张许许多多人曾经做过许许多多梦的大木板床上,我极想感谢你让我在这样一个宁静的时刻,从记忆的温田里捡回一片一片关于你的、我的、我们的世界。这时候我真想看见你并握住你的手,只要静静的什么都不用说就够了。然而,你也许正在梦吃中吧。

那天火车开动之前,我看见你的眼睛在一刹那间涌满了泪水。我突然醒悟过来,你这是决意要离我而去了。看着深棕色的羽绒大衣裹着你瘦而宽的身子,看着你滚落着泪水的面颊上竟浅印着微笑,说什么我都不能够忍受下去了。我将两只手的手指撑开,捂到眼睛上,捂到面颊上,在车窗外向车窗内温柔灯光下的你扮着小孩子的鬼脸,你哪里知道,泪水已从我的面颊上倾泻下来了。那时刻,车发动起来的轰轰隆隆的声音从指缝间爬了进来,伏在我黏湿的肌肤上沾湿了我的魂并模糊了我的感觉。我那时真觉得从眼前疾驰而去的列车上每个窗口处模糊的影子都是你,都是你在用哀怨的泪眼无可奈何地盯着我。

现在想一想,你一定到达那座覆盖着冰雪的小城了。我和你相距的怕是愈加遥远了,你的影子印在我的心上,宛如一丝淡淡的紫丁香一样跳动着的忧伤。我无论如何忘不了你上火车前猛然转向我的泪眼。有一句词是"满袖啼红",个中滋味直到这时我才真正明白了。

真的，当现在我被一团不可解的丝线缠绕时，我忽然知道了，原来我们在一起时所做的那些放浪的行为以及分离时悲戚的泪水，都是今日美好的安慰。

我还要告诉你，你走后的第二天，我所居的地方也下雪了。雪花很大，走在雪地上，脚板处咯吱咯吱的声音使我的整个身心都充满了柔静的轻音乐一般；而我从内心更觉得这大雪分明把你所居住的覆盖着冰雪的小城延伸到我所居住的地方了呢，我与你是同在一个世界的。就因为这，我眼里的白茫茫的世界便闪烁出一种光彩。恐怕人生中很多事物都是这样的，只要有爱，天地就永恒长久，天地就另换一种色彩。

不是吗？当你忙着上车下车，随潮涌般的人流上去下来这样反复无休止时，你不正是盼着通过这些小小的站台最终到达所求的目的地吗？而且，在小小站台里你我二人的离别中，不也真的隐藏着许多可歌可泣的故事吗？

真心地希望你在这充满爱的曲折的人生中得到永恒的骄傲。

第 一 滴 血

门铃声响起来,叮叮咚咚好似自远天传来的鼓声,不用猜,一定是送信的又来啦。

窗外一家工厂的烟囱,冒出的黑烟蓬蓬勃勃,天空的颜色消失得干干净净。

我已等许久了,只想在眼前的一方窗棂中窥到那光那亮那简单的无法描述的纯纯的蓝。真的,只想企盼到真实。

此外,不用撕开信封,我也完全清楚那信的内容是什么。信还没有看,我却有了一种急切倾诉的焦灼。

"亲爱的……"

我今天仅仅写出了三个字就写不下去啦。真的,我一点都不知道写信的目的究竟是什么,我只是一而再再而三地写,一封信也不愿意空着。同样都是新的词汇,新的情绪。好像多少与之而来的生活经验告诉了我,只有分离,只有雪一样的信,才可以怀着崇高的情感,给予他人一种全新的激情,既甜蜜又热烈。

人有的时候就是需要一种境界,把自己置身在这种境界里,然后陶醉。

我为我自己伤心。

我对不起我自己。

99

现实是世界上最残酷最丑恶的东西。

我的思绪分明就被窗外蓬蓬勃勃的黑烟染得黑乎乎的。脑子里摇曳着乱糟糟的线。多少年来积淀下来的情感十分疲惫，十分强烈地拥聚着我。我忽然厌恶了。

我想，我简直就是一个可笑的守望者。就像塞林格笔下那个麦田里的守望者一样，又孤独又迷乱。本来是爱的通天烈火，为什么一见面，彼此间仅仅剩下比灰烬还要令人绝望的冷静呢？

如果我们尚且年轻，如果我们年轻时就认识到爱情与活生生的具体的人原来竟是一个悖论的话，那么，我们现在的关系又是怎样的情形呢？

就在那一天，随便的一天，随便的一个地方，随便的一个人，一个男人，走上前来和我搭话，我就让他中了一个彩。

那时候，我全部的肉体和情绪都以其强烈的骚乱暗示给我一种渴望，于是这个男人就成为我感情上一个非常幸运的中彩者。

当然，他并不知道他所得到的其实有多么廉价。

那么你呢？

与你的一切都成为过去的梦了吗？那曾是欢乐明快的你，怎么一下子沉默在抑郁的冷淡之中了呢？

你冷淡的背后是自卑。我忽然厌恶了。

你不知道你和那个中彩的男人一点都不一样。

我一直在苦苦寻觅一个仅仅是因为爱而投于其身的男人，不幸的是，直到今天，这样的男人依旧是你。在我心里，你比所有的男人更亲切也更优雅。在我的心灵深处,你永远是独特的。

我伤心我自己。我对我自己说,你真不幸。

我把"亲爱的"三个字划掉,清晰的字迹依然可辨。我把这一页纸团起来,又打开,撕得粉碎。

我在另一页纸的顶格上写了简简单单的两个字"你好"。接下去,我这样写道:"不幸的全部问题好像在于婚姻。婚姻把一种自发产生的激情转化为一种权利和义务。权利和义务又强化为爱,而爱的关系恰恰是一个男人和一个女人。"

就像我和你。

我是女人,没有办法,一点办法没有。女人在漫长的历史跋涉中,在以男人为中心的文化氛围内,很容易把一切认可下来。

你是男人,所以你就不同啦。男人总有一种使他觉得遗憾的野心,就是男人们总是觉得一切还没有开始就已经结束啦。

当女人如痴如醉地欢乐在她唯一因爱而投于其身的男人的怀抱中时,男人的感情却生锈了。

罪恶的种子。而女人浓重着黑眼圈,已经不年轻了。

于是女人差不多把清醒锁起来,也把自己的一切看成和其他是"差不多的现象"。

女人这样对自己说,不要继续考虑这些生存危机的问题啦,这东西是有毒的,会蔓延、积淀下来的。没有谁比谁看得更清楚。

活好。难得糊涂。

我伤心我自己。我对我自己一点责任都不负。

直到分离的前一天,你突然在我的面前说出这种那种的感觉,提出这样那样的问题,我突然清醒过来,认真起来。

你手里的红葡萄酒湿了你洁白的衬衫,我看着像一大片潮乎乎的血。

是谁在我们中间打了第一棒?

真的真的,那第一滴血流自谁,流向哪里,我怎么一点也搜寻不到呢?

我伤心我自己。我对我自己说,你真不幸。

早该醒过来。

初 见 冰 心

少年时代,我系统读的第一个作家的作品就是《冰心文集》的一至四卷。我的心中依然留有这样的记忆:"他虽然已认定了投海自杀的这条路,却因着目前的一幅好景,使死在顷刻的凌瑜,冰冷的心肠里,又生出一种美感来。他两手交互着捏得很紧,沉寂的眼光里含着珠泪,呆立了片刻,忽然自己说道:'时候到了,不必留恋了!这千顷的清波,我凌瑜葬身此中,也算死得其所了。夕阳呵,晚霞呵,我现在和你们告别了!……'"

这是冰心老人《世界上有的是快乐……光明》一文中的一段话。在当时,我的父亲不知道什么缘由刚刚自杀而死,父亲的死之于我,宛若一个十分惊恐的谜,而冰心所描写的这一段话,可以让我感受到自然之美的无限蕴积。所以我那时就觉着,父亲的死其实是与一种无限美丽的自然的融合,是自然之美将父亲召唤走的。记得我读完这篇文章时正值一日的黄昏,窗外雪地里啄寻食物的麻雀十分地静了,一种温情中扩展开来的压抑慢慢填充了我的心,我不知不觉就走到离我所居最近的一个人工湖湖畔。一路上我就在想,人工湖是有水的,水中一定会有冰心所写的"千顷的清波"——那么我也要投进去,投进"千顷的清波"之中,以沐自然之美的形式告别人世间。

我与冰心先生

可是，人工湖与自然形成的湖，它们是完全不同的。自然形成的湖永远都有它自己流动的轨迹，人工湖就完全是另外一回事儿。时值早春，残雪未消，人工湖面死寂的水上散落着一片片粘连着泥土的枯草与腐叶，阳光看上去竟是十分混沌。仿佛死水的味道扑鼻而来，直钻进我的心，我的心情是这人工湖的心情：幻灭、寂寞与破败。感觉无限之美与色彩的门扉一经关闭，我不可思议地病了整整一个星期。

我之所以想起这件事，是因为今天我去看望了冰心老人。我将这事说与冰心老人，老人家笑着对我说："如果你现在读我的文章还要生病，我就劝你不要再读我的文章了。"老人家说这话时，脸上洋溢着一种蕴含着诗魂的、童心般的柔和的美。

　　我心中追忆着对冰心老人说：现在我读您的文章不会再病了。我那时病的原因是因为我不懂得这世界，不懂得生活，不懂得境由心生。打一个最简单的比方：我那时不懂得人工湖与自然形成的湖完全不同。虽然我现在仍然不十分懂得这世界，但我试着从现实生活中去寻找一个生动的世界了，哪怕寻到一小片色彩。只是，我心中的这一点追忆竟然没有勇气说与冰心老人听。我太弱小。

　　在我学着写作的初始，我是试着将冰心老人的文集重新读过一遍的，在冰一般透明的世界里，天地无限而永恒。在我的这样一种认识转变里，潜隐着一个应该说是比较严肃的问题，即人的充满爱意之心，就是人的朴素的行为。回过头来从轻松的自然的角度来看，树就是树，一切植物都是如此，甚至人也不过如此，但是，从自然、人类的名义出发的文学的背后，却有不着边际的生活在生动地展现。以爱心、以朴素的行为在做着工作的文学家，正是为人类生活献上一个新的、有血有肉的真正的名称。

　　说了这么多，我不过是想说，一次再一次的重读《冰心文集》，总觉得老人家是在告诉我海由"千顷的清波"组成，而生活在世界中的凌瑜由"顷波"而认识了快乐和光明。这凌瑜的认识过程，也是我的认识过程，也是全部读者、整个人类的认识过程。我曾经认

小孩子你别走远了，
你与我们用搀扶！

黑孩女士属

冰心先生写给我的话

为,爱会使天地另换一种色彩,冰心老人又将这种色彩以一种了如指掌的形式启迪于我。这无疑是一种融入生命的博大精神。生活是美好的,我开始懂得。我想掌握这种精神,在我的生活中。

我分明从冰心老人展示于世人面前的字里行间里,感受到一种实实在在的生活了——无论幸福,也无论悲哀。

从初读《冰心文集》到初见冰心老人,有了这些感受和想法,以至于自己都觉得很难明白自己到底说清楚了什么没有。但是,我觉得我现在是实难透彻理解冰心老人的,因为我刚刚开始学习生活。

与冰心老人分别前,老人家为我题字。老人家问:"你喜欢什么?"

我说:"小孩子你别走远了,你与我仍旧搀扶。"

这是冰心老人《以诗代序》中的一句话。它们曾是颇费一番心思地留在我的心上的。

两个人的岁月

那个人是谁？这在以后的岁月里是否十分重要？事到如今，唯一期待、企望并且回味无穷的竟是再结伴回到北京，沿着那条朴素得不能再朴素的柏油小路走下去，走下去……

在这条小路上，曾经有过心跳加速的等待，对即将露面的男人的等待。

等待的过程中，女人对人生、事业以及爱情充满了孩子气的单纯和严肃，相信两个人的爱情足以扭转一切，足以……

这样的情景留在女人的心中，依然那么灿烂，依然那么深刻。

然而，女人尚且来不及做更多准备的时候，从未触摸到的未来的道路却突然抵临脚下。和男人在一起的日日夜夜，男人在那条小路上向女人走来时的明月般的笑脸，是的，是的，女人是以自己的青春与之共有过的。青春不会衰老，而不会衰老的青春如今在女人拂拭不尽的泪眼中闪烁着。

也许再过几十年，男人会蜕变成一张陈旧的黑白照片，被男人遗忘的那条小路上有无关的人影如雨点般疏离。然而，此时此刻，对于深爱如以往的女人来说，既定的现实中，男人和小路依旧优雅并且固执。女人无法舍弃！小路上的风表达不了女人的等待。

一条河就这样流走了,从女人的皱褶的心坎上一点点流走了。女人看着这条曾经温馨沐浴过的河,却感到没有任何手段可以留住它。

我记着阳光灿烂的日子里和男人相处得很好的女人,如今看着女人的泪眼,我对女人说:

"你是我认识的女人中最好的女人。"我知道我说这句话没有用,一点也没有用。

自男人离去之后,女人就不再是拥有大团大团快乐与幸福的人。看着女人那张微笑已经稀薄得不能再稀薄的脸,感觉女人独自待在没有生气的房间里,好像习惯与她自身无关的日子般习惯着孤独和失落。女人的躯壳不是一天一天,而是一个世纪一个世纪地老下去。

很想告诉女人她正在遭受忘却,很想要女人不在乎,因为很多个日子以后,这间孤独的小房子里有可能会升起另外一个男人的炊烟,但是我说不出口。

想起日本山手线中间随便的某一个站,很像女人爱着的男人。一位诗人曾经说过:"我不是归人,而是一个过客。"

这样迷上了你

翻开一本诗集,我读到一句话:

我们曾在巴比伦的河边坐下,一想起锡安就哭了。

我的胸口有一阵裂开的、重重的、随时会掉落般的痛楚,那是心脏的位置,爱一个人的时候会清清楚楚地知道心的位置在哪儿。

那种滔滔逝水般的感觉又慢慢地由痛着的心流散出来。

我捂着胸口的时候看见了你的微笑的脸。你是冲着我笑的。从此再也抹不掉你的笑容。

很少有男人会似你这般微笑。你的唇厚厚的,却是狭长的,冷峻之中显出一点点的性感来。当你笑的时候,你的嘴角会斜斜地弯弯地翘上去,将一些邪意扯出来。有一句话是形容女人的,若用来形容你,同样不觉得过分,这句话便是那"回眸一笑百媚生"。

每一次,当你坐在我的对面,露出一排整齐而又洁白的牙齿微笑时,我便觉着自己会一直一直地颓废下去……就好像看见海水涨潮已涨至身旁,而自己已经完全来不及躲避。

是你的笑,是你的这种笑常会令我感到一种无际的悲哀。我渴望你知晓我内心的某一种渴望,然而我不愿打扰你。我希望你情愿。

一生中阅过不少男人,刚的和柔的,不刚不柔的,偏你就是那个又刚又柔却深藏不露的。

我掉进你笑的深渊而无法选择。我不怕做你一生中前赴后继中的女人中的又一个女人。

上帝遥远,我无法拉住他的手。

原谅我狠狠地去爱你,不知道还有什么其他的选择。

为了爱你我自创了爱情经文,在你的笑容前我常于心中默默念叨:爱你爱到天下颜色雨,爱你爱到路没有尽头,爱你爱到天地动摇并颠覆,爱你爱到期望不再,爱你爱到刹那间白尽了头发。

我愿意在每一个阳光灿烂的星期五的上午打十二次电话给你,我愿意在寂寞时想起你的笑容而致精神破碎游离,我愿意看见西阳斜去将我的幸福告知所有的人并令听者感觉日月失去了光泽。

这般迷上了你。爱你至此。

原以为要经历几生几世才会产生这样的爱,想不到看见你仅几个月。

江山如画。如画的是你的笑容。

病

　　不是不可以坐下来,面对着你,将心里所有的体验谈与你,只是没有这样的一份勇气。你该知道那个卢梭,他说过这样一句话:人生来自由,却无不在枷锁之中。卢梭的这个"枷锁"之于我,实在不易述说。

　　首先,那天晚上,应该是深夜,我们从咖啡屋走出来至车站。分手后,我先是觉着冷,并且,那冷的寒意简直就是从我内心深处发出来的。迷离恍惚地抱着自己的双肩,一个人在夜的路上走,磕磕碰碰,想象自己已经如一个病人一般。然而,真的就咳起来,不停地咳,十分辛苦。真的就成了病人。

　　其次,我一路咳着回到家,心口处十分痛。痛楚至极,我不得不将一个枕头拥在自己的心口处,好像这样或许可以止一点痛楚似的。然而,痛楚无法抑止,像无底的深渊,生命、灵魂等一切可以感知到的,都在这痛的深渊里坠落、眩晕、痉挛。我常常觉着我会于瞬间晕死在它的怀抱里。

　　空气分明在我身体的周际流动着,然而十分沉默,就如时间的流逝一般。自己也没有想到,这种时刻,会对生命如此畏惧,内心残留的,不过一丝气息,正所谓一息尚存。

　　凭此一息,专注地留恋并记取,一遍又一遍,一次又一次。然而,东南西北,你仍旧没有走远,你仍旧还在我的心里。其实,我早已知道这根本就无所谓远近,已是没有分别的。心灵深处的遗憾,岂止这一分一别之隔?! 又岂止这一远一近之形呢?!

可怜的恋爱中的女人,我唯一能够做的,是将灵魂洗涤干净,一次比一次执着地等待着你。

我分明是在期盼着、等待着。

不幸的是,我之所求所待,恰是你的选择。之于你,除却一点永恒不变的感念使你对我所存的一份依恋难以舍弃,余下的,皆难以平衡。这使我成为一个说梦般的痴人。

太抽象了,打一个比方。

依旧是那一天,我们从咖啡屋同行至车站。一方是我的住所,一方是你的家。而那时,夜已深,我冰冷的身体透射出的迷离恍惚令你不安,你犹豫着是否该送我到我的住所。这犹豫乃始自另一方,也就是你的家。家中有一颗心同样在牵念着你,并且,或许因为有了这种牵念,它常令你觉着愧疚也说不定。

无奈,选择必是选取与放弃。你终于选择了家的一方。在车站,我开始孤独一人在夜色里,夜色虽重,内心的分裂却一目了然。之于我,那一份担心,是情之所动;而之于家,那一份行为,是心之所驱。情之所动与心之所驱,两者之间十分不同,已是性质上的不同。我还能说什么? 我没有选择。

选择是一种方向,不可以避免,而心愿必以行为承诺,哪怕似曾相依相爱。受苦的,唯躯体而已,唯心而已。

总是在我最企求最倦怠的时候,遗一片黑夜与我,你便走开了。躯体有极有限而灵魂无极无限,迷离恍惚后的空空荡荡的感念,便将痛苦于无极无限中洋溢开来,痛苦因此也无极无限了。天人合一。

第二辑　日本日常

寅 次 郎

　　四三会是和中国有生意交往的日本人社长组成的一个日中友好团体。十五年前,我应《读卖新闻》社记者的邀请讲鲁迅的时候认识了长谷川。长谷川是四三会的成员,他邀请我去参加四三会与在日中国人的友好联欢会后,我们便成了很好的朋友。

　　我喜欢长谷川,更喜欢长谷川的文字。我在日本出版的长篇小说《两岸三地》和散文《一寸风情》,都是受他短信的启发而起名的。《一寸风情》表现的是用手放的那种的的拉拉丝的烟火在燃烧时迸射出的无数个小星星。他的文字不仅华丽,而且因为形象鲜明而平易近人。可惜他不写作。

　　几年前他和妻子移居到千叶县的成田市,我以为那里很"乡下",但是他说他的新居不仅充满了绿色的生机令人心旷神怡,同时现代文明所带来的方便也渗透进去,令日常的生活十分舒适。

　　儿子去秋田市参加篮球集训,我担心儿子误了飞机的时间,打电话确认的时候误打给长谷川。长谷川大吃一惊:"我们有好久好久没见面了。"

　　周六的10点在金町站的出口,我和长谷川如约而至。长谷川问我是否去过柴又,我告诉他我连金町都是第一次来。

　　说到柴又,它是葛饰区的一个地名,从东京的地理文化形成上来叫的话也叫"下町",是庶民生活的地方。车站很小,只一个出口,电影《寅次郎的故事》令它出了大名。看过《寅次郎的故事》的人可能都记得那几句开场白:"我生长在东京的葛饰柴又,是帝释天的水把我养大,姓车名寅次郎,人们都叫我疯疯癫癫的阿寅!"

本来只要坐一站电车就可以到柴又的,长谷川却带我沿着江户川走了三十多分钟。江户川沿岸是日本常见的河原构造,有天然广阔的绿草地和休闲散步的大坝,《寅次郎的故事》的电影中好多镜头是在这里拍摄的,寅次郎在这里的绿草地上做白日梦,在大坝上跟小时候的满男玩耍。

柴又车站前寅次郎拎着箱子的铜像十分瞩目。寅次郎成了演员渥美清的化身。寅次郎和渥美清,一个是虚构的艺术中的人物,一个是真实的艺术家,如此浑然一体,如今人们在纪念的是哪一个已经并不重要了,重要的是戴着那顶独特帽子闯荡江湖的、疯疯癫癫的男人被日本人以及不少中国人所喜爱。被爱,是不可动摇的事实。

我阻止长谷川买寅次郎纪念馆的入馆票,我知道馆内藏有拍电影时所使用的道具、服饰以及布景,我不想入馆是因为我在看电影的时候电影里有现实中的参道,有人,有下町热闹而充满活力的氛围,有一幕幕一脉相承、同心协力的打拼模样。我觉得馆内的收藏品不过就是为了纪念的标本,没有温度也不真实。

参道多是传承多代的老铺,长谷川要买草丸子,我还是阻止了。草丸子是豆沙馅,我不吃豆沙。一边漫步一边想象电影里的情节,忽然觉得自己也能道出一段段属于他们自己、属于这个下町城市的故事。寅次郎不只存在于电影剧情里，寅次郎直接渗透进草丸子里，草丸子有湿漉漉的真实的人生。

长谷川请我去了柴又川千家。在日本，柴又川千家的千川鳗鱼饭是百年的美食，店内有小小的庭院，有假山流水石灯笼，有高高的樱树，3月末4月初来店的话，阵风会吹来满园花瓣。食器、座席、庭院、挂轴画、花瓶所塑造的空间美令人想象到中国古典诗词中的意境，我不禁心生感叹：中国的好多文化竟然被日本人用这种形式完美地保存着。

"至今为止，这是我吃过的最好吃的鳗鱼饭。"我对长谷川说。说这话的时候，我忽然觉得想流泪。我好想回国，在国内开几个和川千家一模一样的店。

吃过饭我们去拥有三百八十年历史的柴又帝释天。帝释天创建于宽永六年（1629年），正式名称为经荣山题经寺。在日本，许多古老寺庙和神社都经过翻新，难得再见这种参天古木的质朴寺院。寺院里连接主殿的是木造长廊，参拜时必须脱鞋步行。嘎嘎作响的给人一种古老的奇妙感受。帝释天还以雕塑闻名，有展示木制雕刻的大殿。长谷川说里面的木雕细腻生动，十分值得一看。不知为什么我没有欣赏的心情，我想起寅次郎的那一句台词："是帝释天的水把我养大。"帝释天的水源应该就是江户川，在江户川可以乘坐"矢切渡船"，而"矢切渡船"始于江户时期，是东京地区保存下来的唯一的渡船。渡船虽小却浓缩了漫长的历史。江户川虽然不太大，却养育了参道里一脉相承的老铺和人。江户川是一笔相当可观的财富。

我们返回寅次郎纪念馆的时候长谷川带我绕了一下山本亭。山本亭建于大正晚期，分南院和东院，因吸收了西洋建筑风格而别具风韵，是一家和洋折中的日本书院庭院。如果说"矢切渡船"是历史和现在，山本亭就不仅是历史和现在，还是东方与西洋。

寅次郎纪念馆的馆内电梯直通绿荫丛丛的柴又公园。公园的面积不大，顶上也是《寅次郎的故事》的舞台之一。我和长谷川并肩坐到公园的长椅上，眼前是无际的绿色一直连到河边，那条河就是江户川。

忘记说明我们在柴又散步时其实一直下着小雨。刚想休息一下却跑来一只白猫。我对长谷川说："这是一只母亲猫，附近一定有婴儿猫。"凭借女性的直觉我一下子就分辨出来了。"好可怜，因为是雨天找不到食物，没有奶水的话婴儿猫更可怜。"我接着说。

长谷川去长椅后边的草丛，告诉我草丛里有三只婴儿猫。长谷川说："如果你介意，我们可以回刚才的参道，在那里应该可以买到猫食。"

在离参道不远的便利店里长谷川买了猫食，还买了装猫食用的纸制盘子。明明是野猫。我接过猫食和盘子，心里暖暖的。我不知道我应该说到底是长谷川还是应该说到底是日本人。

回公园的路上一直担心猫会不见了，猫还在，我感到很安慰。我将猫食分到各个小盘，将小盘放到不会被雨水淋湿的长椅下。我看着白猫狼吞虎咽后去草丛里给婴儿猫喂奶。我看到了那三只可爱弱小的婴儿猫。一下子，我热泪盈眶。从早上开始积累在内心深处的某一种东西爆发了。"谢谢您！谢谢！"我对长谷川说。

我喜欢柴又。好像这一次聚会,一个日本人,一条川,一只渡船,一座庭院,一个公园,一盒鳗鱼饭,一条参道,一只母亲猫,使今天的柴又有传统与现代,有东方与西方,有现代经济高度发展时期的"下町"的人情。

　　我和长谷川又好久没见了。这几天我一直想带儿子去柴又,我还想去公园的长椅看看能否再见那只猫母亲。上次我们离开公园的时候,长谷川说:"你放心,婴儿猫一定会茁壮成长。"

　　婴儿猫大约也成猫母亲了吧。

富士山和生鱼片

6月的雨。

似是绵绵春雨，气温却有三十度，炎热无比。夏天不知道从什么时候开始已经来到了。攒了十几天的连休，我拿出两天的时间来到富士山脚下的这家温泉。不知道来过多少次了，早已经不像刚来日本的时候那般激动，如果可能的话，我很想一日三餐都让服务员将餐饮端到房间里，在房间里吃，在房间里睡，在房间的浴室里洗澡。这一次我的目的不是温泉不是登山，或者说我也不知道我来这里有什么目的，想来就来了。来了就喜欢一个人坐在窗前的沙发上看窗外的风景。假如用文字来形容我的心情，那就是安稳。

富士山印象画一般耸立在丛林的背后。窗外的风景就只是丛林背后的富士山。日出时的富士山浪漫，日落时的富士山忧伤。在对富士山凝望的时光中有好多好多个故事在窗玻璃上映现又消失。我刚来日本的时候，第一个想去的地方就是富士山，理由单纯得很，就因为富士山是日本的象征。还有，也因为这个理由，如果国内有朋友来，我带朋友去的第一个观光地一定也是富士山。

说到第一次带国内的朋友来这家温泉旅馆还是二十年前。我企划并翻译出版了中国女作家丛书。应出版社的邀请，佩红和明了来日本参加丛书的出版发行仪式。发行仪式后我带她们两个人来到了这家温泉旅馆。

记得我们是傍晚抵达旅馆的,同行的还有一位在日本逗留多年的韩国朋友。

晚上不能登山,我们隔着房间的窗玻璃看远处的富士山。富士山淹没在潮湿的白雾里,太遗憾。特地跑到山间旅馆来看富士山却因为大雾只能看雾气里的树木,一片灰白色的世界。看不到富士山,佩红和明了没有感触,我再三地问她们是否要外出走一走,我竭力向她们解释,我说我对日本抱有好感,虽然有很多原因,归根结底还是因为日本有富士山。富士山不单纯是可以观赏的一座山的风景,富士山是一种有象征意义的宿命观,是放置在自然中的孤独,是变动里持续的清醒的意志,是由生命造就出的单纯,是虽然艰难却想攀登的不平凡的道路。富士山威严肃穆……我说我攀登过好多次富士山了,至今仍然拜倒在富士山的脚下。

或许是肚子饿了,佩红和明了坚持第二天再看富士山。我们简单入浴后去餐厅吃饭。硫黄的气息沁到我们的衣服、我们的肌肤里,有一种十分熟悉的感情令我快要落泪。佩红和明了现在在我的身边,但她们过两天就要回国。这一次聚会又会成为过去的故事,或许将来的偶然的一个契机会使温暖的回忆如潮水般泛滥,就好像现在。

生鱼片端到桌上的时候,到底是作家的佩红和明了看上去有一些激动。一只木船,木船里铺满透明晶莹的冰块,冰块上红色和金红色的生鱼片各四片。生鱼片的下面有绿色树叶的装饰,冰块中立着一把紫色的小雨伞。

踌躇了很久,美得不忍心动筷子。中国人叫菜,一个是要好吃,一个是要吃饱,日本人叫菜,一个是要好吃,一个是要好看。韩国朋友不知道佩红和明了为何如此大惊小怪,我将爱惜的感情解释给他,告诉他如果动了筷子便好像将一种美给破坏掉了。

其实我第一次吃生鱼片时是和在日本的华文作家张石一起吃的。张石请我和我哥哥去上野公园玩,之后请我们吃生鱼片。生鱼片端上来时我不禁大惊小怪。看上去太美,量太少,价格太贵。张石说:"你不仅是花钱吃生鱼片,你同时还花钱买了一张看后可以吃掉的画。"

张石的感受是卓越的,好像通向事物根处的捷径,又好像洞穿事物根底的第三只眼。心机一转,再贵的生鱼片也都觉得值了。这使我联想到所谓的人类文明,虽然人也是动物,但是人不同于动物的地方就在于人不仅有食欲还有各种欲望。动物吃饱了就饱了,人吃饱了会觉得活着是一件幸福的事。作家艺术家更会将现实世界联想到一种思维境界或者幻想境界里。境界里有人类文明持续探索的所谓"生命"和"真实"。在日本,每个人都是艺术家,或者说每个人都活在艺术的世界里。

日本到处都有这种人工的美。我、佩红、明了还有韩国朋友,我们尽管不忍心也还是吃了生鱼片。冰块慢慢融化,黄色的竹排船底呈现出来,我有一种从墓地归来的感觉。我始终都是病态的,好像无病呻吟。看不到富士山但是看到并且吃到了美得无与伦比

富士山的晚餐

的生鱼片,不幸运而又好运。吃过生鱼片,我们回到房间。房间的陈设其实很简单:一张桌子,四个沙发,一台电视机。我们坐到沙发上,我给每个人泡了一杯茶。那时我忽然感觉自己比以前高贵了不少,因为我不止一次地发现了一种优美的人生的形式。这种形式或许是很多人想象不到的。

每年的新年我都会通过电视转播看富士山的日出。太阳和山巅重叠的刹那间,太阳好像镶嵌在富士山顶的钻石光芒四射。世界最昂贵的钻石。我很想佩红和明了能够看到世界上最美最昂贵的梦幻般的钻石。

佩红和明了真的是不走运,第二天是雨天,依然看不到富士山,也无法登富士山。虽然富士山近在眼前,雨和雾于现实中在我们通向富士山的路上筑起了无限的屏障。人生处处有这般那般的无可奈何。除了遗憾,痛苦也加进来了。

话再说回来,没想到来这家温泉旅馆竟会想起二十年前的往事。二十年过去了,往事依旧历历在目。或许我真的已经失去了自己的故乡,忘不掉的情景和影像是我的寻觅。28 岁到日本,在日本已经生活了二十五年。用"无家可归"来形容现在的处境或许不太合适,但是我有十五年没有回国,回国的话去哪儿? 回国的话看望什么人? 我不知道,想过很多次都找不到答案。有一种很沉重、有重大意义的东西从我的一生中失去了。前不久和一位在日本的友人聊天,她问我是否知道微信。"微信是什么?"我问。友人说:"那你实在是太孤独了。用微信可以和全世界的朋友聊天,甚至小学时代的朋友。"我下载了微信,果然有过联系的或者联系不上的友人一下子就串起来了。通讯录排列的不同时代认识的友人的名字展示出我曾经走过的路。只是因为性格或者因为某种心理因素,群聊的时候我没有勇气介入。我像一个旁观者一样看友人们的对谈,不对,仅仅是旁观者的话不会如此执着,可以说我是怀抱着隐藏在内心深处的诚挚的爱意观览友人的每一句话每一个字。为什么我也有想说的话却说不出口?明明只是闲聊,我却听到波澜涌起时的海的声音。痛苦,正在于此。对我来说,痛苦不是感觉不是表现,痛苦是官能的。

　　漫无边际地说了好多,再说送佩红和明了去成田机场后,不知道她俩是否再见过面,我和她俩却是没有再见过面。和佩红偶尔通过几次电话,好像生活习惯已经不同,不是她正忙着做早饭就是在睡觉,我也不敢再多打扰她,渐渐地连电话也不打了。至于明了,甚至不知道如何才可以联系到她。

　　生鱼片在国内已经是很平常的一道菜了,不知道佩红和明了在国内吃生鱼片时是否会想起二十年前富士山脚下的那家旅馆,是否会忆起不忍心动筷子的那一种心情,还有,是否会想起我。

　　再说富士山,山脚下的土地被有钱的中国人买走了很多,当地的资源矿泉水也成为国内产品,满山可以听到熟悉的中国话,辨不清是旅人还是主人……我常错以为我和佩红以及明了住宿的那个房间是算命不太准的吉卜赛人算命的小屋。富士山的周围变化太大,不变的唯有永恒的富士山,只是看上去更加孑然更加独立。将来又会变成什么样子呢？我不知道。有一种力量昭示着时代。

　　打开通讯录，我找到佩红的电话，输完号码又关掉了手机。我呆呆地坐了很久，茫然不知想了些什么。困了，想睡觉了。睡觉前幻想去上海见佩红，还幻想取了富士山山顶的那一个钻石当作送给佩红的礼物。

日本夏天的风物诗

记得国内的知了的叫声是"知了——知了——",日本的知了的叫声是啡啡啡。国家有国民性,地域有地域文化,本来是相对人类来说的,但是动物好像也不例外。中国的猫的叫声是喵喵喵,日本的猫的叫声令我无法定义。可以举出好多例子,比如袅袅袅,比如嗷嗷嗷、啊啊啊叫的是我自己养的猫。今天早上我被近在耳边的啡啡啡的叫声吵醒,睁开眼睛看到一只很大的知了停在纱窗上。我生平最害怕的就是虫子,吓得从床上跳下来。

"金牌,木村是金牌。"对面的小楼里传来女人欢快的叫声。叫声后是女人和她丈夫的热烈的拍手声。邻人在看巴西奥运会。日本的体操选手木村获个人全能金牌。

一大早就能够听到邻人的说笑,这种情形只出现在夏天。日本的年轻人多在都心的涩谷、新宿一带租房子,玩起来方便。但是结了婚,有了小孩,很多人便在离都心稍远的地方买房子,生活起来方便。房子多是木构的,一家挨着一家。到了夏天,因为空调对身体不好,很多人在一早一晚会开着窗户。虽然日本人不喜欢到人家串门,但是因为房子挨得太近,时常可以闻到邻家窗户飘过来的烤鱼的香气。坐在自己家的沙发上,透过窗玻璃还可以看到对面女人拉开窗帘打开窗户的情景,我常常有错觉是在欣赏一幅巨大墙壁上的绘画。

昨天在我所居住的地区是盂兰盆节。"盂兰"是梵语音译，意为倒悬，"盆"是汉语，是盛供品的器皿，说此器皿可以解除先亡倒悬的痛苦，因此，盂兰盆节实际是个"孝亲节"。盂兰盆节是日本的飞鸟时代由隋唐时期的中国传到日本，并与当地民俗结合而形成的独特的庆祝方式。明治维新前，日本人在农历七月十三日至十六日进行，明治维新后，部分地区改为阳历 7 月 13 日至 16 日，也有些地区改为 8 月 13 日至 16 日。

日本人对盂兰盆节很重视，除了服务业，一般的企业都会放假一周左右，称为"盆休"。很多出门在外工作的人会利用"盆休"返乡团聚并祭祖。"盆休"的时候，电视新闻会报道全民大移动所带来的交通滞塞和混乱。东京、大阪等热闹的大都市的街道看起来稍微有点儿冷清，基本上是十三日前扫墓，十三日接先人鬼魂，十六日送先人鬼魂。其间日本的电视多有鬼魂或心灵感应、心灵照片的节目，一边看一边起鸡皮疙瘩，虽然是夏季却浑身凉飕飕的，上中学的儿子看完节目后连上厕所都不敢一个人去。

我所居住的地区举行盂兰盆会时会跳盂兰盆舞。《阿波舞》是日本三大盂兰盆舞之一，在日本全国各地为人所跳，分为柔美优雅的女舞和热力四射的男舞。男人们头上系一条毛巾，穿统一的日式单衣，扛着轿子大声吆喝，女人和孩子们穿着和服浴衣跳盂兰盆舞，舞蹈就几种姿势，主要的变化在手臂和脚，十分优美。

和我所居住的地区不同，有些地方，为了供祖先在天之灵，在河里放置灯笼随波逐流。河灯一般是将纸糊成荷花形，在底座上放上灯盏或蜡烛,也叫"荷花灯"。放河灯的目的,是普度落水鬼和其他孤魂野鬼,为其引路。河灯现在已经成为夏季日本的一大风景,放河灯的地区成为日本旅游的风景点。

好像北京的夜市,集会处会推出许多小吃摊子和游戏摊子。我和当地的太太孩子们一起载歌载舞。我还不太会跳盂兰盆舞,和服浴衣也穿得不太地道,但是没有关系,重要的是感受那一种充满热气的激情。因为太热,我吃了三杯刨冰。一杯是加草莓的,一杯是加巧克力的,还有一杯是加杜果的。我喜欢刨冰。一边吃刨冰一边看穿着各种图案的和服浴衣的女孩。一朵花,一百朵花。也许因为我从头到脚从里到外仍然是一个中国人,才会对穿和服浴衣的女孩倍感新鲜并陶醉。20世纪80年代走上巴黎时装舞台的日本浪潮的时装设计师山本耀司说:"古代的日本文化在裸露的颈部、背部的弧线中发现了美。"形有尽而意无穷,只要穿上和服浴衣,年龄分不清了,好看不好看消失了,和服浴衣自身构成了一幅风景。和服浴衣是艺术,艺术是很了不起的。

烟花大会和盂兰盆节一样是日本夏天的盛事,烟花大会在日本全国举行。今年夏天的日本电视连续剧《喜欢的人》对烟花大会有着重渲染,好像不跟恋人参加一次花火大会,就会成为人生的一大遗憾似的。烟花大会是日本年轻人游玩恋爱的一个盛典。日本的夏天很热,但是日本的夏天有盂兰盆舞,有烟花,有和服浴衣,有河灯,它们持有一样的无穷的美,所以日本的夏天意味着一种完美形态的文化,是从人的内在灵魂深处生发出来的。日本的夏天不断地充盈人的视觉。

话说回来,今天也很热,跟对面邻人一样我和儿子也通过电视看巴西奥运会。木村拿金牌,邻人夫妇和我儿子,拼命地拍手欢喜,我的感觉则是模棱两可。日本籍华人,好像穿着和服的中国人。我是中国人,我喜欢日本的和服。木村拿金牌我高兴,打乒乓的马龙拿金牌我也高兴。我的高兴与儿子和邻人不同,总是感觉有一点儿余地。说到艺术,哪国人都没有关系;说到竞技比赛,哪国人就有关系了。那一点儿余地或许是一丝寂寞。我知道虽然我出生在中国,但是我一定会死在日本。还有,到死我都不会忘记带有海蛎子味道的大连话。来无影去无踪,我是天涯的一个孤独的客人。烟花大会不看烟花看和服,我安于的是自我的存在。以舞为乐,以和服为乐,以烟花为乐,以河灯为乐,我也许是很幸福的。夏天很快就会过去,夏天里的风物诗,虽然短暂却唤起我内心的新鲜的生命情感。世界是无数的,人生是多样的。今年夏天的风物诗里因为巴西奥运而多了一道风景线,它就是我模棱两可的人生。人的心因为有爱会感受,所以是脆弱的不可掌握的,所以我不相信现实。我依然眷恋知了和猫的叫声,并困惑它们的叫声为何不同。

浅草的桑巴

桑巴是葡萄牙语,最早起源于非洲土著,是一种带有宗教仪式性的舞蹈。葡萄牙人由非洲如安哥拉、刚果等地将大量黑奴贩卖到巴西,做巴西人与原住民不愿做的工作,而这些黑奴同时也将他们的舞蹈带入巴西。舞蹈与当地的其他文化相融合,渐渐地形成了今日的桑巴。如今桑巴被认为是最大众化的巴西文化的代表之一,并已被世界公认为是巴西和巴西狂欢节的象征。

桑巴豪放而又即兴的表演形式很快便流传到欧美各大城市。

桑巴舞在20世纪30年代的时候传入美国,美国的舞蹈专家们在基本训练、舞步规范和编排上进行了不断的研究与改进,并把它纳为拉丁舞系列的五大舞种之一,还正式定为国际标准舞的比赛项目。

浅草也许可以算是日本现代文化的真正的起点,日本被美国的军舰打开国门后,国内第一家电影院"电气馆"就出现在浅草。浅草还在全国率先安装了有电梯的12层高塔"凌云阁",此外,浅草还有日本首家私人水族馆。作为东京首屈一指的下町闹市区,人们总是可以在浅草发现新的娱乐项目。

作家川端康成对浅草就情有独钟,用他自己的话说:"我觉得浅草比银座、贫民窟比公馆街、烟草女工下班比学校女生放学时的情景,更带有抒情性。她们粗犷的美,吸引了我。"在散文《新东京名胜》里,他还说:"浅草总是新的,总是新世相的市场。"

停止发展的地方或者东西会最终死亡,而浅草从未停止过发展。

川端康成离世多年,他说的话至今仍然可以形容今天的浅草。

说起浅草,住在东京的人,从地方上东京的人,从外国前来观光的人,恐怕都去浅草寺参拜过。关东大地震令几十万人丧生,浅草寺也被大火烧掉了好多下院和堂舍,偏偏浅草观音完好无损。一川之隔,与浅草寺对岸几万人丧生形成鲜明对照,在浅草寺避难的十万人都因浅草寺而得以存活。时代如此变迁,浅草至今仍然可以感觉到江户的气息与很多古旧的东西被保存下来有关。

说起观音,一般都是人们出钱制作的,而浅草观音则是推古天皇时代的六二八年三月十八日,鱼师兄弟桧前滨成和桧前竹成于未明时去隅田川撒网打鱼的时候网上来的。鱼师兄弟撒了三次网,三次都没有网到一条鱼,三次都网到观音。浅草的观音是不请自来的。有如此详细的时间、地点以及经过,十足的因果关系将一种特殊的使命与浅草联系起来。据说关东大地震后,浅草寺一个月的香火钱高达一万五六千元,有十二万人布施修缮大雄宝殿。越是多灾多难的时候,越是不景气的时候,人们越是烧香拜佛。人们心底流动的那种感情我懂,但是我觉得对不幸比对幸福的理解更深刻的话才可以快乐地活着。

浅草一直是名胜。再一次引用川端康成的话:"浅草之新,不是表现在建筑物和风景上,而是表现在人上。"曾经是复兴的骄傲的浅草,到了昭和三十年代活力渐减,经济上也开始滑坡。站在隅田川向岛(日本的地名)一侧的河岸看浅草,可以想象观音堂、凌云阁以及地下铁的铁塔飘动着的寂静的气氛。

1981年,由当时的台东区区长内山荣一和浅草出身的喜剧演员伴淳三郎为发起人,8月最后一个星期的星期六开始开桑巴狂欢节。据说最初专业团体比较少,审查也多凭池田满寿夫等名人的趣味。但是随着时代的变迁,东京政府专门成立了桑巴舞协会,吸收了专门的巴西人会员。近年来,参加桑巴狂欢节狂欢的除了巴西桑巴舞女,更多的是来自地方的巨商、学校的学生,甚至是街道闲职及退休人员,大家不拘形式,穿着盛装,载歌载舞。参加桑巴节的团体根据水平不同被分为好几个档次。由地域的铜管乐队组成的为"交流联盟",兼备企业宣传的为"主题·桑巴联盟",演出水平最高的为"S1"联盟,次水平的为"S2"联盟。各联盟都设置了主题,服饰和舞姿要根据主题来展示个性。"S1"联盟和"S2"联盟,通过审查员的严格审查和观众投票来决定第二年的档次。"S2"联盟升格到"S1"联盟,反过来,"S1"联盟降格到"S2"联盟。狂欢的同时也是一次激烈的竞争,人生的快活有时也挺悲壮的,即使是艺术也不可能完全超越或者说摆脱现实。

今年的桑巴狂欢节是8月27日。虽然时有下雨,但仍然有24个团体近5000人演出,更有48万人观看。天气炎热无比,我一早就出发挤在沿途观看的人群里。下午1点半左右,"交流联盟"开始出发,狂欢开始了。本地的小学铜管乐队部以及旗队部的表演,为狂欢游行锦上添花。接下来是"主题·桑巴联盟",不仅花车,连服饰也都进行了独特的设计。食品公司将食物设计到服饰上,网络游戏公司则由舞女装扮成主人公。"S1"联盟和"S2"联盟的出场使狂欢气氛达到高潮,大型的花车、音乐、服饰以及表演,终始串联着所有的主题。看"S1"联盟和"S2"联盟表演好像是在看"移动的歌剧"。

对我来说,最大的看点是正宗的桑巴,它使街道的景色焕然一新。一百多年前,由于人口密度过高,日本开始大批向巴西移民。虽然现在留在巴西的日本人还有 120 万,但是从 1980 年起,大批年轻的日本移民后代以"日系人"的身份返回日本。据说这批"日系"年轻人有 50 万人左右,他们给日本带来了青春和活力。1981 年的首届浅草桑巴狂欢节就有他们的出演。巴西出生巴西长大,他们舞姿里的激情与狂放是正宗巴西的,洋溢着蓬勃的朝气。平时看惯了谦恭安静的日本人,看桑巴时会发现一种超越日本社会传统的破坏力。桑巴的舞蹈和音乐,是巨大的令人感动的源泉,直接活跃了日本人的感官机能,好像来浅草寺参拜的游客所接触的事物一样,不知不觉中将一种探索与现实世界联系起来。一年一度的洗礼,没想到会成为浅草全盛的起因,电视新闻关于浅草的报道骤然增加,日本人和外国人都来观看狂欢桑巴。

下午 6 点,狂欢结束,热闹一下子就消失了,街上的夜市小吃成为留下来的某一种余韵。

桑巴是浅草由萧条走向繁荣的一条小路。内山荣一和伴淳三郎做了一件很好的事情。

桑巴是浅草的新的世相和骄傲。

我自 28 八岁来日本，今年是第一次看桑巴，印象很深刻。回家的时候下起急雨，雨击打地面哗哗作响，我不由得加快了脚步。心底有一种可以触摸的感情，隐约是对即将来临的下一个季节的期待。我家离浅草近，二十分钟就到家了，家里的空调令肌肤感到凉飕飕的。猫在地板上打滚。

　　桑巴是东京结束夏天的一种最好的形式。今年的夏天，光有一个桑巴就足够了。

樱 花 雪

来日本前的那年 2 月,汪曾祺老师为我送行时寄来两首诗,其中两句是:纸窗木壁平安否,寄我桥边上野花。

其实,樱花我早在儿时便已经知道了,但上野的樱花,我却是从汪老师的诗中得知的。上野与樱花,自汪老师的诗开始,便以一种相连的印象留在我心中。

来日本虽只两年出头,却有幸遇上三次樱花季。每年的 3 月底 4 月初是日本的樱花季。只是,来日后的第一年,我因无房而暂时借住在日本国际理解教育协会会长的家里,没有工作,每天都漫步在寂寥杂沓的人流中,于摩肩接踵的陌生的面孔中,感受一种寂寞的阴郁。那时的心情,是准备随时远离日本的。虽在樱花季,樱花的形象却带着我心头孤单的影子苍白地远去了。如今回味起来,汪老的一句"纸窗木壁平安否",其间的疑虑包容了多少小心、多少珍重。我的心中有了一种巨大的获得的复苏之情。

第二个樱花季,我正半工半读。那时,我在一家和式饭店里做服务员,每天与几个身穿和服的日本女人在一起,从而了解到樱花的许多知识。

对樱花最早而又最具体的了解,是"樱花茶",也叫"樱汤"。

我打工的饭店里,常有订婚或结婚的宴会。日本人在订婚时,一定要喝樱花茶。

初次见到樱花茶时，我很意外。那几个被我称为姐姐的日本女人，将一个个略呈粉红色的湿漉漉的东西放在茶碗里，一个茶碗里只放一个。我诧异，不知是什么。后来，日本女人往茶碗中冲满热水，两三分钟后，我惊喜地看到带有湿润色感的樱花盛开在茶碗里。樱花的美，就在眼前，很诱发激情。

通常，带有风俗意味的事物，总是能牵动人的心。我试着喝樱花茶时，日本女人都在身边笑。她们对我说："你没有定亲，却喝了樱花茶，以后定亲时喝什么？"

且不说这话给予我内心的某种触动，单说被盐腌过后用热水泡开的樱花茶，其不甜不咸的味道，我是着实不想再喝一次了。

后来，日本女人告诉我，樱花茶除却相亲时用，还有许多食用之处。将樱花凋后而结成的黑色果实压碎了泡酒，称为"樱花酒"；将盐腌过的樱花树叶用来包糯米饼，称为"樱花饼"。此外，樱花还有药用之处，饮酒过度或不小心中了毒，"樱汤"可以解酒解毒，家家必备。

日本有几处有名的赏樱地方：一是东京皇居附近的千岛渊，一是东京的新宿御苑，一是京都的祇园，还有一个就是东京的上野公园。我两次赏樱，去的都是上野公园。其原因，大概有以下几点：首先，我住横滨车站附近，去上野公园最方便。其次，早在来日本之前，樱花的印象原与汪老师的诗以及上野公园相连在一起。再次，日本人赏樱时常酗酒闹事，因而，除却上野公园仍允许通宵达旦地流连之外，其他几处，都以与皇室有关或维持地方格局为由而入夜罢止。最后，看过日本《万叶集》的人，可能会知道里边对平安时代宫廷的"百花宴"的记载。所谓的百花宴，其实就是赏樱。在此倡导之下，不仅文人墨客，甚至达官贵人，皆趋之若鹜。《芭蕉七部集》中，也淋漓尽致地描述了上野公园的赏樱实况："上野樱花会，连日到通宵；笙歌处处闻，男女乐陶陶；花蝶飞舞里，月下醉人潮。"

去年赏樱，是 3 月底，樱花满开的时候。在旖旎秀丽的樱花树下拍了几张相片，欢喜之外，也无其他感受地归了。以后的几日，百思不解，为什么在京都的公宫神社中，每年 4 月的第二个星期天，都必以樱花为名举办"平安樱花祭礼"？为什么多少年来，日本武士一直将樱花视为"彼岸"的接点，而必选择樱花季的时候剖腹自尽？为什么为了满足日本民众如痴似疯的赏樱情结，日本气象台每年 3 月中旬就开始发布樱花的前线预报？据说，樱花预报的标准樱花树在东京的靖国神社内，每年 3 月上旬，气象台每天中午到这棵标准树下采花苞样本，观测其大小和重量，预报其花开花落的时间。用心至此，樱花的意义，已可以想象。

今年，为了哥哥来日本能看一次樱花，特地把假期放在一起休，却已经拖到 4 月初了。不巧那天雨加风，下了决心赶去，已是傍晚时分了。

不知是风雨迷离，还是风雨之下雪一般飘落的樱花迷离，我站在樱花雪中被正夕逝的斜阳血似的笼罩着，内心长期以来一直深埋着的悲戚，瞬间一股脑儿地倾流出来，沉稳而又华丽。我的心因此而渐渐地贫弱起来，仿佛一下子被压到了。错愕了许久，泪水夺眶而出。

难怪日本有名的摄影家伊藤后治说,"关于樱花代表自然界似幻似真的神秘之感,使日本人每年一度被自然界的神秘美感所掌握,造成几近发疯的精神状态"。

我终于明白,樱花盛开转瞬即逝,但逝时美丽至极,且蓬勃着自然界的生机。我内心反复映出光与暗、晨与昏、生与死的对照,我想到了"彼岸"的那个接点,想到了日本武士。日本武士选择落"樱"缤纷、如风吹雪的时候自杀,其象征就是在人生最好的时候放弃生命,是一种壮烈。

一代风流,当数日本武士;在樱花树下自杀,做鬼也风流。

寂寞是学问

有过多少次独自相守的时候,已经记不清楚了,总觉着其意味在于流转人世的无常。本来,寂寞是相对于热闹而言所产生的一种感触,由热闹而寂寞,再由热闹再寂寞。生命世界中,没有常驻的事物。

大凡从人生无常中走过的人,都有诸多动荡中艰难产生的感情。来日本留学这件事,对于我来说,是一件具有十分重要意义的事情。

本来,十年前我大学毕业后由长春分到北京,那时选定了文学创作作为自己迈向未来的道路,至今为止,十年间所处的环境和所具条件,是相当不错的。没想到,当我自觉文学差不多快成为自己的躯体的时候,我却跑到日本来了。一切事物有果便有因,我来日本的最初的触发欲望应该说是很多的,只是不在这里谈它们。

尽管如此,当我因为初来日本,工作和生活尚没有稳定下来的时候,我心中常常记挂的一件事情就是,十年前为自己选定的文学道路,会不会因为这样一种出国而放弃了呢?

我这样放心不下,有我放心不下的理由。

在国内时,我曾翻译过几本日本文化方面的书,应该说在日本语方面,我还是有点基础的。但是,当我踏上日本这片国土,我发现我过去所学习的日语是哑巴日语,无论听,还是说,我都不如日本的 3 岁婴孩。缘此,我的生活和内心,都发生了很大的变化。语言交流有碍,我一时难以找到工作,每天从早到晚地闲在寄居的日本人家里,或者毫无目的地在商店里转悠,我觉着十分空虚。我常常问自己:在日本,我能干点什么呢? 我的价值在哪里呢? 我的成就感又到哪里去寻找呢? 尤其是我一个朋友也没有,这样的生活是不是太寂寞了呢?

相当长的时间里,我不能冷静地看待自己,也不能冷静地看待自己的现实处境。想到在国内时自己与工作、与文学、与社会的关系,我便觉着我没有勇气继续留在对于我来说十分孤独也十分寂寞的日本。

我决定立即回国。我自觉着我的这个决定十分了不起。中国留学生到日本直接进大学读研究生的,还很少有我这样的先例。看到许多留学生在挣扎、奋斗,一点也唤不起激情来的我。我觉着这边缘是过于疲劳的,也是过于危险的。

决定回国以后,我内心充满了一种回归的喜悦与感动,同时也还有一种不满足,仿佛一种东西尚未来得及触摸,却已经先行放弃了。

后来我知道,我之所以有这样一种喜悦与失落掺杂的混沌的感觉,是因为我的心还不纯粹,也是因为我缺乏作为一个真正的文学工作者的个人气质。这气质应该算作精神上的。

我意识到这一点,与我后来留在日本有关系。我留在日本,又与一个人有关系。这个人是国际理解教育协会的会长胜见美子。

胜见美子的家里,寄居过许多来自世界各地的外国留学生。我有幸寄居在胜见美子的家里,是因为我孤独到没有一个朋友,且难以找到合适的住房。中国有一个小学生都知晓的典故:塞翁失马。我怎么都没有想到,在我屡感失意,准备茫然回归的时候,是胜见美子这个日本人拯救了我,且教会我用另一只眼来看待人生和社会。

　　回国的决定已下,我的心情有所好转,但徒来一趟日本的感觉,又使得我的精神无法从容。这绝对不是容易的事情。我只得订好了回国前的旅行计划,然后让寄居的主人胜见美子知道。我口语和听力不好,但我可以用笔交流。我用日语写下"我要回中国"这句话,然后把这句话给胜见美子看。

　　"为什么?"胜见美子问。

　　我又写:在日本,我十分寂寞,而且,身为写小说的文学工作者,在日本找不到价值感和成就感,我受不了。我不喜欢现在这种自卑的感觉。

　　胜见美子看过我写的话,沉思许久,然后提起笔来,接着我的话写:你来日本不容易,好好想一想你来日本的目的是不是为了学习。在日本,不要总回过头看过去。你现在是学生,做学生是你人生的一个新的起点。如果你不总是想着你的过去,而想你仅仅是一个学生的话,你的心情会变化的。

　　有谁知道我的心灵在看过胜见美子的话后受到多么大的震撼。震撼之后,留在心底深处的是无比的纯粹。人的心没有结局,错过了许多风景,经过不长不短、不平不坎的旅途,当自觉所拥有的已经失却,在诸多迟疑的回眸中,在清醒的伤口里,忽然懂得人生是要学会放弃的。

　　依然是在胜见美子家的小二楼上寄居着,也找到了工作,虽然在学习、工作之后仍然有一种无常的流转之感牵系着乡愁和过去,但于残酷寂寞的环境中,恰恰是这种孤寂而又纯粹的生活使我自省,使我在人生旅途中避免了失却真正精神自我的危险。我想,我开始要在寂寞之中学会过一种朴实的人生了。

寂寞始于归意

日本少高楼，也少自行车，灰尘自然就少。日本的住房，多像别墅，只是小。各种各样的树或花，从房前低矮的围栏处伸展出来，人走在下面，很诗意的感觉。我放着会社配给员工的两万日币的房子不住，自己花八万日币去外面找房子住，这应该是理由之一。

还有一个理由。员工配住的公寓，就在会社的附近，上班下班，走五分钟就到了，看到的，只是几个熟得不能再熟的牌子和面孔。日本工作的紧张是有名的，于我来说，为了缓解紧张的情绪上的焦躁，我需要一点空间、一点余地。我想要的，不是繁华、热闹，而是景色与氛围。可能我自小离家，风雨飘摇，无家、无归宿的哀伤的思绪，总是梦幻般地缠绕并使我依恋。

来日本两年，如今已经安定下来，面对新的道路，亦喜亦忧，无喜无忧，内心是一片悲哀但宁静的虚幻。过去未来约千万遍回忆与汲取、悔与幸，都是瞬间的情绪，很快就无所谓起来。常想，自己怕是再难想象出一个醉了的山寨，女儿心的纤弱也是浑然不觉地纤维般地粗糙了。

夏季，我搬至新房。新房临街，但背依一座山样的小土丘。土丘上栽满了果树，这在横滨城里，是难得的静地。站在阳台上，果树上的水果伸手可得。土丘下,紧挨我新房的,是一个小的日间加油站。加油站中,只有两个年纪很大的老伯在工作。晨出晚归,总可以看到他们跑来跑去的身影。与年轻人一样,他们每天也长时间地拼搏着。

起初是缘于礼貌,在我搬至新家的一星期后,每次看到我,他们便微笑地招呼道:おはよう(这是"你好"的意思)。不久,他们的问候语开始有所变化。夜归时,我站在月色里,他们在灯光下,彼此微笑后,他们说:お疲れさま(这是"你辛苦了"的意思,含有对工作了一天的人的敬重)。我也答道:どうも(这是"谢谢"的意思)。这其实都是极普通的问候语,尤其是在日本,更为司空见惯。

那天大雪。日本的新闻报道说是日本二十五年以来最大的一场雪。下班后,一时兴起,我邀了几个同事一起去拍照。归家时,已近夜 11 点,想不到他们还在。看到我,他们似乎吃了一惊,但很快就微笑起来。这一次,他们几乎是异口同声地对我说:おかえりなさい(这是"你回来了"的意思)。这是家人和亲近的人对从外面回来的人说的寒暄话。一瞬间,我心中好像有一股溪流飘逸出来,十分鲜亮。在海外的人容易动情。当时我并未意识到这其实就是我精神深处深刻的复归情绪,是一个旅人多少带点寂寞和感伤的乡愁。

明白这一点,是回到家里之后。

我对哥哥说,刚才回来的时候,加油站的两位老伯竟然对我说"你回来了",像自己家里的人一样。哥哥说:"是吗? 怎么没对我说?"

我心中有所触动,开玩笑道:"他们常看到我们一起走,他们一定觉着我很可怜,嫁了你这样一个无能的人,还要每天打工。他们不理会你,情有可原。"

哥哥说:"不错嘛,在日本,也有人这样疼你。"

我忍不住大笑起来。哥哥受到感染也大笑起来,很有沉沦的味道,就像真的一样。慢慢地,我开始觉着我的心像花蕊,被那股溪流濡湿了,然后,花开了,我笑不出来了。

花开的世界蕴含着一份寂寞,一份对夏的依恋的寂寞。

我对哥哥说:"我想回国。"

哥哥说:"时间到了我们一起回。"

水果和垃圾

到了下班时间，方想起晚饭还没有吃。会社为员工准备的晚餐就摆在旁边，显然已经凉掉了。为贪图省事，一天又一天大同小异的饭菜，竟从未厌倦过。这种事，若论及其原因的话，或许是心彻底的安稳。

但今天例外，除却没有食欲，还因为有昨天公休时买好存放的水果，大可以用来充饥。

或许空着肚子的缘故，于月色中返家的路上，裹在肌肤上的风似针，凉凉地扎到心里去。于是，无法如平时般文雅，将脖子缩着，低着头疾走。于是不期然在家附近的垃圾收集处发现了一样极眼熟的东西。脚不停地盯了一眼，认出那就是昨天刚喝完的酒的空盒。酒是来自大陆的朋友送的，上面赫然印有"孔府家酒"四个字。所以，虽然是在月色中，虽然是在垃圾的混杂中，就因这四个中文字，竟是一眼就留心了。

不禁哑然失笑，难得哥哥也有扔垃圾的时候。

回到家，习惯性地入浴，然后热着身体钻进コタツ（日本的一种桌子，桌面下设有电热管，冬季可以取暖）中看电视新闻，口也习惯性地渴起来，想起水果，便起身去拿。然而找遍全室也不见水果，明明买了几千日元的水果的。

诧异之际,归途垃圾处的一眼留念刹那间在心中显现。哥哥一定将水果也当作垃圾扔掉了。只是,早就该有一种感应的。日本专售的垃圾袋,扎死口后当十分结实,不该有散开的道理。除非……偏偏所看到的又是那四个中文字。应该就是一种暗示,就像日常生活中常有许多预示,我们不曾留心,待事情明白后方会想到那曾有的一瞬间。

心情不免沮丧。屡屡念及垃圾就在附近,垃圾其实只是水果和一个空酒盒。而且,自己口干肠饥,正需要那些水果充饥解渴,却是不能将它们捡回来。因为同样存在的事实是,水果已经变成了垃圾。水果自被丢掉的那一刻起,就已经过了时而一文不值了。这中间,变化的并非水果,变化的是我们自己的认识,而这种认识缘于我们缺乏面对现实的勇气。常常,就因为我们缺乏勇气而将一种存在变成另外的一种存在。

俗障最深。难怪常常是犯了错误有了经验却难免再犯同样的错误,以致常常抱憾。

垃圾的事,使我联想起很多想弥补却没有勇气的事。比如我的爱情。只是,关于我的爱情,要说的话,很多也很长,而且,当事人彼此已经心照不宣,这里,不说也罢。

开始有点儿怀疑:所谓人类高于动物的知觉,常使人不能止于自然。求而遗失,失而想再得,却没有勇气索要那个原模原样的了。岂不是理性的遗憾?岂不是人生的遗憾?唯物主义者,唯心的时候,大概如此结果吧。

老　师

　　同学们私下里说,横滨国立大学之所以在日本教育界举足轻重,多半是因为有依田明教授。

　　同学们这样说,有几点原因。从名义上说,依田明是国立大学德高望重的老教授;从成就上说,依田明的教育学著述甚丰;从观念上说,依田这个姓已可列入日本的心理学世家——著名的教育学专家依田新,在世界教育学界也享有盛誉,这依田新便是依田明的父亲了;或许还有一个潜隐的心理因素,依田明教授是一个美男子,风流偶傥。

　　闲暇的时候,我常读老师的书,文风简明而不失严谨。俗语道:文如其人。恰恰同学们的诧异也在此。嘻嘻哈哈连正经谈话也难得有兴趣的老师,竟然写出这样的书,成了大教育家。

　　做老师的研究生有一年多,这诧异仍谜一般不可解。但是,有关于几件小事的谈话,使老师的人生态度深深地触动了我。说出来,有点儿像语录。

　　刚来日本,我就一种矛盾问老师:"我来日本,有一种连根拔起的孤独感和失落感,十分痛苦。我相信我患上了严重的忧郁症。这种情形下,我是否该回国?"

老师说:"如果你不能承受这痛苦,你回国的好;如果你能承受这痛苦,你留在日本好。但你想成为一个作家的话,各种体验都很重要。"

这是充满真理的废话,同时又确是真理。

人生常有失意,我曾对老师发牢骚道:"人活着没有意思,不知道自己究竟为什么而活。"

老师说:"去做你自己有兴趣的事,想办法使今天活得快乐,想明天如何比今天快乐,后天如何比今天更快乐。"

牢骚发不下去,我问老师:"老师是快乐的人吗?"

老师说:"说准确点儿,我是为快乐之事而活的人。"

老师的话,意味很多。看老师一副典型的日本人的脸上所充满的智慧般的明丽的笑容,其形象令人想到东方用来象征大彻大悟的佛像。

老师的研究生,除了我一个女的,其余的几个,也都是女的。而且,用一句平常的话来形容,老师的研究生们长得都挺漂亮的。于是,老师的教授形象多少被一些花边包围着,风流且生动、亲切。

一次派对上,老师喝下去很多的酒。老师走近一个女同学边与她干杯,然后孩子般地将脑袋枕在她的腿上,且连连说:"这是你的腿吗? 真美。"女同学笑着说:"不是我的腿,是某某的腿。"

这某某指的是老师的"情人"。我们常看见她,大眼睛,皮肤黑而细腻,吃饭的时候总坐在老师的身边,十分坦然而不避讳。

本以为老师醉了，老师却突然站起身来，朗声宣布一些事情，且以幽默的语言使派对在快乐的气氛中结束。就好像和老师谈话感到轻松一样，老师的派对永远热闹。

寻个机会问老师："都说您喜欢女性，因此您的研究生从不接收男性。"

老师说："说准确些，我喜欢美丽而优秀的女性。"

我说："老师和喜欢的女性有很多接触吧？"

老师说："很多。吃饭、喝酒、谈话、为她们解决困难，或者……"老师笑起来，"我同时又是一个男人。"

不仅我，我的同学们，都和依田老师十分亲近，所谓无话不谈使我们觉着老师不仅仅是老师，同时又是朋友。

人们通常看不见身边最近的东西，譬如我们自己的眉毛。我们只有通过镜子才能看见自己的眉毛。中国还有一句俗话：三十而立，四十不惑。说来奇异得很，我每每看到老师，便会想到照眉毛的镜子，便会觉着四十不惑，五十不惑，六十也不惑，甚至婴儿从呱呱坠地的那一瞬起就是不惑的。

在日本曾经历诸多困境，虽然是一个人，到底没有垮掉。我相信东方的古典精神，尤其东方的佛典精神是人生的最高境界。

方　圆

　　每天,醒来后睁开眼睛,首先寻找的,就是枕边的小闹钟。

　　事实上,是我先它闹时而醒。来日本近两年,生理时钟早已调定,差不多总是在八点一刻左右,蓦然间就那样睁开双眼。看看它的长短指针,看看所设定的时间尚早,一颗心轻松下来。这一天,又可以有一个从从容容的开始,在日本这紧张而机械的生活中。

　　生活有了习惯,该说这习惯是规则而无奈形成的。在国内,最初进的工作环境,便是出版界,是那种无规则的职业形态,或许因为是 20 世纪 80 年代思想改革时期就读的大学生,也或许因为职业环境使自己可以快速地接受各种新事物,凡事总顺其自然地放纵自己,单求那所谓的乐趣。像多数现代的年轻人一样,曾经十分不屑于那些于清晨疾步的上班族,至深夜或通宵与三两知己吃酒闲聊,躺下去浑然睡至日上三竿的事,是经常有的。无聊的时候,嘴馋的时候,工资所得外的大财小财到手的时候,无论早晚,无论品茶还是风味,几乎将北京城有名有特色的大小饭店吃遍。新的旧的服装街,各个长龙般错落着,品位相投的几个人走进去,哪家店哪个档次哪种货色,地道深入地了解,掏出钱夹,从不惜大把大把地潇洒。得天独厚,工作中有出差的机会,便是游历名山大川的机会,不被时间所迫,不受金钱之窘,尽可以于逍遥中与大自然对话。

直至来日本，陡然投身一个完全机械而陌生的国度中，方不得不与过去的一段"贵族化"的生活告别。

例如乘车。日本交通之便利，世界有名。无论电车、汽车还是地铁，都是定时定点的。倘若10点钟上班，每天几点钟从家中出发，永远是乘同样的车，车中所看的，永远是天天相见的熟悉的面孔。晚一分钟，就晚一班车，见不到熟悉的面孔，便知今天怕是会迟到的。在日本上班，外国人，通常做临时工的多，而日本的临时工，按小时算工钱。迟到一分钟，一小时的钱就没有了。这算是小事，倘若上面的人不高兴，因迟到被炒鱿鱼而失业，怕就是大事了。

因为有这种规则在，我花了一周的时间将上班必乘的两条车线摸熟。根据定时定点的规则，我安排好起居时间、化妆时间、乘车时间。因为不习惯，我买来小闹钟定时唤醒我。

刚开始，我总是在闹时后醒过来，头晕沉沉地爬起来，慌慌忙忙地做准备。虽然定时赶到上班的地点，那一身汗，那一阵长时间的喘息，让人从早到晚都有一种紧张而又疲惫的感觉。习惯是不知不觉间形成的。怕是缘于功到自然成、水滴石穿这个寻常的道理，不知起于何时，我可以在闹时前十分钟醒来，头脑十分清醒，爬起来，抽一支烟，想一点事情，翻一翻报刊，试几件衣服，无虑地等那小小的闹钟定时发出的声音。然后，洗漱、化妆，慢慢地去车站，那一份稳定感所带来的自在，怕是"从容"这一词语无法表述的。匹配这一份从容，怕是要有深刻体验的人才可以的吧。真的，从未如此极致地享受过这样的自在和从容，因为进入了规则。

我定休的日子是星期三。在日本,唯一与我相依为命的哥哥也休星期三。说起哥哥,或许因为长我近10岁的缘故,40岁一代人的性格中所蕴含的历史坚毅性质,使他一下子就迅速融入日本的新环境中。不需闹钟,哥哥可以定时起床。对于艰苦飘摇的域外生活,首先在吃的方面,他可以空腹坚持一上午的劳碌工作,或者无怨无叹地接受一个沙拉面包,甚至冰箱中一个冷却了的鸡大腿。

虽然哥哥与我同住一室,但要比我提早上班的缘故使他黎明即起。差不多总是这样,我醒来时哥哥已经走了;我归家后,哥哥已经睡了。整整一个星期,难得说上一两句话,只等那星期三。每天清晨,那小闹钟的开关,都由哥哥打开,放至我的枕边,待它响起后,再由我关掉。

星期三,我们足睡足聊足玩。我于是才知道哥哥的处境、心情和这样那样经历的事情。我和哥哥逛商店选便宜货,游名胜,或者故意让太阳将皮肤晒晒黑……就像小时候一样,对于哥哥和我来说,曾一度十七年疏离的亲情(我十七岁上大学后离开家乡,离开父母姐妹,独自生活),就如此寻常普通地一点点捡回来,在日本的规则中捡回来。其实,人的一生比通俗小说还通俗,哥哥刚来日本时,我慌而怕,想象中一定是一个陌生人。然而,从小小的闹钟开始,从假日开始,从规则中,从规则外,短短的四个月(哥哥来日四个月),一切如故。我和哥哥的体内,一样涌流着父母的血液。时光留不住,亲情永在,天下不再有第二个亲哥哥。

不再因酗酒过度、睡眠不足而肿胀着双眼,不再为沙龙式的约会去苦恼有没有一套令人眼前一亮的好服装。就想看一看车厢里一样黄皮肤的人中哪些人是中国人，找一找中国人的神情和行为。就盼着星期三和哥哥一起，去中国饭店吃一顿……我已经由一个潮流中的享乐人蜕为平凡而又通俗的希望中的人，这都是因为进入了规则，或者说被规则所束缚。

　　就是这样，虽然被规则所束缚的生活逼我将过去的一份悠游闲散完全舍弃，虽然生活节奏如机械般规律而又辛苦，但大苦大乐的体验，却使我由得过且过之境跃升为用智慧和心去体验人生"有余"的乐趣，这当是另外一种境界。开始与生活同行，除却用语言来形容生活之外，人生的黄金时间似乎业已展现开来，参照、比较、体会、潜隐于深处的诸多灵思，正渐渐不断地于自在和静思中走向我……

　　想起中国有一句古话：有规有矩，可成方圆。

琉 球 舞 蹈

　　冲绳县古属琉球王国,一直到明治四年(1871)七月废藩置县,
约五百年的时间里,是十分繁荣的。每当国王有变更的时候,中国
一定派册封使,乘御冠船去琉球。

　　在琉球王国这方面,每当有册封使来访,一定以宫廷料理和宫
廷舞蹈盛情招待。琉球和中国的交往历史非常悠久,从历史民俗
博物馆所存的资料来看,琉球向中国明朝进行朝贡的次数有 171
次。至于其他附近的国家,譬如朝鲜和日本,分别是 30 次和 19 次。

　　在冲绳人集中的地方就一定有歌和舞蹈。乐器以三弦为主。
三弦的皮使用的是东南亚巨型锦蟒的皮,而这种蟒皮的输入十分
不易,现在冲绳的一些三弦,很多使用人工制造的皮革。此外,气
氛活跃的手拍子和手指笛的介入,给歌和舞蹈更增添了无限的热
闹和情趣。所谓南国的明快,指的就是这种歌和舞。

　　从宫廷承继而来的舞蹈属于古典舞蹈,而且,由于这种舞蹈有
特别的设计和编排,所以被称为"御冠船舞"。

　　舞蹈又根据内容和舞蹈方式的不同分为"老人舞"和"年轻人
舞"以及"两岁(男孩)儿童舞""女人舞""混合舞"等。

　　"混合舞"大约出现于日本的明治时期,为了能够在剧场上公
开演出,编排时特地表现一种准古典主义的风格。看过的舞蹈中,

我印象颇深并十分喜爱的舞蹈有《绉挂（女人舞）》《花风（混合舞）》。这两个舞蹈表现了对恋人的思慕与惜别之情。框架、蓝伞等小道具，为舞台背景酝酿了完好的情绪。竹板的节奏一出，气氛更加热烈。在北京的"老舍茶馆"，一边品茶漫谈，一边欣赏类似桑巴明快的节奏乐曲，似乎可以找寻出竹板的原型一般。琉球舞蹈中还有假面舞，美女两个人，丑女两个人，丑女的表演者要戴丑女面具，比较有名的舞蹈为《鬼童》。

混合舞是玉城朝薰为了款待中国的册封使而特地创作的一种乐剧，其中有很多戏曲打斗表演。从这一点上说，混合舞应当不算朝薰的创始，是朝薰对中国戏曲的艺术的借鉴。

池袋北口有一家店，就是以琉球舞蹈和冲绳料理为特色的。负责人是三弦和歌谣的名手。其妻子毕业于冠船琉球舞蹈师范学校，每周在店里的舞台上表演三回，她所教授的一些女弟子的舞蹈也都十分清秀、洒脱。

秋 刀 鱼

秋刀鱼,看名字便知是一种银色的呈刀形的鱼。作为季节性的美味食物的代表,它同初夏的松鱼和冬季的鲫鱼一样,是秋季的代表。如果用盐来烤着吃,味道最佳。

我们经常可以在车站附近或其他什么地方看到土制的烧炭小烤炉,飘拂的烟雾中,被烤着的秋刀鱼在刺刺啦啦的声音中散发着诱人的香气。可以说,秋刀鱼是我们身边所能看到的最平凡化、生活化的一种鱼。

用盐烤的秋刀鱼,就那么整条地吃,有一种奇妙的乐趣和味道。一般的鱼在烧烤时,事先要将鱼的内脏全部摘洗干净,唯秋刀鱼可以原封不动地烤着吃。家里因为没有大的烧烤用具,无法烤秋刀鱼,到了饭店或居酒屋,看见秋刀鱼整条地端到面前来,仅仅是看,就已经十分高兴了。

佐藤春夫(1892—1964)的诗中有一首为《秋刀鱼的歌》,这首诗几乎成为日本人家喻户晓的诗。在这里,我只引用其中的第一节和第五节:

那秋风诉说着心事/男人/今天的晚餐/一个人/吃秋刀鱼/沉浸在心事中

160

秋刀鱼／秋刀鱼／是秋刀鱼的苦涩还是盐的咸／热泪正滴落着流下来／在哪里／从什么时间开始／学着吃秋刀鱼／看那里／百般的风情就存在着

这是 1921 年的作品,诗人以其对生活独特的感受而成为日本近代著名的抒情诗人。

不知从什么时候开始嫌弃烧烤秋刀鱼时的味道和烟雾,其原因不在于味道而在于烟,对烟的嫌弃更在于邻居用大蒜来烧烤秋刀鱼。我讨厌大蒜的味道。

在秋季的风物诗的描写中,记载有这样的风情:在远离民居的地方,用落叶来烧烤红番薯等。想象一下,真是浪漫。因为烟太大,也因为客厅与厨房连在一起,渐渐地,在家里烧烤秋刀鱼的情形减少了,取而代之的是生鱼片、腌菜等无烟味的食物。虽然烤秋刀鱼仅仅是一种食物,却会因少了它而产生出失落的感觉,好像生活中缺少了一种迷离的东西,一种刺刺啦啦散发出馨香的东西,真想多看见一些土烤炉的出现,看着人们从它们面前走过去,从神神秘秘的烟雾中穿过,带着满身的秋刀鱼的味道。

节　分

节分指立春的前一天(2月3日),属季节转换期,寺社或家庭要在这一天进行撒豆驱邪的仪式。

最近,寺社内所进行的撒豆驱邪仪式,规模相当庞大,一些政界人士、演员、歌星、体育明星等,凡是本历年的男人,都成了撒豆候选人中最受欢迎的人士。但是,这虽然有一定的宣传意义,却失去了其原有的真正的意义。

本来,驱除恶鬼的仪式另有其他的日子,是朝廷在年中举行的各种仪式之一,在大晦日(12月31日,大年夜)。它源于中国,在飞鸟时代的末期传入日本。后来各地的寺社纷纷举行驱邪仪式,并将时间也改为节分的夜晚。

撒豆的时候,通常是一边撒豆一边唱颂着"福は内,鬼は外(福在家里,鬼在外边)"这句话。豆子也多为自家种植的豆子或者买来的炒过的豆子。现在,日本的许多便利店或果子店里,都有豆和鬼面出售。因为豆子撒完后还要再收拾起来吃,所以撒豆用的房间一定要十分认真、仔细地清扫干净。

吃的豆子的数量,要比自己的年龄数多出一个才可以。这种说法同时证明了这一习俗仪式原本确在大晦日举行。因为大年夜的第二天,日历变成1月,人的年龄也由此而增加一岁。至于2月

3 日,所吃豆子的数量,其实和实际上的年龄没有差别。

冬树结有一种刺叶桂花,立春前夜人们剪其枝插于门口,目的也是避邪驱邪。传说在节外的夜里,恶鬼出没街头,专门吃女人和小孩子,但是恶鬼惧怕桂花的味道,有冬树叶插于门口的人家,恶鬼绝对进不了门。除了冬树之外,葱、大蒜、韭菜等有气味的东西也被一些地方拿来使用。我们居家的门前的入口处,种有一株冬树。为此,常常可以听到恶鬼由于惧怕这树的臭味而可以驱除、避除恶鬼的说法。

"にあらず犬に言いつつ鬼やらい",这是久保田同铃子的俳句,意思是一时间搞错的缘故将豆子撒到狗的身上而被狗狂吠了一顿。狗虽然是人所养的动物,但是这里所包含的意味不仅幽默而且有意思。节分时所撒的豆子一定不要撒错了对象,这样才可以真正地驱邪避邪。

糯米团和牡丹饼

彼岸（春分、秋分前后各加三天共七天的时间），的时候，日本有一个习俗，就是做糯米团供于佛坛以求先祖的冥福。糯米团就是将糯米和粳米合起来一起煮，然后将豆沙馅滚在做成圆形的糯米团上，并撒上黄色的豆粉。

"糯米团"一词与牡丹饼一样，均来自女人语（古代宫中女官用的隐语），是从形和色两个方面来隐喻的，也是对季节的变迁十分敏感的日本人的一种感觉。从春季的牡丹饼（牡丹是初夏时分开花），秋季的糯米团（胡枝子是秋天里开花，属秋季七草之一），即可以看出日本人的这种感觉。

有这样一个滑稽故事：一个迷失于山路的旅人终于寻到了一户人家并乞求住宿一夜。老夫妇十分高兴地将旅人迎进去。突然，从厨房传来的老翁的话钻进旅人的耳朵："今天晚上打个半死，然后手打。"于是，正好听见这话的旅人立刻惊呆在那里了。

其实，"半死"一词是做糯米团的工作语。糯米团的制作并不像做饼般将米完全捣碎，多少要保留下一些米的形状。手打则是"手打面条"的省略语。

现在糯米团在很多地方都可以买到，已经不是什么稀罕的东西。随着时代的变迁，季节感和贵重感也都随之消失了。

供给先祖的东西,普通人不可以随便吃它,因为它是十分贵重的东西。几十年前,我还是小孩子的时候,日本农家一定会在自己的家里做糯米团。米和小豆也都是自家的田里种植的。平时的零食,都是类似柿子饼、腌菜、地瓜干等自制的干物。此外,就是在自家附近摘取的柿子、枇杷、无花果等等。

有一句谚语叫作“白捡的便宜”,就好像牡丹饼从吊搁板上掉下来,落在自己的头上,是一种邂逅般的幸运。普通人的手触不到吊搁板,但贵重的食物存在于那里。

绘 马 匾 额

绘马匾额是指去神社祈愿或祈愿后如愿后作为答谢的绘制匾额。缘于信仰的目的,绘的是关于马的画。《常陆风土记》中有一段记载,是关于向鹿岛神明奉纳马的事情,这里所奉纳的马是真正的活马。自奉纳之后,便出现了土制的马以及板上的绘马等。奈良时代的出土文物中有板式绘马,由此又可以得知,向神社敬献绘马匾额的风俗,已经相当古老。

所谓绘马匾额,在江户时代不限于马的绘制,通常与奉纳者的职业有关。例如,倘若是渔民的话,就奉纳船的绘画。此外,也与奉纳者的目的有关。例如,想提高弓箭技术的话,就奉纳弓的绘画。与奉纳者年龄相关的生肖,也可以绘成匾额。总之,是十分多样化的。

但是,作为风俗遗留至今的,只有学业成就、考试合格、良愿祈求等几种。天神,作为学问之神,对于那些面临考试的学生来说,具有相当大的吸引力。

所谓学问之神,是指菅原道真(845—903)。他后来升到右大臣的位置。大政官中,还有大政大臣、左大臣等官位。在左大臣的阴谋算计下,道真被贬移去九州的大室府。距离为六百公里,行程需要一个半月,真可谓残酷之旅。又因为道真被视为罪人,沿途并无食物和马匹供给。看着太宰府院里盛开的梅花，道真忍不住咏出了有名的望乡之句："东风中凛然开放的梅花，人已不在都，忘不掉春天。"

道真死后，首都发生了许多神异的事情：日食、月食、干旱、洪水、瘟疫、霹雷等，将冤罪强加于道真身上的人们也相继死去。民间广为流传一个消息，如此多的凶变，是道真的怨灵在申诉着屈辱。自此，被神格化的道真成为学问之神。

道真11岁时就开始创作汉诗，被誉为白乐天的再生。此外，他的和歌和书法也有相当的造诣。江户时代他在寺子屋（教授读、写、算之学所）做老师时受众人崇拜而声名远扬。以道真和寺子屋做题材的歌舞伎，在《菅原伝授手习鉴》中可以看到。

埼玉县的一家百货店，最近设立了一个私立高校的学生用来创作的展览会场，其中有五百个绘马匾额，匾额上祈求的愿望多为："目标 highschool student""某某高校，绝对合格"等。展览会结束后，这些绘马匾额将奉纳给九州的"太宰府天满宫"。

尺　八

学生时代,我曾十分迷恋诗人苏曼殊的诗。流传至今的"春雨楼头尺八箫"一类的名句,其纤细的神经质的感觉,在我心中绘画般地留下了神秘、孤独、苦恼、忧郁,甚至病态与腐败的印象。人在留恋、爱恋中活下来。

却不知在诗的理解之外,无意得知了一个知识上的错误。原以为"尺八箫"就是八尺长的箫的意思。不期然,在一次日本餐的聚会上,饭后,同来的几位日本老者从随身携带的包里取出一个木制的东西吹奏起来。只知道是一种乐器,但因为是初见,又因为当时已近黄昏,如今回忆起来,已经难以详述乐器的特征了。只记得是一首威严、肃穆、哀沉的曲子,仿佛从古老和遥远中逼来,身处的世界开始向冰冷的冬天靠近。

渐渐,一种巨大的悲怆渗透了我的灵魂、我的心。再看那几位正吹奏着的老者,或许因为夕阳映照的原因,涨红的脸上溢出几分抒情的意味。

不禁感到自己的心开始被什么东西撕扯起来,有了一种心痛的感觉。一位诗人朋友对我说过:心痛的时候就是灵魂在痉挛。几位老者用乐器吹奏出来的曲子,以一种魔幻般的哀伤令在场的每一个人无不惊叹。初见的乐器在我心中俨然成为不可思议的某种圣物。虽然全场一片静寂,但每一个人的心分明混沌着一种无与伦比的起伏。

一曲终了,我讨教年已 70 的远藤,想知道这乐器的名字。远藤告诉我,这个乐器的名字叫"尺八",是一种箫的名字。

方才知道苏曼殊诗句中的"尺八箫",并非八尺长的箫的意思。至此,方才有了一种更具体真实的"春雨楼头尺八箫"的意境。

只是,这一次内心所呈现的意境与往日单纯文字上理解的意境完全不同。特殊意义的曲子由特定的乐器奏出,且以灵性的心去感受,我想可以用"心心相印"四个字来形容。

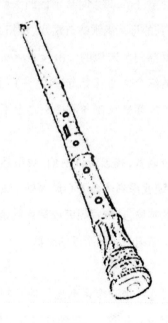

尺八

的确是一种让人惊骇的事实。由尺八奏出的乐曲，与苍茫的暮色相融，阴沉地笼罩着我内心的悲哀和寂寞。笼罩其实是无力抵抗的压迫与诱惑，是剥夺了一切之后的另一次更沉重的堆积。物极必反。压迫至此，反而逼出一丝兴奋，仿佛内心被乐曲撕扯开的碎块正随乐曲流逝而去，无处不在，超出极限超出时空。

我发现，有一种迷蒙的虚幻无处不在，而这虚幻与我的心灵有许多十分接近的地方，甚至我的心就与这虚幻的巨大齿轮紧紧地咬合着。相类似的感受很多，具体地举几个例子。譬如我归国后赴日时，一踏上飞机，就好像永远离开故土再也无法返还似的。再如我每次去大连看望母亲，离去时从不敢回头留恋地张望，好像一回头，看到白发苍苍的母亲满眼噙着泪水，便担心失了勇气去面对不可预知的风雨飘摇的未来似的。由尺八所吹奏的乐曲，其流淌出来的不可把握的综合性的感受，正是将一种生命犹疑的灰暗施与人类的心灵。难怪苏曼殊在春雨楼头之上不要小提琴，不要钢琴，而只要尺八箫了。

吹尺八的几位老者，我想告诉他们，我虽然不懂音乐，但深深感动了我的尺八，使我深刻体会了心灵深处不安而动荡的、由忧郁和流连所交织着的神秘，其带着颓废或是死的诱惑的旋律，给我内心深处隐匿着的灰暗施与一种亲近的慰藉。

就在我初见尺八并被其牵系而思绪迷乱的时候，诗人顾城却在新西兰的一个荒岛上自杀了。看到日本电视台报道的这个消息后，我去买了一朵小白花插在窗前的花瓶里。顾城的诗，也曾经梦幻曲般地诱惑过我。然而，就是这个告诉我"黑夜给了我们黑色的眼睛，我们用黑色的眼睛寻找光明"的诗人，却将自己投身于黑暗中了，且是毫无诗意地死去。一大堆活人的众说纷纭我一个都不信，我自己也不愿意去想、去判断。我不曾去过新西兰，但我的想象中，在新西兰，在顾城所留恋的地方，有一个古老的钟挂在一根黑油油的柱子上，顾成曾坐在下面，将自己沉浸在幻影里。

这样一种幻影还会一直跟着其他的人，比如我。听到顾城自杀的消息，我想到尺八。尺八施与我的综合感受令我想到苏曼殊的诗。于我来说，"春雨楼头尺八箫"是一种曾沉浸过的幻影。

忘 情 风 景

有时候生命中会有许多感动

陪伴着你

过一种真正的生活

让悲伤啦啦啦……

以爱代替

　　这是谭咏麟唱过的一首极其有名的歌,歌名叫《以爱代替》。这首多以感叹结句的歌,连同从开头到结尾都在一直吟咏的"逝去"的"昨天",其特色就是:虽咏歌,实际不以为是歌。"以爱代替"这极为坦率、真情的四个字,与其说它是所谓的以爱情代替悲伤,莫如说它是劝诫伤心的自己,以自己的心来爱惜自己的心,而后没入爱意中。我以为歌词是对人间潜藏着的某种温暖、体贴所赋予的深沉的歌颂。自古以来,这怕是最为普通、平凡的爱心了。

　　如今我想起这首歌,是在一条山间铺就的台阶上。台阶很宽,有一百七十八级。但是这条小路被沉郁的山包裹着。从下面向上攀登时,四周遍布树林的群山,给人一种难以捉摸的寒冷的大气。

　　我是独自一个人从北京跑到日本来的,又在这找不到商店,公共汽车也不通的山上居住的。

或许因为是独自一个人,也或许因为是常常在夜里走这条山间的小路,我的脚步总摇曳着一股乡愁的影子。说是乡愁,其实就是夜归时踏着暗重的树影下的月光,一如踏着自己的心事。实在而又具体的乡愁在我蓦然回首时才发现,它原本在我风尘仆仆的茫然中忘记了看个清楚。

　　只剩下脉脉深情,就像夜的眼睛。在夜的眼睛里,不知风寒。

　　然而,对于我来说,这所谓的不知风寒乃是我特殊际遇中捕捉到的生命的光华。常常旅游,常常可以接触到风景,从来没有像现在这般能将思绪停在某一个归结点上。有几个夜晚,无朋友可以聊天,无工作可做,读了大半天的《论语》,傍晚时分来到山间,寻到那条暮影里闪现出的小路,无言地踏着两侧树上无声又无息飘下的满地的落英,走几个来回。我猜想,不仅仅是我,恐怕任何人都难以用语言逼真地将那时的感觉描述出来。

　　怀着痴迷的孤寂之情,让自己和这条小路包裹在黑暗、神秘、静默以及隐约的恐慌中,简直就是在寻觅一种灵魂的震撼。本来,一切景观对于经常旅行的我来说,并不是十分稀奇。可是,为什么?为什么现在我会发现天空如此深邃,树木如此肃穆,群山如此威严?为什么当我一无所有地跑到日本这个名不见经传的小山上时,我竟会不由自主地发现天地之间自然生存着的万物的生命是这样澎湃着生命的力量?天空和树木再也不是一晃而过的平凡的风景了,自然存在着的一切与我默默相视,似乎彼此都在承认对方是一种存在,生命的存在。有一种喜悦从心底升腾出来,这喜悦分明就是自然万物与心灵深处的紧密结合啊。

一旦发现了生命所闪烁出来的原始的光辉,我的心变得无比地纯粹起来。全世界所存的一切,天地万物,哪怕一棵小草、一阵轻风,都在大山间这条有一百七十八级台阶的小路上,现出一种自自在在的多情来。

"有时候生命中会有许多感动,陪伴着你,过一种真正的生活,让悲伤,啦啦啦……以爱代替",一边唱着这首歌,一边我的心就潮湿起来,摇曳中的乡愁如今开始交织进一种风景的姿态,由自己的内心看进去,那姿态是无人的意志左右着的生命,是自觉生存着的生命。

将人生比作道路,这是极平凡的比喻。然而人生确实又有许多道路要你去选择、去经历。道路是无穷又无尽的。可不可以说,如今我每天要独自攀登的这条小路,这条包裹在山林之间的有点儿寂寞也有点儿孤独阴郁的小路,是我人生的又一个起点呢? 当真如此,我十分庆幸。我刚刚是呼吸到了一种恬静、自然、永生的气息呢。

第三辑　根的记忆

猫　话

　　知道清水家养猫是去清水家做客的时候。沙发上坐着的清水太太,怀抱一只杂种猫,长毛,呈黄色。我听见清水太太唤它查理,也听见查理咪咪作答。另有一只白猫端坐在清水太太的身边,它叫安妮。安妮比查理瘦,似乎不及查理得清水太太的宠爱。

　　清水玩笑般地告诉我,查理是太太向朋友索来的,安妮是小孩子从外边捡回来的。或许印证了弗洛伊德的哲学,雄性查理夜晚睡觉时钻太太的被窝,雌性安妮则钻清水的被窝。

　　我听说查理和安妮产过很多猫崽,便想索要一只养。打电话给清水时,清水说去他家里的时候千万不可以提猫,因为家里昨天刚死了两只猫,太太很难过,给猫挖了坑,且在园里修了坟。以为是查理和安妮的猫崽死了,听清水解释后才知道,竟然是查理和安妮的孙子辈猫崽死掉了,原因为近亲繁殖。小猫生下来后像鼠般小,且不长毛。

　　深感意外的是,猫的世界里也不可以近亲繁殖,这很给人以刺激。我感受最深的,是不断支配生物环境的力量。环境与命运,宛如一根绳索,生动地展示在我的面前。只是,面对微不足道的猫崽的死,清水太太这大悲大痛,着实令我感动且怜悯。为猫挖一个坑,修一座小坟,其实正是人类世代相续的永恒而具有历史性的努

177

力。人类对那个不可知的世界的信赖,难道不是对死亡所进行的有意识的抗争吗?这是人类对生存的信念啊!只是这信心来自哪里呢?

我开始常去清水家,与清水太太成为好友。原来人与猫、猫与猫,其间还有一个极丰富的世界,非想象所能及。

曾经的流浪猫丑丑

清水太太告诉我几个小故事。清水家的猫腥气之所以特别重,原因是公猫到了发情期便会失却以土掩尿的天性,会当着人面不分场合、地点地乱撒,最常见的是站立着朝窗帘上撒。此外,猫似乎很有心理灵验,比如查理,属于本户,安妮则属于外来户。吃饭时本户查理先吃,而安妮则一定等查理吃完了以后再吃。再比如本户查理会任性十足地往外跑,甚至几天不回家,而外来户安妮大概尝过无家的滋味,对家格外地留恋。众多故事中令我刮目相看的事情是,雄猫发情时,倘若雌猫喜欢,则会温顺十足;反过来则会直立着,用前爪抽雄猫的嘴巴。清水太太说得很生动,笑后琢磨起来,却有许多的感动。

将人与动物相提并论,毕竟要承认层次上的不同。人类的交际较动物要胜出许多,比如语言和文字,比如电话和电信,比如理智、尊严和自爱等,动物与人类相差得太多。然而清水太太所讲的猫的故事,分明令人做出种种的幻想。随着生物的不断进化,猫等动物也许也会像人一样拥有更加丰富的内容吧。

我曾经问过清水,家里养这么多只猫,太太每天花费大量的时间为猫做饭、给猫收拾粪便,不烦吗?还有,家里的空气腌浊不堪,有时客人来,不顾忌吗?清水说,你没养过猫,不会懂得那样的一种体验。清水还说,人一旦与猫生活在一起,真心待它,不自觉就会爱上它,有时候甚至会觉得猫比人可爱。

我笑清水,说,莫非你否定人道而追求猫道吗?清水说,对于这个问题的回答,他想借用太太的解释。清水太太认为,人对猫施与爱心的话,猫绝对不会反过来伤害人的。清水于是又给我讲了一个笑话:一次,太太对他说,她常想象某一天由外面回到家中时发现饭做好了,扫除打好了,原来是猫趁她不在家时变成了美丽的少女来帮助她,待她回家后又变回猫的样子。

清水太太的故事令我联想到日本的神话《仙鹤报恩》。虽然清水太太的幻想过于朴实、单纯，其美好的宗教情感却令我于某种程度上受到了冲击。于是乎像西西弗斯那样，纵然在痛苦中挣扎，也依然执着地为希望而奋斗。有时候，人是很想自己成为一个神或自己塑造一个表现自己意志的神的。爱是这个神得以诞生的基础。这点感悟令我在感动的时候生出一丝不幸来。事情该怎样依旧怎样，痛苦却更加深刻了。

　　清水家的猫可称为三世同堂的时期终于来到了。虽然死了两只猫崽，余下的却健康活泼，特别是查理波斯种的一部分血缘终于在乔治的身上体现出来。乔治的眼球一只黄一只蓝，蓝色的一只似透明的钻石。我去清水家时，安妮"姥姥"身边有五只小猫崽。安妮将食物嚼碎后再吐到小猫面前。清水太太叹服不已：猫真的就比人好。猫对清水太太的生活和人生观产生了很大的影响。

　　后来发生了一件事令我恐惧。记得正与清水聊天，清水太太打电话来，清水面色顿时十分恐怖并急匆匆地赶回家里。后来清水告诉我，太太那天打电话来，实在是痛苦不堪。不知哪只大猫将乔治吃了，只剩下头和尾巴。我觉得毛骨悚然，一段时间里由猫联想到的种种都变成一种恶心哽在喉咙处。清水不说原因，我也不敢问。没想到，几日后清水告诉我，另一只猫崽又被吃掉了，这次只剩下四只小爪子。我心里太痛苦，非要问清其中的原因不可。想不到，清水这样回答我：猫吃自己的孩子是由于极致的爱，当它感到孩子受威胁时就会将孩子吃掉。清水补充说，那天查理又往外跑,将生人气味带到乔治的身上。

　　果真如清水所说,除却恐怖和残酷外,我还有折服。爱是不朽的——一切极致都可以从相反的行为上得到解释。母亲哺养一个无知活泼的孩子,并告诉他什么是谋生的手段,我们将这两种精神结合起来去看猫吃孩子,便会明白这就是爱,是生活。只看到猫喂孩子不是爱,也不是生活。那么,什么是爱? 什么是生活? 猫哺育孩子,猫感到孩子受威胁时吃掉孩子,这些就是了吗? 经过一番探索、一番联想,总会有一点儿什么留在心上。这便极好。

醉　　寨

夜幕死死地压迫着我,它伴随着我,我无法逃离它。

我看见有一股湿漉漉的气息开始穿过极微弱的一线月光扑向我。肌肉在抖。那气息异常猛烈地扑打着我的面颊。

我怎么竟控制不住而任这肌肉抖得越发严重呢?

嘴颤颤地咧开并似乎很兴奋地笑,心却加倍地涩。×的,怎么这个鬼寨子里一个人影儿也看不见呢? 曲月和冷佳又到哪里去了呢?

我被丢在这儿了。夜吞噬了我。月光像拖着泪水般拖着我孤单的身子。

这都是因为你。

你那时站在我的眼前,模样孤苦极了。你那细长的脖子里拖出的哭声像尖刀一样把我的心给划破了。心里面的什么什么都随着汹涌的血流淌尽了。那一瞬间,我真觉得除了你,世界上其他所有的一切都被我疏远了。我那时盯着你,我看见一滴一滴的水珠子从你毛乎乎的身子上滴下来掉到污泥里去不再流动,你的眼睛也似一汪不再流动的河,好一片迷惘,好一片沉静啊。

这样想起你, 我便又听见那一片呼哧呼哧的声音了。真的,我相信如果你现在从迷醉中醒来,也一定会听见那一片呼哧呼哧的声音原来是很沉重的。

可是,我们那时最先听见这声音时,这声音多迷人啊——

好不容易劳作了一年终于丰收了。妈妈刻满了皱纹的笑容看起来像秋天里照在身上的太阳。妈妈显得那样兴奋,和村里的人们吃着一大海碗一大海碗的酒,吃着吃着,不知怎么就都醉倒了。从老人从孩子从男人从女人的嘴里喷出的一股股酒香混着一股股热的气浪潮涌般覆满了小小的寨子。酒醉倒了因欢乐而忘乎所以的人们,而人们却醉倒了本该因深夜而死寂的寨子。那时候,连猪们鸡们都因着吃了醉酒的人们吐出的污物而醉得呼呼大睡了呢。就因着这人和畜共同发出的醺醉的呼哧呼哧声,就因着这冲天的酒香,沉醉的夜和死寂的夜便分开了。

我那时激动得哭起来了,那一声一声呼哧呼哧的醺醉声实在是太静谧太安详了,就像妈妈脸上秋天的太阳般的微笑。

> 别哭了别哭了莫名其妙
>
> 整天呜呜咽咽的真是无病呻吟
>
> 什么事情也没有发生你又想起什么了
>
> 讨厌死了你这样子不好玩还不如走开好……
>
> 去大河边吧我说我极想散散步,会有冬天树挂上的冰凌花一伸手触摸就融化尽了

我们一走到大河边,我就看到河水衬得天上的月光透亮,四周

都是河水哗哗的声响。那河水也是透明的,就和妈妈喝的酒一样。然而我那时闻不到酒的气息,我只觉得一片的透明在悄悄地渗进我的肉体、我的灵魂,我看见我的心脏在蹦蹦跳跳,有大股大股鲜红的血柱像燃烧的火焰。曲月和冷佳追打着玩闹去了,我躺在河边的沙滩上毫不费劲地呼吸着,夜幕下沙滩上穿着白色衣衫的我的身影淡极了。我那时仰望着天,发现自己掉进一个无边的窟窿里,只有这样看天才会发现天是极深极深的,深得无度而透明。

唰唰唰唰,在我听见这声音的时候,我突然发现五个圆圆的黑影小鬼洞一样向我身旁的小河边移来。我一下子跳起来,可不被理会,你知道吗?你带着你那四个肉嘟嘟的孩子、四只胖乎乎的小板凳狗旁若无人地经过我身边时,我一下子就喜欢上你了。十双蓝眼睛像天空上的小星星一样闪着光。你和你的四只小板凳狗真是鲜亮活泼极了。如果没有后来发生的那一切……

你这只小母狗带着你的四只小板凳狗一晃一晃地跑近河床,我看见河水最先淹没了你的四只小爪子。你这该死的小畜生,你知道你在做什么样的事吗?我心里不断地问着这句话。因为顺着你浮游的方向,我分明看见河面上正有一股一股银色的山包崩碎般一次次地轰塌下去,那隐含着力量的旋涡是很阴险的呢。它只要咬住你,你就会来不及喘息地坠失。你只是一只小狗,你自然不懂得这一点,你自然也不会预想到生命运转中原本是有着许多未知数的。生命不会是编织的梦,尽管有时候它看起来是那样荒诞而离奇。生活极现实极残酷,它总是在你毫无准备的时候奇迹般出现在你面前。

不是吗？

你居然顺顺利利地游到了河的对岸。透明的河水哗哗地响着，抚慰着潮湿的夜。谁也不知道这条河来自何处，怎么会有那么多暗藏的急湍？反正它南北横贯了整个寨子，哗哗的水流声唤醒了一代一代走着脚步忧郁沉重的人们那空荡荡的心，也埋葬了一代一代于苍茫暮色中失落过的脚步，它不曾占有也不被占有，它似乎只在风与云的同游中便满足了。谁也不知道它其实是包含着大地而独自运行的自由的魂灵。游过这条河，你全身都湿了，你转过身子来，可是你发现河继续神秘而安谧地流动着，河面上空荡荡的，空荡得好寂静啊，月光更加淡薄，几乎感觉不到有月光了。孩子们呢？那四只胖乎乎的小板凳狗呢？你睁大一双奇异的梦幻般的眼睛，然而什么也没有，依然是黑沉沉的夜，依然是哗哗流动的水。

当然了，那情节我是看见到的。你一直向对岸游去。我看见你的四只小板凳狗一只接着一只地跳进河去追赶着你，湿透的脑袋一拱一拱的。

我心里喊不要去渡那河。我闻到了一种很浓的冰冷的气息。你的四只小板凳狗根本不理睬我。我的心吊到了嗓子眼。我用双手抱住了脑袋。模模糊糊中我看到四只小板凳狗一只只地扭转着身子慢吞吞地旋转着漂远，漂没有了。之后，我闭上了眼睛蹲坐到沙滩上竭力想象河水不再流动了，唯有夏夜的懒洋洋的气息。我听到河水流动着的潺潺声响，便觉是听见你的四只小板凳狗在游闹着戏水呢。我于是赶忙睁开了眼睛。我看见的是你睁大的奇异的梦幻般的眼睛。

你叫的第一声，哪里是叫啊，说不清是高还是低，宛如深沉却毫无意义的啼哭，似婴儿降临人间的第一声啼哭。接下去你沉默了一段时间，再接下去你开始一声接一声地狂叫，似乎有一只手掐住了你的咽喉，你叫起来竟是那样急躁，那样撕心裂肺。

我感觉一股冰冷的气息涌遍我的全身，我知道这是河水，不知为什么它神秘地流到我的心里来了。这你是看不见也听不到的。

记不得是哪个人说过的话了。白日是梦，晚上是梦，梦中还是梦，当你明白身边的一些事情其实是梦时，梦本身已经替你证实了。刚才还是鲜亮活泼的一群，这会儿怎么就变成一个孤零零的你了呢？你的四只胖乎乎的小板凳狗哪里去了？怎么不见回来呢？我心里知道它们其实回不来的，这你也知道。我那时真想打破胸膛让血大股大股地喷出来，我想喊想叫想痛痛快快地哭。

然而我看见有滴血的太阳在你的眼睛里跳了一下就消失了。你拼了命地狂叫几声就一头扎进河水里。我看见你像河水上的一块枯木般湍过来，我冲着你湿淋淋的红眼睛打了一个极悲痛极不自然的手势，我想把你抱在怀里，轻轻地给你一丝安慰。

月光一丝也没有了。沙滩是黑的，你湿尽的身子也是黑的，你小小的影子里虎啸般地吼出，镇了海也镇了涛的一声啼哭，接着你箭一样地向寨子里射去。你疯了，你要做什么去？你这小畜生！寨子里的人们都醉了，寨子也醉了，你也会醉的。我一边唤着你，竟然也疯了似的被你牵连着跑出黑沙滩。

你在哪儿呢？我真想用我的小背心轻轻擦擦你湿尽的身子。

我不在乎你身上的臭气，真的一点儿不在乎。我找寻着你。你！你径自跑到一个竹门前，那竹门前有一只酿酒的瓦罐。你那么仓皇地用你的小脑袋左顶顶右顶顶，终于一下子把那压瓦罐的布墩墩顶到地面上。咚的一声，好沉重啊。

你要做什么？

你要那酒罐做什么？

你把两只前爪子搭在了酒罐的边沿儿上，翘起的短短的细尾巴似乎在抖。你冷吗？我心里这样问着你时，就看见你把小脑袋埋到了酒罐里。

待你抬起你的小脑袋时，你是那么洒脱地左右甩甩你的小嘴巴。你那时看着我的眼睛白得真迷惘，白得真忧郁啊。我不知道该不该再去抱抱你，我冲着你白茫茫的眼睛抛去一个异样难堪的笑。你明白了吗你？

你摇摇晃晃地走到栅栏下，你是那样闷闷地趴倒在地上。你闭上了你的眼睛，于是白的迷惘白的忧郁就消失了，河水的哗哗声也消失了，只有夜像个大黑口蹲在那，而你又蹲在大黑口里。我听见你小小的尖鼻子里也扯出呼哧呼哧的鼾声，连在寨子里人们的酣醉声里了。这呼哧呼哧的声音再次融入我的耳鼓，我觉得不再像母亲秋天里阳光下的微笑，我听着是一种金属在滋长呢，嘎巴嘎巴的，真沉重。

自此你便进入另一种梦境了。迷惘含混而又虚无是一种忘却一切的梦境吧。

如果你的四只小板凳狗不逝去……

如果你这样一直不醒来……

如果梦中不曾有过欢欣……

如果真这样，一切会怎么样呢？可死是无法抗拒的。活的不能给死的什么，而死的留给活的却是无穷无尽的。你会知道的，你醒过来就会知道当你疲惫得无力深深地呼吸一下时，也会在随手触动一张纸片时发现这也是死的遗赠。

真是的，

如果你这样一直不醒来……

如果梦中不曾有过欢欣……

什么也没有，什么都不曾有。

听妈妈说，每当地面上有人离去的时候，天空上的星便会扯起长长的线划落下来。然而此时我一个人独立在这里，夜吞噬着我。

我静静地仰望着天空，我发现下雨了。我看见苍茫的天空中飘荡着无数落魄的精灵。

又是夜晚，又是雨，又是一年沉醉了的寨子。你却没有来，只有我和妈妈。月是冷的月，在颤抖。狗叫声成了流散的梦。

太陌生了，你在哪儿？那酒罐儿还在，那布墩墩也严严实实地压在罐口。栅栏下是空的。那一声一声搅混着冬天的哭泣。那白茫茫的忧郁的眼睛真的没有了。我的目光在触摸它们时它们已经死了。

抽泣声。

你怎么了,孩子? 你的眼里都是泪。

没什么,妈妈,一个朋友悄悄地走了,道别都不曾有过。

朋友? 什么朋友?

是一只狗妈妈,会发出和人一样的沉重的呼吸声,呼哧呼哧,很沉重呢。

写作读书是因为伤感

我从小时候就注意到自己有一种痛苦和其他的小孩子不同。我家里有六个孩子，父亲酗酒成性，妈妈总要没完没了地面对各种各样的苦难和困境。我在其他的小说里写过我家里的一些事，我父亲的工资本来就很低，却都用来喝酒抽烟。六个孩子里，二姐、三姐和四姐是上山下乡的知识青年。我妈妈白班晚班地打各种工，赚来的钱依然不够全家的开支。在我童年的记忆里，每次交学费之前，妈妈都要我去邻居家借钱。我在小说里说，妈妈之所以选定不满10岁的我去借钱，可能是因为人们很难拒绝一个孩子的要求。妈妈这样教我："你去借钱的时候，你就说我爸22日发工资，22日那天肯定还钱。"我至今都记着这句话，22日也成了我永远都无法忘却的特殊的日子。

二姐接受贫下中农再教育的时候，因为熬不住种地之苦，一次次地从农村偷偷地跑回家里。二姐坐火车回家，回家的时间，正好赶上午饭时间。通常是妈妈和我，以及几个姐妹在吃午饭，二姐不敲门，而是特地绕到后院敲窗玻璃。我家那时住一楼，二姐一敲窗玻璃，妈妈会看窗，看到二姐，妈妈的手会控制不住地抖起来。第二天，妈妈送二姐回农村。妈妈告诉二姐，说："城里没有你的户口，没有户口就拿不到口粮。你不在农村待着的话，农村的口粮就

190

我与汪曾祺先生

悬乎了。这一次回去，你要尽可能待得长一点。你懂我说的意思吗？"

二姐一直哭，对妈妈说农村的太阳太毒，太阳地里种水稻，腰痛得受不了。妈妈说："得忍啊，忍到你抽调回城。你看老三和老四，和你一样苦，但是她们两个就能忍。"二姐没有办法，只好回农村。二姐和妈妈说再见的时候，妈妈一边摆手一边大声地喊："你要学得让人省心点儿。"

我还记得那时的二姐,披散着乱发,一脸的泪水,一直愁眉苦脸的。

许多年后,二姐结了婚,还有了孩子。二姐的男人喜欢喝酒,喝了酒就骂人、打人。二姐的孩子不肯好好读书,年纪轻轻就比他爸爸还会喝酒,喝了酒后,比他爸爸还会打人。二姐的儿子,不到30岁就已经打跑了三个老婆。妈妈常常会叹一口很长的气,补充说:"老二这个孩子,从小就不省心。结了婚,有了孩子,还不叫人省心。数她给我添的麻烦多。小孩子从小看到大,老二尿床尿到上中学。她去农村的那几年,我挣的工资,有一半都是花在她的身上。"

我知道,这是伤感,妈妈的伤感。怀念,还有爱,其实不过就是伤感。

这样的例子比比皆是。日子一天天过去,对明天的不安,总是跟在脚后追上来。好长的时间里,我不敢夜里独自去厕所,怕有一只陌生的手会把我抓走,而妈妈依旧男人一样从早上工作到深夜。妈妈睡觉前会陪我去厕所。有一次从厕所里出来,我爬上床,准备睡觉,妈妈说:"什么时候你去厕所不再需要我陪了,我就该休息了。"

还有一次,妈妈快活地对我说:"我其实从来没有担心过什么,养你们这六个孩子,感觉像是养一群小猪,只要每天用吃的东西把眼前的六张肚皮塞饱了就行。"

我觉得妈妈说得对,那时候,我们兄弟姐妹也只是关心有没有饭吃。

稍微懂一点儿事的时候,有一次,我看到妈妈在厨房里偷偷地擦眼泪。我走过去拉着妈妈的手,伤感地对妈妈说:"妈,长大后,我要把你受的苦都写出来,让全世界都知道你。"

所以,我的创作是从伤感出发的。我整个童年一直和妈妈一起生活,妈妈把我们当猪养不是妈妈的错,那个时候的妈妈,只有把我们当成猪养才能把我们养活。有时候,仅仅是为了生存下去,就已经要你用上全部的身心和精力。处境是无法改变的,什么样的处境都一样。我也无法更换另外一个妈妈。妈妈是我一生的背景,一边愁眉苦脸,一边满不在乎。妈妈穿一件藏青色的上衣,留着齐耳的短发,妈妈其实长得十分美丽。我一直以为藏青色是最能表现清洁感的颜色,并酷爱藏青色的衣服。我对妈妈的伤感的记忆,常常潮水般涌到眼前,它们有着形状和味道,好像两臂间的拥抱,两个唇间的亲吻。

1992 年 2 月我到了日本。完全是随波逐流。那时国门刚打开不久,一首歌红遍全国,有句歌词是:"外面的世界很精彩,外边的世界很无奈。"很多人想看看外边的世界,我也一样。刚好我翻译的书的作者是大学教授,他发邀请给我,希望我能到他就职的大学留学。

因为孤独,刚来日本的时候,每天都十分伤感,但是,也许是我的运气好,研究生毕业后,立即就在日本出版社就职,跟在国内干一样的工作,跟在国内时一样开始出版自己的日文版书。所以,在

華市長歌送東瀛

拂衣已渡海東潮何

如此有恩歸意暮雨

櫻頭呉八箏

送呉張東渡 一九九二年至 汪曾祺

来自汪曾祺先生的诗

194

身份认同上我几乎没有苦恼。

　　我开始断断续续地写一些文字，比如《樱花雪》《尺八》《日本的夏》《温泉情结》等，其间樱花风流、尺八悲壮、日本的夏格外凉爽，它们都源于我内心产生的伤感。同时，我尽可能通过直观的、当下的感受，以对具体生活的勾勒，表现出日本社会和日本文化的真实状态。论起文化，范围太宽。日本文化指日本国形成的一系列关于思想、行为、生活、教育以及价值观等实体或非实体的事物和象征，好比汉字、花道、茶道、摇滚、J－Pop、AKB48、短歌、假名、和歌、俳句、歌舞伎、落语、浮世绘、相扑、和食、美少女、漫画、动画等，数不胜数。只能说你喜欢其中的什么。我个人受儿子的影响，喜欢日本的次文化，次文化包括漫画、动画和电子游戏。漫画我不看，我看动画，玩电子游戏。《神奇宝贝》《神隐少女》《千与千寻》……日本的新海诚的动画《她与她的猫》《你的名字》等，百看不厌，我除了喜欢他独特的伤感，还喜欢他的画风。他画什么都很美，美到我无法用语言来描述。我看他的动画，不看情节，看雨滴，看落叶，看女人的裙子上的褶皱。就一个字，美。看完后觉得内心被彻彻底底地净化了，会舒服一天，舒服一个月。

　　美是离不开伤感的。好像我喜欢川端康成，基本上就是因为我喜欢颓废和静寂的情绪，喜欢伤感。川端康成的文字给我想要的静寂的幽微的感觉。尤其窗外凄风苦雨的时候，或者一点儿也打不起精神的时候，我就读川端康成。川端康成的书总是摆在我的枕头边上，摆在我随手可以拿到的地方。《雪国》的凉，雪的洁净,雪后的静谧;《古都》的京都的树香,花开的声音伴着潺潺流过的融雪的声音,交响曲一样。驹子的头发又凉又硬,但胸脯软软的,膨胀出温暖。也就是说我喜欢他的细致入微的观察和天籁般伤感的文字。对我来说,川端康成的作品是中药,我伤感的时候为我解毒。

居　屋

　　虽然我常常说"心痛"这个词，但是我真正理解"心痛"这个词的意义的时候却是在 2006 年 10 月 8 号。8 点钟左右我从日本打电话给三姐确认母亲的病情，三姐说母亲在夜里走了。

　　心好像被什么反复揪出来，我控制不住这样的一种绞痛。眼前的桌子上有母亲的一张照片，我将母亲的照片按在疼痛的心口上，疼痛却加倍了。我被疼痛所吞噬。母亲走了，这个世界我唯一眷恋的母亲昨天夜里远离我而走了。疼痛无法忍受，我走出家门，依旧将母亲的照片按在心口，我只是毫无目的地走。

　　三天前的上午我给母亲打电话的时候，母亲说她正要去美容院剪发，还说周末其他的兄弟姐妹会凑齐了来给她过生日。同样是三天前的下午，三姐来电话说母亲因为突然发烧住院了。上午母亲在电话里的声音听起来是健康而快乐的，所以我以为母亲只是患了一场感冒，以为母亲在医院里打几次点滴就会安然出院。我 17 岁离开家乡，28 岁离开祖国，在我的意识里，母亲是一棵竹，母亲像竹一样看上去柔弱却不会轻易折断。母亲不可能一下子就走的。

　　对母亲有太多回忆，可是令我感到那就是母亲的却是我童年生活过的那一间居屋。居屋在大连市沙河口区永平街的一条小巷里。居屋早已经被拆,取而代之的是一幢十几层的高楼。时光也已经流逝了几十年,童年的好多回忆已经模糊了,唯有居屋如当年一样刻在我的脑海里。

居屋有两个房间和一个厨房,坐南朝北,终年不见阳光。但是透过窗玻璃可以看到不算小的庭院。母亲在庭院里种植玉米、芸豆和向日葵。秋季到来的时候,庭院里一片金灿灿的黄花。不仅好看,还好吃。母亲蒸玉米、炒向日葵瓜子的日子对于我来说就好像过年。

居屋也是母亲的工作室,母亲在居屋里编织军用网。我搬一只小板凳坐在母亲的身边,一边透过窗玻璃凝视向日葵的黄花绿叶,一边觉得绿色的网草在母亲的手指尖跳动如彩色的蝶。母亲是为了孩子而奉献了一生的女人,直到老眼昏花,母亲还是戴着老花眼镜不停编织着军用网。一张网,两张网,一百张网,母亲一生编织了多少张军用网怕是数不过来的,而我和我的哥哥姐姐正是凭借母亲编织的网所赚的钱长大的。

先是姐后是哥然后是我,一个个长大,上大学、结婚,而我也在大学毕业后被分配到北京。孩子们都走了。

1983 年 11 月,终日酗酒的父亲也走了。父亲去天国的时候母亲还只有 59 岁。父亲活着的时候他的工资都被他自己喝酒喝光了,父亲走后母亲却可以每个月都拿到抚恤金了。孩子们的离家自立和父亲的去世令母亲用不着编织军用网就可以生活了。

奇怪的是不论我走到哪里,我一直忘不了的不仅是母亲,还有以上所说的这样的一间居屋,还有与居屋有关的一切,好像向日葵,好像槐花树。因为母亲晚年的时候换了住址,回大连探望母亲的时候我还特地叫了出租车去居屋,只为拍几张留作纪念的居屋的照片。

母亲走了,怀念母亲的时候都会将居屋与母亲连在一起。说起居屋前的那棵大的槐花树,我小的时候母亲用槐树花做馅包槐树花的包子给我吃,我大了在北京工作期间回老家探亲,去大连的时候母亲就站在槐树下向我招手,我返回北京的时候母亲就站在槐树下向我挥手。故乡的风景是居屋前槐树下的我的母亲。

我留恋居屋,居屋给了我太多的文学启蒙。母亲编织军用网所用的网草是我的哥哥姐姐们在放了学后理出来的。头发般的草用水理成一撮撮,粗细如吃饭的筷子。理网草是十分单调而枯燥的,十分钟不到哥哥姐姐就开始打瞌睡。年龄尚小的我帮不上理网草的忙就被母亲要求去隔壁房间的床上睡觉。两个房间只隔着一道门,门开着,母亲工作室的朦胧灯光笼罩着我睡觉的房间。和多数人不同,对于我来说,母亲的摇篮曲不是歌而是故事,《仙鹤报恩》《黛玉葬花》《上海的早晨》《雪国》《伊豆的舞女》等等。60年代,我从母亲那里知道了世界上除了中国还有隔壁的日本,还知道了不仅人会生病,城市也会生病。此外,我还知道了不仅人会哭泣,花草也会哭泣。母亲的故事丰富了我童年的每一个夜晚。城市和花草和声音融合在一起,我的睡梦里有无限的缤纷。童年的梦也许就是从那个时候,从母亲告知我的故事里展翅飞翔。对于我来说,童年的回忆是居屋里母亲所讲述的无数的故事,好像安徒生童话,而连接着两个房间的那扇门正是机器猫的那扇门,令我可以去任何想去的地方。

然而这样的一个母亲却突然走了。思念令我穿过机器猫的那扇门将心停留在居屋,停留在居屋前的槐树上。

母亲真的走了吗?或许只是一刻的失神而已,我多少次想象三姐来电话告诉我母亲突然醒过来了。然而心痛持续着,忧伤也持续着。17岁我为了上大学离家去长春,那是我第一次和母亲分离;后来我为了工作去北京定居,那是我开始自立的时候,定居意味着我从此就离开家乡到一个陌生的城市,意味着我将独自养活我自己。乘火车去北京的时候,母亲依旧站在槐树下向我挥手,不敢回头是因为藏不住的泪水不想让母亲看见。那时我的内心是孤独的、恐惧的、忧伤的,等待我的世界是什么样子的,我想象不出。大学读书的时候,因为头痛,我跑回大连母亲的身边,对母亲说我再也不想学习了,以后我或许还会因为某种遭遇跑到母亲身边对母亲说我再也不想工作了。我喜欢大连,但是我向往北京,为了向往的生活我将母亲搁置在有海岸的城市,我知道这个城市的海岸属于母亲而我也属于母亲,所以海岸到底也属于我。一直以来我总是不辨东西南北,看报纸和电视也不理解其真正的意义,生活中常常出现这样那样的问题,但是我总是可以将我所有的乱七八糟交给母亲。母亲之于我好像我去长春上大学前母亲亲手为我缝制的那床棉被。母亲的一针一线似一股股暖流缓缓将棉絮膨胀,温暖了我的所有角落。

母亲在居屋里不仅说过许多梦许多故事,还给过我棉被一样的许多温暖。我的一生拥有好多阳光,母亲是最温暖的一片阳光。

最暖的一片阳光成为一生的回忆，好像现在，阳光好似补丁补在我的心破碎的地方。

我不喜欢用"死"这个字，让我用"走"来形容母亲的离去。我无法形容走的概念，也无法诉说走的感觉。母亲走了，我只是一遍一遍地回忆，一遍一遍地记取。回忆中发现自己忽视了太多的承诺和责任，甚至很少对母亲说声谢谢。我写过不少散文，既有关于母亲的，也有好多关于居屋的。如果进一步探索其中的原因的话，或许是我心底流动的对母亲的谢意。

定居日本后我很少回国，大约是 2000 年我回大连看母亲，因为喝酒喝得多了一点儿，想吐，我拜托母亲和我一起去居屋看看。母亲后来的新家离居屋不太远，我和母亲走了十五分钟。天色已黑，我和母亲并不说话，只是默默地走。居屋已拆，曾经是居屋的地方变成十几层的高楼。我和母亲站在高楼前，母亲突然看着我说，你从这里离开大连，先是长春后是北京，现在是日本，你怎么越走越远呢？

我半天找不到话回，那时萦绕在回忆中的居屋的一缕忧伤飘过槐花树，飘过今夜星光，飘过日本海，在我此刻的心里成为疼痛。心痛。我第一次知道心痛不是无形的，心痛是生理上的伤口。

母亲走了，居屋拆了，我再抚摸不到，也看不到母亲和居屋了，但是心痛的地方分明有母亲和居屋。母亲，我爱你。居屋，我忘不了你。我的母亲，我的母亲般的居屋。

过　　年

　　从记事到上大学那年,年是从除夕的前一天下午开始过的。过了 12 点,我绝对不出去玩儿,等着看爸和妈"走油"。厨房太小,煤气灶被爸从厨房搬到房间里,一口很大的黑铁锅也被爸搬出来放到煤气灶上。妈拿来豆油,把一瓶一瓶的油投进铁锅。白花花的年糕摆在桌子的一边,桌子的另一边,哥和几个姐姐将揉好的面擀成薄皮,做成麻花状。点火后,等着油开。看火候的是爸,爸坐在铁锅旁的椅子上,油鼓起包开始游动的时候就对妈说:可以下了。下就是将年糕和麻花投到油里。往油里投年糕是妈的事,特别不允许我靠近。

　　小时候我家年年都"走油",其实就是炸年糕和炸麻花。除了年糕和麻花,没见过炸其他东西。年糕呈金黄色,蓬蓬地胀起来,蓬得像小枕头的时候,爸就对妈说:"可以打上来了。"爸是山东人,将用滤油勺捞年糕说成"打"。

　　不用我说都知道,"年糕"的谐音是"年高",年年高升,年年往高处走。兄弟姐妹里我最小,每年都抢着吃妈打上的第一块年糕。至今为止吃过很多年糕,炸的以外还吃过煮的和煎的,但属爸和妈炸的年糕最好吃。至于麻花,除了好吃,不知道有什么含义非得在过年吃。上学后,学歇后语,知道"油炸麻花"指没有水分,很干脆的意思。后来读张作为的《原林深处》,里面有一句话:"在这深山密林里,岂不是爬高梯摘月亮——空想。倒不如油炸麻花——干脆,凫过去。"直截了当。直截了当也还是干脆的意思。也许过年吃麻花的只有我们一家。

年糕蘸砂糖吃,很甜。用来炸麻花的面里加了糖,麻花直接吃就甜。我小的时候家里很穷,妈要是还活着的话是 94 岁,旧时代里走过来的妈重男轻女,那个年代,大米和白面叫细粮,按粮票供应,分量少。爸不吃大米,我和妈,包括姐姐们的那份白面,都在爸的肚子里。哥是独生子,大米就让哥一个人吃了。不过年的时候,我和妈还有姐姐们几乎顿顿吃粗粮,粗粮就是玉米面和高粱米,至于小米,我忘了属于细粮还是粗粮了。玉米面最便宜,妈顿顿做玉米饼子。妈偶尔会做一次高粱米饭,偶尔会做一次二米饭。二米饭就是大米和高粱米半对半,蒸出来呈粉红色,妈叫它"二米饭"。高粱米饭比玉米饼子好吃,二米饭比高粱米饭好吃。年糕和麻花是一年里最好吃的。可惜只有初一才能随便吃,过了初一,剩下的年糕和麻花就得留着给爸和哥吃。

每年冬天,爸和妈在后院里挖一个大坑,把大白菜、萝卜、红根菠菜、雪里蕻等秋菜存到大坑里,秋菜的上面盖着草包,草包被石头压住四边。大坑是家外面的天然冰箱。此外,小时候的居屋本来是日本人为日本人盖的,日本人离开大连后变成中国人住。和我现在在日本的居屋一样,东面墙上有上下两层壁橱,壁橱很长,有时四姐不喜欢和我脚对脚地打通腿睡,就睡到壁橱的下一层。

壁橱的上一层连着房顶,上去得搭梯子。我家的居屋坐南朝北,终年不见阳光,上层壁橱便是家里面的天然冰箱。初一剩下的年糕和麻花被妈存放到壁橱的上层。爸工作的单位,逢年过节的时候发电影票,爸妈去看电影的时候,我和姐姐趁机搭梯子偷年糕和麻花吃。为了不让妈发现,我们通常偷放在最里面的年糕和麻花。哥即使看见我们偷,也是睁一眼闭一眼地装看不见。也许因为哥哥吃姐妹的大米,对我和姐姐偷吃的事,从没有打过小报告。关于壁橱,至今还好好地保存在我的记忆里,感到心快要折断的时候就打开它,发现年糕和麻花会暗暗生长,仿佛一壁橱的空气都被挤走了,剩下的净是年糕和麻花。壁橱似一道朴素的风景,一次次地左右着我的人生。

关于饺子。爸将煤气灶搬回厨房,妈将饭桌摆到房间中央。家里人口多,饭桌特别大。爸不管包饺子的事,哥也不管。包饺子是女人的活。妈负责包,我和几个姐姐各自拿来小板凳围坐在饭桌前擀饺子皮。小时候吃得最多的一种菜是韭菜。那时的一块钱可以买一大捆韭菜。将韭菜洗好后,投进开水烫到韭菜变了颜色,除掉韭菜中的水分,将韭菜切成一小截一小截。妈用酱油、大蒜、醋和一点点儿香油配置出料,料浇到韭菜上。一年到头吃,吃厌了,所以不知道该说好吃还是不好吃。一年到头吃,打嗝时总有一股子浑浊的辛辣味。这应该是妈专门发明的一道菜,除妈之外没有人做过。吃过用韭菜和猪肉包的饺子,我问妈:"韭菜是每天吃的韭菜吗?"妈说:"当然。"

妈会准备几个一分钱、五分钱的硬币,硬币用烧开的水消毒。

此外,妈还会准备几块糖。妈将这些硬币和糖随馅一起包在饺子里。妈说:"吃到包着钱的饺子的人会一年发财,吃到包着糖的饺子的人会一年甜蜜。"妈包饺子时将她的愿望同时包进去。虽然穷,妈在身边就是童年的我的最大的甜蜜。我就想要五分硬币,一直盯着妈手里包着的饺子,偷偷在包着五分硬币的饺子上用指甲刻上记号。

包好的饺子不到夜里 12 点不能吃。吃的时候不能数吃了多少个。妈 11 点 50 分左右开始烧煮饺子的水,一边烧水一边看西墙上古老的棕色挂钟。还差两分钟 12 点,妈对哥说:"可以了,你去院子里放鞭炮。"哥拿着早准备好的一挂鞭炮去后院,噼噼啪啪的声音连串地响起来,声音很干脆。妈立刻往开水里放饺子。正好西墙上的钟声也响起来。这是新的一年的开始,是一年里最激动、最开心的一刻。

妈给我买的新衣服,我一大早就想穿了,哀求了一天,妈自始至终都不肯答应。12 点的钟声一响,我迫不及待地穿上新衣服,怕吃饺子的时候溅上油渍,吃饺子的时候先将里面的汁吸干再吃馅。吃完饺子,妈给我和哥哥姐姐们发压岁钱。我最小,只能拿一毛钱。一毛钱加上从饺子里吃出来的五分钱,可以买一袋江米条。

吃完饺子已经是下半夜了,爸开始一个人喝酒,哥和姐姐开始炒花生米和向日葵瓜子,妈用大盆洗大红枣。和我一般大的小孩子跑到街上放鞭炮,是那种一扔就响的。我不敢放鞭炮,其他的小孩放鞭炮时我也躲得远远的。我不敢放鞭炮却喜欢放烟花,手持式的,叫五彩棒,捏在手指里放,火花小小的,好像火柴头在燃烧,刺刺啦啦的,给我非常神秘的感觉。长大后我知道千种风情中有我最喜欢的一寸风情,如五彩棒烟花,璀璨而又神秘。

手提灯笼的蜡烛燃烧尽了就该回家了。说起灯笼,现在的玩具灯笼样式丰富,不仅除夕夜用,而且已经归为智能玩具,万圣节用南瓜做的灯笼甚至遍布酒店。小时候玩的灯笼千篇一律,蜡烛的火焰映着蓝色的透明的玻璃瓶子,夜色中看上去幽幽的,萤火虫一般。妈买不起灯笼,爸不知用什么方法将玻璃制的罐头瓶子底敲碎,换成木板,木板上立着从反面钉上去的钉子,蜡烛插在钉子上。一根绳子连着瓶嘴和棍棒。唯有我的灯笼是火焰色的,火光在夜色中分外膨胀,像教会里看过的神灯。如果有萤火虫,真想捉一只握在自己的手里。

地上到处是哥哥和姐姐剥下的花生壳和向日葵瓜子壳。妈说大年三十晚上没有垃圾,扫地不能往外扫,会将福气扫出去。一大堆壳小山般堆在墙角。大年三十晚上妈尽可能让我们晚睡,妈说睡得越晚新年里就越精神。哥和姐姐们打扑克,用压岁钱赌输赢。我不会打扑克,坐在一边看,至今留恋的兴奋的、哭丧的一张张脸都是亲切的,是哥哥的脸和姐姐的脸。

大年初一给隔壁邻居家拜年。拜年时会得到一把糖或者一小袋花生米。我记得邻居家大门上贴着一副大红对联,十分醒目。左联:爆竹声中百花竞艳,右联:红旗飘处万象更新。我回头看自己家的大门,菱形的红纸上,哥写的黑字,就一个字:福。字是倒着贴在大门中央的。长大了才知道,不明玄机的人才会像我那样大声地喊:"福倒了!"

童年的我不喜欢大年初二，妈一大早就开始折腾玉米面。一直到下一个新年，每天都是玉米面粥、玉米面饼子。现在玉米面是健康食品，但是玉米面留在我的心灵上，留在我的思想里，对玉米面的厌恶是无止境的，只要想到玉米面，不吃东西都会觉得饱了。玉米面养育了我，我应该感恩玉米面，所以我厌恶玉米面，应该是我童年中的一种悲哀。金黄色的玉米穗在随风摇曳。

今天是 2017 年 12 月 31 日。我在日本的东京。有一点要说明，日本吸收了很多中国文化，包括春节。但是，明治维新以前，日本官吏发工资是按月发，按阴历发工资的话要发十三个月。当时的日本，国库空虚，为此，政府发布"改历诏书"，废太阴历，颁行太阳历。从此，日本的各种祭典一律按新历、阳历施行。新年在日本成为新历的元旦，元旦为春节。12 月 31 日为除夕夜，1 月 1 日为"初诣"日，就是大年初一。除夕夜家家吃荞麦面条，面条细而长，吃了长寿。到了夜里 12 点，全国的寺院和神社同时敲响"除夜钟"跨年，一百零八响钟声响彻云霄。至于为什么是一百零八，众说纷纭，我倾向佛教的"烦恼"一说。人有耳、鼻、目、舌、身、意六个感觉器官，六个器官有苦、乐、非苦非乐、好、坏、非好非坏六种感觉，感觉在时间上分过去、现在、未来三个阶段。六乘六乘三等于一百零八。这个说法也许牵强，但是日本寺院里的钟体周身都突起着一百零八个乳头。钟声送走旧年里所有的烦恼。阴历年阳历年，中国人日本人，愿望是相同的。

入乡随俗，一大早，我问 15 岁的儿子有什么想要的东西，或者想做的事。儿子说没有。今天过年,儿子若无其事。说真的,连我也觉得今天的心情和昨天没有什么两样。过年已是流动在心底的与愿望有关的传统情感。今天的文字在不久的将来又会落满灰尘。

人死了以后才有机会去天堂,憧憬、渴望与激情的背后隐藏着苦难。

少 年 行

　　17 岁那年我考入东北一所师范大学,食宿都在那里。我的父亲和母亲都是工人,本来就不对我抱有什么幻想。我报考大学的时候,父亲天天喝酒喝得烂醉,母亲对我充满怨气地发牢骚道:"逞什么能呀?考不上大学,连工作都不好找,生活怎么办呀?报考个技校就挺好嘛。"我的哥哥姐姐们都是遵循了母亲的想法,一事无成。我不是这样。我看过父亲母亲的生活,也看着哥哥姐姐的生活,这诸多的先例促使我多思。17 岁的时候,我已很有些成年人的面貌和性格了。想想我的父亲、母亲和小姐姐一生每时每刻都生活在疲惫、平庸甚至担惊之中,一种莫名的恐惧就会先期而至。因此我对我的母亲说:"大学我一定要考,果真考不上,我就跳进大海,你们谁也不要去找我。"

　　母亲沉默着盯了我一阵,叹了口气对我说:"今年考不上没有关系,明年我再培养你一年。"

　　我终于报考了。我命好。考数学那天早晨,我随手翻开一本参考书,那一页上细细地讲解着一道几何题,证明三角形的内角之和等于 180 度。我细细地看过,记在心里。到了考试的时候,卷子一发下来,血液一下子就冲到脑门上,心兴奋得嗵嗵直跳。第一道题正是我早晨细细看过并记在心里的那道几何题,竟占 25 分。

天！

考试分数拿到手,我过了录取线,且超出很多。我母亲最早知道这个消息,并传达给我的小姐姐。我的小姐姐头都不抬地不屑道:"她怎么能考上呢!"母亲说:"是真的。"我也红着脸说:"是真的。"并把分数单拿给小姐姐。小姐姐看了分数单,用一种全新的目光打量我,说:"还真是的,不简单,一点都没有想到。"

知道什么叫刮目相看吗? 小姐姐那天打量我的目光就一定是刮目的。父亲和小哥哥知道了消息也都对我刮目相看。我的小姐姐甚至不加犹豫地从手腕上解下她新买的手表,递到我面前。我说:"姐,你工作这么久,好容易攒钱买的。"我的小姐姐拍了拍我的肩,以从未有过的大度说:"客气什么? 都是一家人,将来你出息了,给我买一块更好的。"

接下来是报哪个大学的问题。

事情往往就是这样,不满足虚荣心,不随风倒,不把事情混为一谈,简直就是不可能。母亲说:"就在家乡随便哪个学校读读算了。"我不甘心。读大学不离开家,能算上大学吗?

我找到学校里最关心我的大胖子数学老师刘翠英。在我写这篇文章的时候,我听说我最敬重喜爱的刘老师得乳腺癌了,可能没有救了。我很想哭。那时候,刘老师还是满面红光地对我说:"报考哪所大学,要凭自己的爱好啊。"我说:"我不知道我爱好什么。不过,我想去中国政法大学。"刘老师摇摇头:"不行,你这性格见了死人会被吓死的。"我又说:"那我就去上海海运学院。"刘老师皱了皱眉:"也不行,天上海上我们都不去。"

密密麻麻排着的一大串学校的名字,能给我带来彩色向往的都被刘老师否定了,我该怎么办?

刘老师肉嘟嘟的手在我的头发上摩挲了一阵儿,说:"你呀,你这个人哪里都好,就是太娇气。报师范学校吧。"

我说过我命好。那时我家里十分贫穷,哪有人娇惯我呢? 只是母亲生下我就给了我一副耽于安乐的富贵面孔,十分触目。除了我的父亲和哥哥姐姐没有看出这一点,其他的人都看到了。对我来说,一切就从我的耽于安乐的娇气面孔开始了。我真的报考了师范大学,真就被录取了。

接到入学通知书,就该办行李托运了。小哥哥去车站问清楚大连至长春的车次,是 19 次,下午 2 点钟始发。

那一天早晨,全家人兴奋得吃不下饭。邻居帮忙把行李运至车站的卡车要 10 点钟来,可还不到 8 点的时候,父亲和小哥哥就把装有被褥衣物的箱子抬到马路边上了。我说:"哥,还早着呢。"小哥哥眨了一下眼,潇洒地摆了一下头,说:"不早了,还要用些东西把木箱包起来呢,不然的话,木箱会被摔坏的。"

那只大木箱,黄色的漆得油亮的大木箱,曾跟着小哥哥去长春的大学待了四年,刚回到大连,如今又要跟我去长春了。小哥哥从后院的仓库里找出几个发黑的潮湿的草包和一堆粗粗细细的绳子。父亲和小哥哥用那些绳子将草包捆在木箱的四个角上。捆到最后一个角时,父亲让小哥哥停一下,他又去仓房找来一块长长的厚钢条。我清楚地记得钢条上有一排圆圆的小孔。父亲通过这些圆孔,用钉子把钢条钉到木箱的角上。父亲说:"这下更结实了,绝对不怕摔了。”

父亲和小哥哥做这些事的时候,旁边就拥了一圈邻居叔叔和阿姨。他们极羡慕的语气:

“人家的孩子上大学了呢。”

“真出息。”

“秋子,你这手表是新买的吧?”

“秋子妈你真有好福气啊。”

当然也有不羡慕的:

“师范大学?有能力上清华上北大才好啊。”

……

捆系着草包的大木箱如农村少女般质朴地坐在马路边上,于阳光下散发着粗重的光泽和香气。母亲合不拢嘴地笑着,人群中只母亲的笑看起来那么标新立异。

去车站送行的是父亲和小哥哥,母亲只送到大门口。母亲对正迈步下台阶的我说:“去了学校马上来封信。”

我呢,我只觉得所有拥着我的邻居叔叔和阿姨都在为我侧目,母亲的话我或许只随随便便地听见了,也随随便便地答应了一句:“好的。”母亲的目光一直追寻着我,直到我远去,直到我消失。关于这一点,我是后来从母亲的嘴里听到的。大学毕业后,我分配到了北京。回家报告这个消息时,母亲对我说:“你每次离家,我都站在大门口目送你,直到看不见你的时候,可你从来没有回过头,没回头看过我一次,你的心真坚决啊。”

对母亲,我能说什么呢?多少年过去了,每每再归家、再离家

212

的时候,虽然我仍然不回头,但我的心必是牵系在站在大门口的母亲的身上,一步一痛的呢。而那时不一样。那时我就像刚刚出世的婴儿般盲目,世界在遥远的地方为我划出一个新的起点,我有一身使不完的劲。自得在我的心里闪烁着光辉,我感知明天将会知道一切。母亲,你知晓这样一种生活天地吗?知道后还会为这样一个少年感到悲凉吗?母亲,你知道我在这甜蜜而充满梦幻的花园里驻足了多少年吗?自从出了这个花园,花香消失了,接着,鲜花也消失了,黎明的太阳升起的时候,道路跌宕,我决定放弃那条起始的线,那个遥远的起点,永远地走脚下的路。

那天在站台上,满嘴喷着酒气的父亲哭了。父亲每每喝很多的酒,酒醉后每每失控地大声哭泣,呜呜的。但站台上父亲的哭与往日不同。父亲只无言地流着泪,铃声响起来的时候,我正准备往车上跳,父亲抢过来握了我的手一下,说:"好孩子。"

好孩子在大学里一晃就过了三年半。这期间,一年两次期末考试,一次五六科,三年半就要考 30 多科。多数同学学得苦。我这里说的苦,是指他们一年四季不分季节地按部就班地上课、做笔记、背笔记。还有一部分同学,知道大学考试就那么回事儿:一学期下来,各学科老师分别将复习题出那么无数道,用心的就使劲儿背,背熟了,考试时准会取得满意的成绩。老师出考题时,大多离不开复习题的范围,大不了换个题目,譬如那一次考外国文学,老师出复习题时有这样一道题:小林多喜二的《地下党员》中的"我"的形象。复习时,大家聚在一起猜测,我曾保证老师不会考这道题,没想到考试时这道题占 20 分的大数。没背笔记的没有复习这道题的同学十分怨恨我。我始终为这种怨恨感到委屈。考当代文学时曾考过这样一个问题:《青春之歌》中卢嘉川的形象。因此,我大声辩白着说:"怎么怨我呢? 刚刚答完卢嘉川的形象,'我'的形象不是和卢嘉川的相同吗? 都是共产党员嘛。为什么不举一反三呢?"听了我的话,怨恨我的同学们都拍着脑门哈哈大笑起来。这样做我也可能自欺自误,或者说我耍小聪明也行。反正你相信大学考试中有很多小窍门就行。遇到要死背条目的题,许多同学十分苦恼,我却将每一条的第一个字拿出来,排成一句好记的话,考试时一条都不会丢。每每到了考试时,我会心安理得地觉得我是聪明的。30 多科考完后,老师给每个同学打个平均分数,全系 180 名同学中,各科平均成绩 90 分以上的五名。我也是其中的一名。许多同学不服气,说我根本不怎么上课,考这么好的成绩,真令人生气。那时我就十分高兴,觉得自己不仅聪明,而且迷人。我那时觉得自己聪明、迷人,和一个小孩子受到大人的宠爱、夸赞而沾沾自喜是一个样的。我那时实在还是一个小孩子。没错。

大学的最后半年,只剩下毕业实习和分配了。有些同学的家长陆陆续续地出现在校园里。渐渐有小道消息在同学中蔓延:某某的父亲带了一麻袋的大米和很多豆油,某某的母亲带来很多人参,等等。

我心里想,老师会收礼吗? 真如此,我什么指望也没有了。完了。我最要好的雯雯的母亲也从家乡来学校了,就住在学校附近的一家旅馆里。平时和我形影不离的雯雯,行为变得神秘起来,常和她母亲一起出去,很晚才回宿舍。从未有过的孤独和忧伤,充溢

着那一时期的我的心。终于忍不住,我给家里写了一封信:

> 妈妈,学校的生活和过去一样,只是多了很多学生的家长。还听说大米、豆油和人参什么的。当然,这些都是传说的,不真实。您知道,马上面临分配了。不用担心我,我成绩好,最差也会回家乡的。秋子。

能否回家乡我心里并没有底儿。回到家乡分到中学当教师也并不使我乐观。我只是孤独,想起写信。写了信,怕母亲担忧,又装作无所谓。

母亲回了我一封信,只寥寥几十个字:

> 秋子,信悉勿念。知道分配的事了。若分到农村,我也跟你去。你父亲去世一年多,我没牵挂了。

看了母亲的信,我一个人跑到近郊的荒林里放声痛哭了一场。与其他同学比,母亲能为我做的更深刻地刺激了我。母亲的信,既令我难为情,又令我感动。我有了一种从未有过的灰溜溜的信念,我下定决心去做点什么,为了分配。母亲也许不会知道,因为她的信,21 岁的孩子居然开始想着怎样去干什么事情了,居然开始挖空心思叫那些不注意她的人去注意她的聪明和迷人了。

分配的问题,开始常常侵扰着我。不仅仅我,在同学们中间,也成了老生常谈。终于得到一种比较实在的说法:对于分配来说,成绩只是微不足道的一个参考,用得着时才作为砝码给予明确。真正起决定性因素的是毕业实习,毕业实习才是真正的实践。实习带队老师是关键。自然了,有很强实力背景的人例外。

我陷入深虑之中。除却母亲那封彻底绝望又有深刻爱意的信,我一无所有。我只有靠挖掘我自身那种妄自尊大的聪明和迷人了,它给我强烈的向往。绝望和希望轮换着在我的心里发作着,它们彼此相看,十分惆怅,毫无目的。

火车总是将人们从启程带到目的地。我那带有新奇色彩的一切,也始自火车。

我们班被确定去抚顺实习后不久,就由三个带队老师领着启程了。三个老师分别姓刘、杨、姚。那天上火车,我因为上得晚,座位在同学的圈外。姓姚的老师几乎踩着铃声上车,上车后,只我旁边还空着座位,就坐下了。我心里一阵兴奋,接近老师的机会来了。

或许因兴奋而过于紧张了,几个小时过去,我不知说什么好。毕竟第一次想拍别人的马屁。心像是与车外流逝的景色相接,滚滚向前。只听得同学们近于歇斯底里的歌声,担惊受怕的30多门课考试终于结束,紧绷的弦再也收不住了。自由真好,快乐真好。一个叫梅梅的女同学,突然绯红着脸,嗲着声音唱了一句:哪个少女不怀春?引起满车厢热烈的掌声,男同学尤鼓得甚。我终于平静下来,空空张望着苍苍莽莽的山脉。

车到抚顺,三位老师集合着同学往站台外面走。我独自走在

216

队后。不知什么时候，瘦瘦的、矮矮的、看上去女人般弱不禁风的刘老师走在我旁边。刘老师拍了拍我的肩，问："你叫什么名字？"

听到我的回答，刘老师温柔地笑了一下，说："你真特殊，整整几个小时，一句话也没有说，就那么静静地望着窗外。"

我仍不知说什么好，一股酸楚哽在喉咙间。20岁正应该是诗人敞开自己的心灵，于秋天的花园里寻觅着温馨的玫瑰呢，我却已可怕地为自己盘算着未来了。

聪明吗？迷人吗？庸俗吗？卑鄙吗？

我一点儿也不清楚。20岁就有了这样的心思，我开始害怕我自己，怕得极厉害。仅仅为母亲的那封信，为了母亲信后隐匿的那样一种希望和爱意，我就准备把内心的单纯抵押了。除了孤独的希望，我一无所有。

实习班分三组到三所学校。刘老师带一组去一所中学，负责整体实习班。我分在师范学校，带队的正是内心比较喜欢的姚老师。

后来分配的时候，姚老师能帮我，是从那漫不经心出现的一幕开始的。

试讲定在正式讲课的前一天晚上。姚老师将同学们聚集在大教室里。姚老师说，谁有勇气第一个讲？没有人站起来。姚老师就微笑着不胜向往地扫视着每一张脸。我的心顿时紧张起来，真希望姚老师第一个就指定我，但姚老师一下子就指定梅梅了。我陷在神经过敏和焦躁不安中，直到坐在我身边的同学捅了我一下子说，老师叫你呢。

本来我自觉已将课文熟透,会讲得光彩生动,但孩子气的信念,在失去错过了第一个试讲的那个瞬间后,就变得散淡了。我照例到教室外面,站在门旁边,听见姚老师喊开始就推门进来,平步大方地走上讲台。在讲台上站定后,我深深地吸了口气,极尽温柔地说了句"同学们好"。姚老师和同学们齐声答道:"老师好!"我忽然觉得站在讲台上十分滑稽。平时与我十分熟悉的脸正在和我相对而坐,看起来却好像十分遥远,十分陌生,隔着一个辽阔的空间似的。我朦胧地笑起来。姚老师要求我重新来一次,那样一种朦胧的感觉无声无息地载着我的心,我只好又笑了。姚老师生气地让班长把我带到一楼特殊的备用室,将门锁起来。姚老师说锁到我讲课保证不笑的时候为止。

就在那间备用室,那间潮湿的阴暗的教室里,我孤独得十分机警伶俐。那时正值春季,黑黝黝的房间里有千朵万朵花散发着浓烈的香气。我心情很纷乱,有一种快意的不可捉摸的忧伤。

约过去一个小时,大门有咔嚓嚓开锁的声音。姚老师走进来。

"你什么时候可以不笑?什么时候可以试讲?"姚老师板着脸问我。我说:"我想什么时候不笑就什么时候不笑,想什么时候试讲就什么时候试讲。"姚老师就问:"现在怎么样?"我回答说:"就现在。"

或许春天的花香太浓烈也太袭人,我在背诵瞿秋白的《儿时》时,声音难以形容地震颤着,抑扬顿挫。一篇词语生涩、哲理深奥的文章,在我灼人的情绪下,一下子生动起来了。姚老师很惊讶,他只坚决地说了一句话:"明天的第一堂公开实验课由你上。"

姚老师离开了,去找班长,让班长陪我回住处。我想哭。这事跟原来想的完全不一样,时间似乎一下子回转了,曾乱糟糟想引起老师对自己那妄自尊大的迷人和聪明的注视,突然间就成了现实了。明天,明天的第一堂公开实验课,不仅刘老师、杨老师和全班同学参加,师范学校的老校长也参加。一切的关键就在于明天。在这狂热的思虑中,一股热流在体内燃烧着,全部的神经都消融在奇妙眩晕的感觉中。

第二天的课,全体听课人被我那灼人的情感的震颤的声音慑住了。我成功了。课后,戴着高度近视眼镜的杨老师说:"这个学生太聪明,平时不声不响的,好像说话都费劲儿,一讲课,一炮就打响了。她懂得先抑后扬,这个学生不简单。"刘老师说:"早就感觉她和别的同学不一样。"姚老师说:"这个学生有才气,一等的。"我真的不简单、有才气吗?我还是不清楚,只突然对给了我美妙机遇的姚老师,有了一种孩子对父亲般的情感,十分依恋。我几乎没有什么话不可以对姚老师说了。在这一点上,我觉得姚老师对我的怜爱好像是血亲一族。终于有一天,我看见姚老师对我使了一个眼色,我走近前,听见姚老师对我说:"今天不要午休了,1点钟在校门外等。"

我激动地听姚老师说要领我看电影去,我没想到他还会这样做,他已经超出了我内心的希求,我简直认定就是他的孩子了。我走在姚老师的身边,天真烂漫,无忧无虑,一头黑色的长发,海水一样在阳光的照耀下发出明亮的光。姚老师的手就在我这流淌着明丽亮光的头发上摩挲着说:"从今天开始,看完这场电影,你就再不要总围在我的身边,这样下去,会招来闲话,对你不好,对老师也不好。老师会真心帮助你,你有才气,老师也喜欢你,但不一定总在一起。好不好?"

听到姚老师的话,最初,不知从哪里,好像从心里,后来就从四面八方,有一种悲痛把我包围了。我的泪水涌上眼睛,并开始顺面颊滚流。姚老师着急起来:"不要哭,你不懂老师的意思,老师的意思是……"

我别过头,因为扛不住越来越强烈的哽咽,就带着哭声说:"我明白,明白老师的意思。可是,离不开老师,就想看见老师,和老师待在一起,心里觉得老师就是父亲。"说这话时,心里产生一阵激烈的痛苦。自从父亲自杀后,类似对父亲般的感情,从未出现过新的悲痛,但是见到姚老师,特别是姚老师给了那样一个美妙的机会后,我突然发觉父爱是不死的,父亲就寄托在姚老师的身上,单纯期冀引起老师对自己的聪明、迷人的注视,早已在不知觉间转化为对圆满生命的渴求了。聪明不聪明,迷人不迷人,已是无所谓的事情了。

阳光开始暗淡,我不想看电影,姚老师无奈地说:"又这样孩子气,电影不看就算了。可老师的话,你也该明白啊。"

我停止哭泣,就直直地盯视着姚老师,认认真真地说:"我不管,什么也不管,只要我觉得好,就会不顾前不顾后不顾左也不顾右,我就要和老师在一起。"

姚老师开始往回走,我默默地跟在后面。快到校门口的时候,姚老师叹了口气对我说:"你呀你呀,看起来文静孤僻,内心倔得像野马。悲悲切切的,像林黛玉。就按你自己喜欢的样子做吧。"

我破涕为笑。

实习即将结束,刘老师用随身携来的相机开始为同学们拍照留念,同学们变得有生气、有意趣起来。或许这一段时光,将成为大学期间最后一段"美好的日子"了。

我对姚老师的感情是不可理喻的。它之所以成为一个不可测度的秘密而没被张扬开,或许与刘老师有关。

和刘老师在一起,很少有什么话可谈,关于我自己,关于课,关于未来都谈得很少,但刘老师常常叫上我去拍照,并且让姚老师为我和他拍合影。我挽住刘老师的胳膊,不过我是心安的,姚老师和杨老师也坐在那里,都看着我笑。我猜一定是姚老师为了那个计划暗暗地使劲儿了。我就静心坐在老师的旁边。刘老师拿出一个盒式录音机,将话筒插上,递给我说,唱一首歌吧。我有些不好意思,屏住气,挺一挺,紧张感也就过去了,于是就唱《小城来做客》。嗓子沙哑着,飘荡出忧郁。老师们都不说话。唱完了,刘老师就找来一块胶布,贴到装磁带的盒子上,又找来油笔,在白胶布上写下"女儿的歌"四个字。之后我就回房间睡觉,一下子总是睡不着,总是想姚老师和我的那个计划。姚老师对我说过:负责我们年级分配的三位老师,一位是他的学生,一位是他帮忙调到学校的,关系很好。姚老师说他回去跟两位老师说一下,再争取实习带队刘老师和杨老师的支持,分配到自己期求的地方,万无一失的。生活在我面前显示出美好的一端,只似乎太容易也太圆满了。

一次唱完歌,姚老师偷偷对我使了一个眼色。出了门,我等在校门口。姚老师一会儿也来了。姚老师对我说:"效果见到了,刘老师和杨老师都喜欢你。我故意对他们说,像这样的学生很难得,分配时,这样的学生不分到最好的地方,什么样的学生可以分到最好的地方呢? 他们都附和,看得出很真心。"

我的泪涌上来,女儿一样趴在姚老师的肩头上,哭着说了一句:"谢谢老师了。"

姚老师拍了拍我的肩,仍是无奈地说:"谢什么? 谁叫我碰上了你这样的学生? 从没有过这种事,我不喜欢管闲事。回去睡觉吧。"

我不动,握住姚老师的手。姚老师问:"还有什么事吗?"我就将上午的事直言不讳地讲出来。

上午,刘老师找到我,要我陪他去暗房。暗房里,灯光朦朦胧胧的,有药水的气味。刘老师关上门,一点儿风也没有。刘老师开始洗相片,我挽着刘老师胳膊的那张照片洗出来后,刘老师对我说,他有一个妹妹,长得极像我,本来他们可以结婚的,但是家里反对,没有成,可刘老师一直都忘不了她,见到我以后,尤其想念她。我觉得房间里闷,似乎透不上气,有些忍受不了,就对刘老师说:"老师,太热了,开开门吧。"刘老师并不开门,却接着对我说:"我很喜欢你,不仅我喜欢你,杨老师和姚老师也喜欢你。你的带队老师姚老师总在我面前夸赞你。真是怪事。从来都是二百名学生,从来都是三位带队老师,但三位老师同时喜欢一个学生,却只有你一个。多少年不见的事。"

我很受感动,低着头细声地说:"谢谢老师了。"

刘老师将手放到我肩上,将我的身体拥在他怀里说:"你如何谢我?这样吧,在人面前,你是我的学生,我们单独在一起的时候,你是我的妹妹,好吗?"

错了,错了,人们都搞错了,老师也搞错了。欲望一旦暴露出来,刘老师对于我,就什么都不是了。在难堪之中,机警依然有。或许我喜欢这样的机警,这样的机警可以使我避免直接冲突所带来的不利,不动声色地将自己保护起来。我装作去另一边放照片,离开刘老师,并将门打开。我就站在打开的门口,冲刘老师傻乎乎地无知地笑了一下。刘老师是胆怯的,就像他长得弱不禁风一样,突然间,刘老师用手指在桌子上画着一个字,我清楚地看出刘老师画的是一个"吻"字。但我装作没有看出来。什么意思?我有意将眼睛瞪得黑白分明,无邪地盯视着刘老师。刘老师也深感无奈。后来他用手指在刚才画"吻"字的地方抹了抹,说:"算了算了,对你这样的孩子,不应该。我刚才什么也没写。"

我不再说什么,只摆弄那些照片。我本来可以回答刘老师他不可以吻我,我甚至还应该给他一个耳光,但我装作什么都不懂。我对此仍然感到害怕,我仍是害怕我自己。刘老师,到底该算是挺纯的人,其中的道理独有我自己懂。我竟指着照片对刘老师说:"老师,将来我离开学校,您看到这照片时,会想起一个您曾教过的学生还在什么小山沟沟里待着呢,真是可怜。"

刘老师说:"什么小山沟?你不可能去那种地方。我和杨老师、姚老师都说了,一定为你争取最好的地方。不会有问题。明天你的辅导老师来,我们就去说。"

这时,我心里有东西忽然释放开来,十分缤纷。

姚老师听了上面的事,愤愤地骂了句:"老混蛋。"又笑着说,"不过,刘老师倒是挺真诚的人,心眼也不坏。就这样,别伤害他,你继续傻下去。"

第二天,我们年级的辅导老师来了。见到他时,是晚饭后。我正从食堂向住处走,在路上看见姚老师正和辅导老师在一起。

我上前打招呼:"老师来了。"辅导员就定睛看着我,看了好一阵儿,才对我说话:"刚才姚老师把你的情况对我说了,你要好好干,别辜负了姚老师对你的心意。至于分配的事,有姚老师……"

想着我近来脸上常浮现着的无邪的虚伪;想着我眼望一处,心里却转动着其他的心思;想着刚才对我说那样一番话的辅导员老师,曾经说我的脸一锥子扎不出一滴血,还说过我是个不会笑的人……想着未来的前途灿烂无虑,想着母亲和哥哥姐姐们再一次用刮目的眼光打量我,想着母亲脸上再一次绽出笑……我就高兴得喘不上气来。我一无所有,但是正因为我一无所有,我就什么都拥有了。有谁能知道,我这淋漓的泪水是为什么而涌流的?哭过之后,无限天真的气息还会再来吗?

姚老师、刘老师、杨老师,还有母亲、哥哥、姐姐以及自杀了的父亲,他们对我的一件件一桩桩心思全都一无所知。

许多年过去了,我想起这一件件一桩桩,相信一切都是一个有过美好机遇的少女的美好的自我感觉。和过去一样,我依然珍惜这一切,感动着这一切,我觉得我将爱这个有着美好自我感觉的少女,一直爱到死。

根 的 记 忆

我开始记事的时候有四五岁。我最早的记忆中印象最深刻的是那一次过年的事情。

我冲着妈喊:"妈,今晚就是三十啦,我现在把新衣服穿上吧。"

妈正在地上发面。这是妈所在的老家的传统,年年过年前要发很多面,蒸很多很多的白馍馍。我们家里的孩子太多,有限的白面做不了多少馍馍,妈和我们这些孩子,只能在三十晚上和大年初一管着饱儿吃,过了初一就不行了,白馍馍要留给爸慢慢儿地吃,这是我家的传统。以后你们将会明白,我家的这一传统是凭借我爸的武力建立起来的。

妈双手合起来,使劲儿搓掉了粘在手心上的面。妈头也不抬地对我说:"今天还没过年呢,明天再穿。"

"可是,街上的小孩都穿了。"

"不行。今天穿上明天就脏了。"妈回答得很干脆。

我知道没有希望了,我相信妈说出这话我就一定穿不成新衣服了。怎么解释呢? 在那个时候,我的小哥哥小姐姐们都是没有新衣服的,因为他们是大孩子。大孩子不上街玩,也用不着跟邻居的孩子们比鲜艳,我就不行,我是小孩子,我要出去放鞭炮、放小炮,要玩和男孩子们裤带上别着的一样的小手枪。

可我身上的小棉袄破旧得像一个又脏又破的黑口袋,我穿的小棉袄是用我家里的一些旧布头拼起来的,妈用发丝般细的针将它们拼好时,它们就变了一个样子活在我的身上。可现在这件小棉袄已经破碎不堪了,我懒洋洋地到炉子前把小棉袄脱下来。真是不可思议。直到现在我都没有忘记我当时的反应。我看见铺在我膝头的小棉袄那破碎的里子上,有一条土褐色的长长的虫子。我从来没看见过这样的虫子,可这虫子刚刚就贴在我的肌肤上。我发出惊恐的叫声:"妈,我的棉袄上有一条虫子。"

妈抬起头来看我,哥哥和姐姐们跑到我身边:"在哪儿?什么虫子?"

随哥哥和姐姐们的喊声,我瞪大的眼睛发现那长长的虫子断开四截各奔东西地跑走了。

"是虱子,挨在一起了!"哥哥大声而又快活地叫起来。

屋子的另一头,大姐、二姐、三姐也都哈哈大笑起来。我很得意。这奇异,这欢乐,都是我带来的。我情不自禁地看了妈一眼,我发现妈并不开心,妈的笑容中有点什么被我察觉出来了。

我对妈说:"我会掐死它们。"

我的意思是说,我今天不要新衣服穿了,在洗净身子之前。真的,我宁肯哥哥姐姐们说"小妹真干净"。

可是妈冲着屋子另一头的大姐喊道:"春,把她的新衣服找出来,帮她换上。"

妈的转变快得不寻常。我本来以为今天不要穿了。可是,突然之间,这新衣服真的穿在我的身上,和我分不开了。

226

好多年过去,我那时穿的鞋子是什么样子的我已经记不清楚了,但我记得那件大红色灯芯绒上衣和那件绿方格的裤子。我之所以忘不掉它们是因为它们一直伴我入学,直到接的底边也破碎了才被扔到不知什么旮旯里,可能后来做抹布使了吧。

就这样,我穿着红上衣绿裤子站在那里,小姐姐为我的头发系了两个红色的蝴蝶结,那玩意儿通常都是用丝绸制成的,过春节才能系这样两个蝴蝶结的。

我的自我感觉很复杂,就是现在,我也说不清楚。整整一天盼着的新衣裤真正穿在身上时,我反而不想上街了。有邻居的孩子们提着燃蜡的小灯笼来找我,我对他们说:"我不想出去玩。"

我搬了小板凳坐在窗边发呆,妈奇怪一贯野得很的我怎么突然就老实起来了,妈对我说:"家里事多,你出去找孩子玩玩,也给我做活腾个地儿。"

我摇了摇头,不语。

妈又说:"去年你爸给你做的灯笼碎了吧?想不想再要一个?"

我依然不语。去年春节时,邻里孩子都提着商店新买的小灯笼,一根细细的蜡烛在里边跳跃着,提在手里时的模样,真是开心死了。可我没有。爸和妈都没给我买。我跟妈要,要得妈急了,就跟爸商量。爸看了看我,找来一个罐头瓶子,不知使什么法儿将底砸下来,用一块木板托着蜡烛,真成了一样亮闪闪的小灯笼了。

今年我不想要这种罐头瓶做的灯笼了。我看了妈一眼。妈垂下头,好半天,妈冲着大姐喊:"春,我兜里有钱,你掏五毛,给她去买一个。"

227

噢,妈妈,我的可爱的、美丽的、形影不离的妈妈。在我所写的童年的故事里,我对妈的爱是我永远也避不开的,不知道你们是否感觉到,妈的爱就隐藏在她无可奈何的笑靥里,妈的爱就隐藏在她忧虑时的皱纹里呢。

如果你们没有感觉到,就让我慢慢地写出来吧。在妈漫长的一生中,安宁和幸福来得太迟了。虽然贫穷和劳累已经结束,虽然过去的一切和妈已经没有多大的关系了,可是,在妈的面颊上,那贫穷和劳累所留下的痕迹,那密密麻麻的粗粗的皱纹,一直是她无法克服得了的。噢,妈妈。

按照妈老家的传统,大年三十晚上 12 点是要吃饺子的。包饺子时,妈找来几个硬币要大姐姐用开水烫,一个一个地包到饺子里。我不知道妈这样做是什么意思,就问妈:"妈,把钱包到饺子里是为了什么呀?"

妈一边用手指将钱包到饺子里一边微笑着说:"图个吉利呀。谁能吃到包有钱的饺子,谁在新的一年里就有好日子过呢。"

我又问:"咱家有八口人,包八个硬币,一人吃到一个,不是人人都过好日子了吗?"

妈笑了:"你说得还真有理呢。"

我想了想,觉得不对劲儿,又说:"可是,如果我一下子吃了好几个,别的人一个也吃不到,他们就没有好日子过了吗?"

妈想了一会儿,说:"咱们是一家人,一个人吃到了,大家就都有好日子过了。"

我似懂非懂,觉得非常兴奋,恨不能马上就到 12 点,马上就吃到包有硬币的饺子。

这期间,谁也没有注意到我将一个包有硬币的饺子的两个尖角都捏到后边去,使它与众不同了。

我不停地一遍一遍地看着家里墙上挂着的那座古旧的大钟,听妈说,那座大钟有年头了,是座日本钟,一年下来,那座大钟总是积满了灰尘,只有春节来临之际,妈才把它从墙上取下来,擦净上面的灰尘,于是那座老钟便会发出阴暗而凝重的光泽来。

我看见老钟的长针摇摇晃晃地慢慢地步到了"12"上,我迫不及待地紧张地对妈说:"妈,快12点了,下饺子吧。"

妈看了一下表,神情严肃地对爸说:"孩子他爸,你现在出去放鞭。"又对大姐说,"春,你摆桌子。"

"噢!"我和我的哥哥姐姐们高兴地叫起来。

妈把饺子扔进滚热的开水锅里,哥哥和姐姐们出去看爸放鞭炮了,我没去看,陪妈守在饺子锅旁。

一阵噼噼啪啪的爆裂声清清脆脆地传进屋子里,妈笑得合不拢嘴。我看见妈一下子年轻了几岁似的歪着头问我:"这声音脆不脆?"

我说:"脆。"

妈又问:"好听吗?"

我说:"好听。"

妈接着说:"太好了。"

我问妈:"什么太好了?"

妈说:"今年的鞭炮放得太好了,今年要有响亮亮的日子

229

过了。"

　　我就是从那一天起开始喜欢清清脆脆的鞭炮声的。年过得多了,清清脆脆的鞭炮声也听得多了,尤其现在的电光鞭的声音,更响更脆。这声音已在我的心中化为一种永恒的如命运一般美好的象征了。

　　饺子有一种沁人心脾的温热和馨香,形状虽像坚硬的菱角,但嚼在嘴里时却是绵软的,像白白的滑滑的肌肤,舌头触摸到它时,你会情不自禁地发出新奇的痛快的呻吟。

　　那一天的饺子用的馅是韭菜和猪肉,我吃进嘴里,心里感到又馨香又鲜。谁都记不得自己吃了多少个,妈说吃饺子数多少个是会使日子变穷的。我们不数,不敢数,怕比现在还穷。可是我还是忍不住偷偷地在心里数了,我想知道我是在第几个饺子里吃出硬币的。

　　十八个饺子下肚,我觉得胃有些撑,站起身来解腰带,掀衣服时发现肚皮似乎是透明的。

　　妈笑了,对我说:"多吃。"

　　爸骂我:"都撑着了,一副寒酸相。"

　　哥哥姐姐们都放了筷子,我也放了筷子,但心里很失望,无论我,无论爸妈,也无论我的哥哥姐姐们,谁都没有吃出硬币。我对妈说:"妈,怎么硬币还不出来呢?"

　　妈自己放下筷子,她要我仍然坐下去,我说:"坐不下了,撑得慌。"

父亲、姐姐和哥哥

妈仍然坚持:"坐下,接着吃,再吃。"

我说:"实在吃不下了。"

妈又对哥哥姐姐们说:"你们不要放筷子,都接着吃。"

我的可爱的、美丽的、形影不离的妈妈,那个时候,她哪里是要求我们吃饺子啊,贫穷和劳累已经把她孤零零的一个人的青春消耗殆尽,然而,她爱我们,在我和我的哥哥姐姐们的身上,充满了她对另一种生活的梦。她的执拗的渴望,相信就是一种期待,它原本就由爱由生活而出。我现在才知道,妈的这种期待是一种永永远远的梦,妈的这种期待如今已经滋生在我、我的哥哥姐姐们的身上,但是直到今天我也没有搞清楚到底是期待着什么东西。

要知道,当我装模作样地从几盘饺子里将我留下痕迹的圆形饺子拣出来,并且送到口中吐出硬币时,我那可爱的、美丽的、形影不离的妈妈,她是多么高兴啊。

我看见她如释重负地深深地喘了一口气,然后紧紧地将我搂在她的怀里。

我骄傲地问妈:"妈,这么多人,为什么偏偏只有我吃到硬币了呢?"

妈的神情一下子认真起来,她对我说:"这是命中注定的,老人都说,孩子的运气要比老人好,希望总是在孩子身上的。"

虽然一代一代的孩子在与贫穷和劳累的搏斗中成长、衰亡,但这种希望竟至不死。直到现在,当我读了鲁迅先生的话"世界是产妇,有污血也有婴儿"时,我更加相信,这种期待,这种希望,原本竟是我们人类与生俱来的呢。

现在,我结了婚,有了自己的孩子,年年春节,年年三十晚上12点时,我都要爱人放一挂清清脆脆的电光鞭,包几个有圆圆的硬币的圆圆的饺子。所不同的是,孩子和爱人之所以能够吃到包有硬币的饺子,那是因为我都做了痕迹。

我盼过年过节,是因为过年过节时能够吃到白面做的白澄澄的饺子和馍馍。可是妈不喜欢过年。我知道这一点是在过完大年三十后的大年初一。

　　那一天,家里来了几个拜年的人。妈是家庭妇女,这些拜年的人自然就是爸的同事了。一大早,我因大年三十晚上一夜未睡,困得慌,正想上床躺一会儿,拜年的人就来了。

　　寒暄了几句,爸也欢欢喜喜地随他们去了。我和我的哥哥姐姐们都上床睡了,不知道哥哥姐姐们是怎样醒过来的,我可是被一阵来势凶猛的物件的撞击声惊醒的。

　　一个猛坐起身,跳下床跑到响声处一看,一桌热腾腾的饭菜都歪躺在地面上。

　　白馍馍,只有过年才可以吃到的白馍馍。这是怎么回事儿?突然之间,妈身上常见的那种疲倦和迟钝,一下子在我的哥哥姐姐们身上也出现了。我感到非常恐惧,真的,一下子这种恐惧感就牢牢地留在我的神经里,不管什么时候,只要一听到物品的爆裂的响声,我的心就忍不住地发出一阵疯狂的战栗,就是在今天,当我患上严重的忧郁症时,我依然没有克服这种恐惧感。我甚至觉得我发病的原因就是那一次潜隐在我心里的恐惧。

　　话说回来,我那时吓得低低地哭泣起来了。接着,我慢慢地走到白馍馍旁边,慢慢地蹲下身去,就在我刚刚把手伸出去的一刹那,我那凶狠的爸的一只大脚就踢到了我的手上。

　　说到这,我的回忆再一次潮湿起来,也许就是这难以相信的一切,使我为我自己、为我妈以及为我的哥哥姐姐们而流泪的吧。

　　我记得爸的那只凶狠的脚是穿着一双棕色的翻毛皮鞋的,它的坚硬使我预见出一种鲜红色的爆裂的死亡。

我不敢哭了,我胆怯地将我的目光投向一直站着不动的妈的身上。由此,我看到了妈身上的另一种东西,一种属于倒霉的东西。

妈浑身上下灰不溜秋的,面孔特别生动,肌肉里似乎跃动着一种节奏,使人想起给命运敲响的鼓的声音。妈的眼神非常恍惚,看不清她到底是在瞅什么人什么东西。但是有一点是可以肯定的,那就是妈看了我一眼,但这一眼是极其短暂的,妈的眼睛像被我身上什么烫人的东西灼了一下似的猛地就收回去了。

妈的这一眼我是永远都忘不掉的。虽然妈现在已经老了,妈的眼睛里已经失去了往昔的那种颜色;虽然我后来和妈分开多年,妈的笑容、妈的声音我有时会回想不起来,但是这一眼实在不容易忘掉。

忘不掉的还有妈说的那句话。

妈说:"年年如此,别人家过年都快快乐乐的,我们家一过年就像是过关。"

当时妈说这话的时候,我一点儿也不懂是什么意思。可是,现在我懂了,这种日复一日在我们的生活里猝不及防地发作的东西,实际上就是我家里所有的人都对白馍馍有那么一种强烈的渴望,这种渴望太强烈也太彻底了,所以说,那个时候,在我们家还可以有白馍馍,真是我们家的不幸。或者说,我的凶狠自私的爸有了一种独占白馍馍的欲望,也就有了我、我的哥哥姐姐们和我妈的不幸。这话由我说出来,人家也许会说我不好。二十多年后我走上社会,我身上最引人注意的特点还是对白馍馍独有的情感。上大学时,有的同学把吃不掉的白馍馍握在手里,这样问我:"这馍头扔不扔掉?"我说:"不扔。"以后,再也没有人在我的面前把吃剩下的白馍馍扔掉,他们会对我说:"喏,吃不下去了,你要吗?"那时候,也会有人在一旁偷偷地抿着嘴笑,我心里就想,你知道个什么? 你什么都不知道。

　　总之,就是关于这个白馍馍的故事,我讲了很多很多了。这些故事里有一种极其原始的憎恨,不知道你们有没有看出来,我在这里也讲了吧。

　　我是说我那可怜而又倒霉的妈,那天在那些和她一样倒霉的白馍馍面前软弱极了。她是被未来被期望活活地剥了情感的。为了我、我的哥哥姐姐们,就为了那个像沙漠一样模糊的不知是美好还是和现在一样的未来,她忍受着她的无辜、她的怨,轻轻地对大姐说:"春,把地打扫一下,把馍头拾起来。"

　　大姐姐照妈说的去做了,我什么都不理解,只是觉得很难受,非常不好受。当我看到妈把桌子重新放好,一样端来一盘白馍馍和一盘玉米面窝窝头,而爸露着和白馍馍一样白灿灿的牙齿嚼着白馍馍,我的哥哥姐姐们和妈却垂头丧气地啃着窝窝头的情景时,我是一点儿食欲都没有了,我的食欲对过年独有的渴望就这样一下子,几乎是不可思议地放弃了。也许就是因为这一点,在我日后的梦中,从没有出现过白的颜色。我梦中的颜色永远是和妈一样灰不溜秋的。之所以这样说,是因为我在以后的什么时候还会提到我的哥哥姐姐们。尽管年老的妈总是在嘴里一阵阵地说他们如何如何生活得好,可是,在我和我的姐姐成人之前,妈的生活里一点儿也没有因为大姐姐和小哥哥的日子好了而添了什么白馍馍之类透明的东西。妈被未来和期望活活剥了的感情是埋在了没有忆念的沙漠里的。

由于那件事,我的哥哥在爸上班后的第二天,似乎发了疯。

哥哥把我和我的小姐姐两个人留在家里,把电影票让给大姐、二姐和三姐了。一开始,我不肯留在家里,我执意要去看电影,哥哥的脸一阵红一阵白。我不知道哥哥为什么会这样,觉得挺好玩。后来,哥哥从口袋里掏出了三分钱,对我说:"这三分钱给你,一会儿带你去外面买糖葫芦。"

我想了想,很满意,就留了下来。

那天,下大雪,雪花出奇地大。哥哥找出黑铁锅,从厨房里装白面的桶里盛了几小瓢白面倒在里面,我和我的小姐姐又兴奋又担心。小姐姐说:"哥,要是爸妈发现我们偷面做东西吃,我们会不会挨揍?"

哥哥得意地看了我和小姐姐一眼,神秘地说:"爸妈发现不了。"

说这话时,哥哥用他那双黑黑的爪子把桶里的面抚得平平的。接着,他又一下子板起面孔,异样严肃地说:"这件事,你们两个人对谁都不许说,我要是知道你们两个人谁说出去了,我就打死谁。"

小姐姐很害怕,没有说话。我尚小,不懂得什么,见哥哥把面抚平了,觉得有了仗胆量的东西,就坚定地表示说:"哥,我一定不告诉别人。"

哥哥刮了一下我的鼻子,然后用碗在水管处接了两下水,倒进黑铁锅里的面中。

面软软地揉好了,哥哥和小姐姐学着妈平时做馍的样子把面团揪成一块一块的,揉成一团一团的。再往下,哥哥打开煤气灶,往黑铁锅里添了点水,放上笼屉,把白面馍馍放在笼屉里面,再盖上盖。万事大吉了。

我和我的哥哥、小姐姐终没有耐心待在锅旁等着白面馍馍熟,我最先跑到窗外的园子里,于飘飘大雪中滚起雪球来。

小姐姐也跑了出来,滚起一样的雪球。哥哥趴在窗玻璃上看着我们,由他嘴里哈出的热气扑在窗玻璃上掩映着他的脸,使他顶在窗玻璃上的鼻子看起来极其可笑。

我坐在我滚的大雪球上笑弯了腰地冲着小哥哥喊:"哥,从外面看你,你成了丑八怪了。"

我的话提示了哥哥,他一下子大喊起来:"你们两个人别动,等着我出去。"

哥哥跑了出来,他对我和小姐姐说:"你们两个人滚的雪球正好一大一小,我们可以用它们做个雪人。"

哥哥接着对小姐姐说:"你去找两块黑石头、一个胡萝卜来,我要用它们做眼睛、鼻子和嘴。"

小姐姐跑去了,哥哥把小姐姐滚得小一点的雪球搬到我滚得稍大一些的雪球上。

那时候还没有听过吃雪会致癌的说法,我伸出长长的舌头,接

237

住天空飘落下来的美丽的雪花,那心里,真是清爽极了。

小姐姐找到石头和胡萝卜回来了。哥哥把它们摆放到雪球的适当位置上,就这样,两个圆圆的雪球一下子就成了一个矮矮胖胖的丑八怪了。

我和我的哥哥、小姐姐哈哈大笑。

哥哥提议:"我们回家,从玻璃上看雪花怎么样给它穿衣服。"

一进屋门,我和我的哥哥、小姐姐一下子就愣在那里了。

黑铁锅已变成通红通红的、会一下一下眨动无数次眼睛的活物了。屋子里弥漫着一股焦煳的味道。

我们玩得太忘形,水烧干了。

哥哥愣怔在那里不知如何才好,只有我,因为当时年岁尚小,想不到一件事的后果常会波及另一件事的后果,所以脑子竟然还会灵一些。

我对哥哥说:"快把煤气关掉。"

哥哥如梦初醒,立即关上煤气,用抹布衬着把笼屉端下来。接下去,无知的小哥哥接了一碗水,哗地一下泼在通红通红的铁锅上。

"吱——"

铁锅裂成两块跌落到水泥地面上。随着一声爆裂,我和我的哥哥、小姐姐觉得一下子什么都完了。一种沦落在灾祸中的恐惧感扼住了我们,小姐姐竟放声大哭起来了。

哥哥把他口袋里仅有的几角钱分给了我和我的小姐姐。我心里明白,哥哥突然变得这样慷慨,是为了爸妈回来时我们能够掩护他。

哥哥分完钱就不知去向了，留下我和小姐姐在家里。

妈那时给部队的战车织伪装网，就是把一种极细的绿色的尼龙草编织在一张大网上。这工作很苦，完全凭借着两只手。那些草，都是我的二姐、三姐放学后用小手一棵一棵捻出来的。

妈那天很晚才从一起合作编网的那个人家回来。妈一进屋，我就看出她的脸上有一种常见的恐惧和疲劳。

妈先是慢慢地蹲下身，轻轻地用手抚着破碎的黑铁锅。我想那黑铁锅一定由于释放了热量而变得冰凉冰凉的。抚着黑铁锅的妈的手有些颤抖，可是我觉得妈说话时的声音颤抖得更加厉害。

妈问小姐姐：“你爸自己做饭吃了？”

我一下子明白了妈刚进屋时的那种恐惧和疲劳。

我对妈说：“爸还没下班呢。”

妈很诧异，极诧异。妈脸上的恐惧一下子就减轻了。

那天晚上，就在灾祸的现场，我和妈僵在那里了。

我的眼睛一刻也没有看妈，可妈的眼睛一刻也没有离开我的小姐姐，小姐姐受不了，她向妈解释。她对妈说哥哥并没想到要惹祸，他只是想做几个白馍馍跟我们一起吃。

我很悲痛，大声地呵斥我的小姐姐，我这样骂她：“你胡说，是你也想吃白馍馍，可是不知怎么搞的，那铁锅通红的，白馍馍也煳了，哥哥为了让铁锅冷下来才泼了一碗水的。”

我说这话时的神情一定极度悲戚，这样一种悲戚一定也不会常常出现在我这么大小的孩子的脸上，这种异常的情况显然使妈

239

有些难过，妈笑着对我说："没什么事的，锅炸了是因为水烧干了。爸回来时不要说，明天妈再出去买一个。"

我想对你们说，妈这样说话并不是我所期待的，贫穷使得我没有什么是不明白的。在我们这样的家里，不能人人想怎么样就怎么样，不容易呢。我是说，那时家里的一切都极其不容易。

我越发难过，泪水顺着面颊滚落下来。泪抚在肌肤上，有一种催人成熟的感觉。我心里硬邦邦地涨溢出一种坚强抑或说是强大的崇高感，它给我力量。

我用手抚了一下面颊，肌肤是灼人的。我的心也像燃了火，热乎乎的。

我对妈说："哥哥不敢回来，不知跑到哪儿去了，真担心他会出事呢。"

妈拍着我的头对我说："不要担心，饿了他就回来了。现在我们就做点吃的东西吧。"

哦，我的可爱的、美丽的、形影不离的妈妈，这样的形象是我永远都无法忽略、无法抹杀、无法让其逝去的形象啊，无论我今生出现什么样幸运与不幸的事情，只要和妈的爱比起来，一切便都微不足道了。

再说我的哥哥，他那天晚上回来得很晚。我现在想想，他大约是晚上 11 点钟才回家。

他回家时，本以为会受到爸妈的责罚，因此他进屋时的神情有一种夸张的无所谓。可是结果怎么样呢？

我的哥哥看见的是醉酒的爸四仰八叉地躺在地上。爸的裤子满沾着呕吐的脏物,妈和我以及我的姐姐们瞅着爸在发呆。

哥哥的事早就微不足道了,醉了酒的爸已是一个不省人事的人,如死人一般。

哥哥怀着心思走到妈的身边,明知故问:"妈,爸又醉酒了?"

妈叹了一口气。

妈已经习惯了,爸醉酒到如此程度在我们家里已是司空见惯的事了,没有人管他。我和我的哥哥姐姐们不敢管,妈也不敢管。爸在清醒的时候是常常骂妈的,爸的血液中有一种疯狂的东西,妈说这都是酒的缘故。

妈就是这样感叹道:"都是酒精中毒呢。"

那时候我相信妈说的这个道理,可现在我不信了。婚后我的丈夫也常在周末的晚饭前喝那么一两盅酒,可从丈夫嘴里喷出的酒气是馨香的,酒使丈夫变得热烈,酒使我家里的一切气味都淡然无色,我为此把酒同男人联系在一起。我喜欢充溢着酒的味道的夜晚。

真的,酒是美的。

像往常一样,妈让哥哥给爸脱衣服和裤子,脱完衣裤后我们大家就一起扯着爸的胳膊和腿把他扔在床上。

爸死的那一年,我正在远离家乡的一座小城攻读学士学位。我接到电报尚且没有看内容的时候就知道一定是爸或者家里的哪一个人死了。用不着怀疑,在我们那样一个天天都有战争发生的家庭中,死人的事情是一定要发生的。

三姐和四姐

我回到家里,那是一座日式房屋,屋顶呈"金"字形,墙壁很厚,窗子却很小。我本以为爸就是死在这样一间带有异国情调的阴暗的房子里,所以我迈步进门时我觉得爸的无力的躯体依然还在。

我问妈:"爸呢?"

妈突然张开双臂紧紧地拥抱着我的肩,妈带着哭腔对我说:"你没有爸了。"

仅仅才分开一年，我没有听到一声痛苦的呻吟，一声轻微的呼唤，甚至没有预见到一种死亡的阴影的显现，爸就没有了，突然地没有了。

　　可是一年前我离开爸的时候，爸还是一个喝了很多酒，眼珠子染着鲜血似的能骂能打的活蹦乱跳着的人呢。

　　我不相信。我用手轻轻地拍了拍妈的背，于是妈的手就松开了我的肩。

　　我扶着妈坐好，然后我等待妈或者我的哪一个哥哥姐姐给我讲一个故事。

　　哥哥姐姐们都不说话，妈起身去厨房给我做饭了，我茫然无知，像掉在一个死寂的梦里。

　　我走到爸生前睡觉的床前，用手抚了抚他睡觉的地方，只有死了的爸的阴魂能够理解我的这一举动。冬天的景色在我的心里模糊起来，只有屋檐下的冰挂挂，那种比空气还要透明的冰挂挂，我第一次感到它是在一种超出色彩之外的状态下于我的手心深处融化开来，变得若有若无的。

　　房间里的一切，包括我的肌肤、我的魂，都神秘地潮湿起来。其实，在这样一种时刻中，什么都不需要解释，"死"这个字，已经显得毫无意义。生与死都是结束的事情了，只有生与死的那一天是独特的。

　　后来我知道，爸并没有死在这间带有异国情调的日式木制建筑的房间里，爸死在我家园子里那个用红砖砌就的仓库里。

我的小姐姐这样对我说:"爸死的样子可吓人了。"

我没有搭话,我的小姐姐就继续对我说:"那天晚饭吃饺子,爸挺高兴,喝了很多酒,出门前还对妈说把剩下的饺子给他留着。可是,妈一直等了爸一夜爸也没有回来,第二天早晨妈去仓库取东西时才发现的。那时,爸的身子已经僵硬僵硬的了,跪着的身体下满是烟蒂。"

我不知说什么好,爸死得太迟或者说太早了。马上就有好日子过了,真的,已经看到好日子的影子了。我说不清楚爸为什么要死,但我真想问问妈,那天夜里,她等爸而不见爸归,当她从窗玻璃向夜的世界张望时,她是否感知到一种于呻吟中摇曳的绳子的颤动呢?

爸的死是一种彻底的背叛,这一下应该知道了,爸其实从来就没有爱过妈,爸的感情是被什么东西抹杀了。

妈已经是很累很累的了,当我和妈站到太平间里,我看见妈痛不欲生的样子时,"爸"这个字的意义才在我妈的身上复苏过来。妈真可怜。

在我写这些关于我的童年的故事时,我把前面抓虱子的情节读给妈听了。妈小心翼翼地问:"你写这些东西有很多人看吗?"

我笑了,对妈说:"就是为了让别人看才写的。"

妈有点难为情,她以商量的口气对我说:"你这样写,不知道情况的人会以为我们怎么这么脏。"

妈自以为我是在写故事,事实上,我是在写一种爱或者说一种沉重的苦难。于是我知道,对于我的美丽的、可爱的、形影不离的妈,什么是应该讲给她听的,什么是应该避开她的了。在我和妈这一代人身上,有一扇难以开启的默默的大门,一门之隔便是一段极神秘的距离。妈知道她的孩子在干什么,妈只是不知道还有一种思想上的痛苦也会把人折磨得死去活来。我是一定要把一种爱告诉给妈的,妈的命运告诉了我一个道理:比天地还要久长的是爱情之光。现在,又是该我把这个道理告诉给妈的时候了。

那是在爸醉酒后的第二天,我和我的哥哥、小姐姐在家,三姐也在。哥哥对我和三姐说:"你们出去玩一会儿,我和老四有点事儿。"

我隐约觉得小哥哥心里有事,哥哥的神情有一种压制的愤恨。三姐好像什么也没有察觉。

我和三姐站在窗外,仅仅一会儿工夫,我和三姐听到一种哭叫的声音,那是小姐姐的声音,响起来简直和银铃一样,叮叮咚咚的。

我和三姐趴到窗玻璃上,我们发现我的可怜的小姐姐被我的哥哥逼到墙旮旯里,哥哥正抡着一根胶皮带往小姐姐的身上抽。

小姐姐一直是仓皇不安的,她在皮肉的痛楚下大声哭着。然而,在我的小哥哥的眼睛里,小姐姐的泪水他是看不见的,小姐姐的哭声他也是听不见的。他之所以越来越厉害地抽打我的小姐姐,就是因为小姐姐会哭,小姐姐的哭声唤不醒他的怜悯。他一定要我的小姐姐承认她的错误,小姐姐的错误就是她把小哥哥偷面的事情告诉了妈。

现在我写起这件事,我仿佛又看见了哥哥的眼睛里透露出的阴冷,那阴冷就像冬天青颜色的夜。

后来,我和三姐流着泪安慰我的小姐姐,我们都不理会我的哥哥。哥哥对我们说:"我没有什么错,是她违反了我定的誓约,她理应受到惩罚。"

已经说过,我们生活的这个家庭,几乎没有一天不发战争的。在这样一种环境下成长起来的我们,恐怕谁也难以预测我们的未来究竟是一种什么样的面目。

其实也是用不着预测的,生活就是这样,哭哭笑笑一样令你喘不过气来。

任何人都无法停止他的喜怒哀乐。

我当真开始把我的小哥哥视如凶手,还有另外一个原因。

说来话长。

听别人说,妈年轻的时候,日本兵侵入了妈的家乡。妈那时有两个孩子,一个抱在怀里,一个牵在手里。日本兵进村的时候,妈没有办法逃。

妈的记忆里长存一个恐怖的记忆。

那个形象是在喧嚣的冬日里摄入妈的心里的。也许他同所有穿着一模一样的日本军装的日本兵一样,早已作为一种存在被人们同化,甚至被忽略了,但他在妈的心里一定是独特的。

这便是那个冬日的一天发生的事情。

妈所在的村庄荒凉寂静,只有一间土墙里流溢着我奶奶、我美丽的妈妈还有全村最丑最老的一个女人的沉重的喘息。妈对我说起日本人入侵的情景时这样描述过她的感受,她说她活了那么大年岁了,还从来没有经受过那么沉闷的时刻,仿佛天空封闭起来将一切都窒息了似的。妈说她那时的心里就像装着一个倾斜的村庄,她正解开衣服给孩子喂奶的时候,门被日本兵用脚踢开了。

事情也许就从这里开始。

我的美丽的、可爱的妈妈的身上穿的是厚而肥大的黑布棉衣裤,套在身上活像鼓胀的胡萝卜,值得提上一句的是,妈的脸上胡乱地涂抹着黑色的灰土。

这样一种打扮,使妈的形象暧昧不清了。在那个时期,凡是遭受践踏的村庄,所有年轻的女人都要这样,这样做是为了防身。一个年轻、美丽的女人一下子变成一副脏相、穷相,就不是随便哪一种欲念都可以适应的了。

在许多描述日本兵侵入中国的电影里我看过和妈同样打扮的女人,不过,我一直难以和我的美丽的妈妈联系到一起。妈今年60多岁了,奇怪的是妈的一双眼睛依旧十分触目。我把十分触目十分迷人的妈的一双眼睛安置在一个刚刚20岁、体形瘦长、胸部饱满的年轻女人身上。

黄的土地黄的房屋黄的日本兵穿的军装,这是妈所在村庄的唯一色彩。其次是汪汪的狗叫声,从滚热的鲜红的刺刀下迸射出来。听人说,那个日本兵踢开门走进土墙,他的肩膀和膝盖处有破损的布条随风摇曳。他的个子很高,下巴的胡楂很黑很浓。他先是眨巴着双眼费劲儿地盯视着,铁着脸一动不动地盯在地上的三个女人,接着他的脸上漾起了几丝河的涟漪,白灿灿的牙齿于微笑中显露出来。再往下,他朝那个有着一双十分触目十分迷人的年轻女人走过去,他一定是认出什么来了。

脸上涂着黑灰的妈的容貌依然年轻,依然焕发着青春的朝气。妈脸上弥漫着的青春的朝气会激起男人狂魔一般的激情,哪怕仅仅是一次体验。

那个日本兵朝妈的身上扑过去,他是疯狂的。土墙里我的奶奶和那个又丑又老的女人也疯了。我的干瘪的奶奶迎着日本兵冲上去,又丑又老的女人抢过妈怀里和手里的两个孩子逃了出去。

我的奶奶和妈妈又是哭又是挣扎,日本兵吼叫起来,从腰间抽出一把雪亮雪亮的刺刀,几秒钟,几分钟,挣扎已经没有任何意义了。面对死亡这一终极的时刻,我的奶奶沉静下来,逃避了。自此,有着一双十分触目十分迷人的眼睛的妈和那个疯狂了的日本兵在一起发生了什么事,就没有人会知道了。

那个又丑又老的女人依然健在,她给我讲了这个故事,讲了日本兵望着妈时直直的眼神,她对我说:"就是那次事后,你妈肚子大了,有了你的小哥哥。"

这样一来,我的小哥哥是诞生在谣言流传的日子里啦。那个又丑又老的女人对我说:"你注意你小哥哥笑时的样子了吗? 和那个日本兵像极啦。"

我没有话回答那个又丑又老的女人,我回答什么呢? 对此事,我的美丽的可爱的妈一直是讳莫如深的。事情是这样,事情不是这样,于我都无所谓,我只要知道我的生命是妈给予的,妈的一生历尽了沧桑,我爱妈,这就够了。妈没有死于战争,说明妈的心并没有退让。直至今天,当我看妈眺望什么地方时,我总能看见妈的神情中有一种不可遗忘的恍惚的美。妈的专注和神伤使我坚信妈有她自身孤独的渴望。真的,妈的目光深处,有一个闪烁的光点。

这样说吧,也许那个又丑又老的女人对我讲的那桩事是真的,也许妈对那个日本兵的记忆如故,也许那可怕而又阴暗的情欲依然牵系着痛苦在妈的内心深处,我的小哥哥却必是承续着我家祖先所期求于他的一切,我的小哥哥他必须随我爸的姓。这是无法改变的。

然而,就在那一天,我的小哥哥用胶皮带抽打了我的小姐姐之后的第二天,他从他的抽屉里翻出一本破旧的卷了边儿的小人书递给我的小姐姐,他笑着对我的小姐姐说:"算了,用这本书做交换,我们和好吧。"

有谁能知道我在小哥哥露出白灿灿的牙齿微笑的时候想到了什么。我的心颤动了,在颤动中摇晃的是那个又丑又老的女人讲述的故事里鲜鲜亮亮的日本兵,就是这个由我的小哥哥生动地焕发出来的形象,使我多少年来一直难以忘怀。也许因为只有我一个人才能看见它,我从来不曾对任何人提及过。至于写作,我觉得是另外一回事儿,比如说,是作为一种茶余饭后的消遣,是无所谓的事情。每个人在读它的时候,不似我在回忆它时那么具体。我相信,在读者的心目中,它多数已经是面目皆非啦。每一个读者都有他自身的轨迹,从他的爸和妈开始,又从他自己开始。

我变得又敏感又脆弱。

之所以这样说,是因为自那以后,在我漫长的人生里,由于偷窃的事情,又由于对男女私情过于敏感,竟至使我在一种冷酷无情和贫困残忍的情境下,培养起内心的自信,变得纯而又纯。

偷窃的事情,我本来没有一点点的恶意,如今对这件事的回忆更加与羞愧不同。我什么时候想起来、什么时候就潸然泪下。

兰兰家就她一个独生女。我跟着她迈进她们家门的时候、首先映入眼帘的,如果更确切地说,首先摄住了我的目光的,是一床眼花缭乱的纸币和硬币。

"你有这么多钱?"

"这仅仅是一点点。"兰兰无所谓地眨了眨眼睛。

"你用这钱干什么?"

"买想买的东西。"

"兰兰。"我紧着嗓子叫了一声。

"什么事?"

"我们还是出去玩吧。"我汗湿着手攥着刚刚偷来的一元钱。

"玩什么?"

"随便玩什么。"

我和兰兰在大街上胡串一气。黄昏时刻,一丝尖尖颤动的疼痛流水般悠进了我的身体,困了要睡,饥了要食。我饿了。

我们重又回到了兰兰的家里。兰兰的爸爸坐在床上,身边整整齐齐地码着一沓纸币。

"兰兰。"我们刚一进屋,兰兰的爸爸就恨恨地叫了一声。

"什么事?"

"要你买的酒你买了吗?"

"我现在就去。"

"钱呢?"兰兰的爸爸盯了我一眼。

"在你身边,爸爸。"

"怎么少了一元?"

"是吗?"兰兰眯起天真的眼睛,"从你把钱放在床上,我一分也没有动,是爸爸记错了吧?"

"我会记错了?"兰兰的爸爸面目狰狞地笑起来,"我要你知道我没有记错,我要你找出一元钱来。"兰兰的爸爸猛地拍了一下床,"你找,你给我找!"

兰兰愣在那里,犯起傻来。我站在兰兰身边,右手下意识地攥着下午偷来的一元钱。

"老子打死你!"兰兰的爸爸一下子冲到了兰兰的身边,拳打脚踢,并把兰兰的外衣剥下来,一边翻找一边骂,兰兰的尖号声整楼都能听得见。

我那时小,不懂得兰兰爸爸这场闹翻天的大戏是"演"给我看的,我那时还没有能力理解这样一种可怖的计谋。我心颤抖着,流着泪水。兰兰尖号的疼痛和我内心的疼痛交融在一起。我用一种乞食的山羊般可怜的目光注视着兰兰的爸爸。我的心一个字一个字地往外挤:是我拿了钱。因为我前天买菜时丢了妈妈给的两元钱,我向华华借了一元,可我知道我还不上这一元钱。

不知为什么,话到我的嗓子眼却变成了:"伯伯,别再打了。这样打兰兰都说不知道,兰兰就一定是不知道的。"

兰兰开始浑身发抖,尖号声也变成了小声的啜泣。天完全黑下来,兰兰蜷缩着身子慢慢地蹲下去。

兰兰的爸爸表情狰狞地盯了我良久,接着发出一声长长的叹息,我看见他咬紧腮帮死盯着我,将蜷缩在地上的兰兰抓在手里,举向空中。

我突然感到恐惧,猛转身跑了出去。我的身后传来沉闷的扑通声和继之而来的兰兰尖锐的呼喊声:"哇。"

那天晚上,我没有出去野跑。我忍着泪水辗转在床上的大凉席上,接下来发生的事,使我经受了一次人生难以得到的重要的洗礼。现在回忆起来,我用一句话概括它的含义,那就是:上帝的机会。

如果不是因为那个时候我家里很贫困——

真的,我那天晚上就一直沉默着躺在床上。我的小姐姐会打毛衣,还会刺绣。她在妈妈缝织的布袋袋上绣了一只可爱的黑老鼠。因为我的小姐姐的属相是老鼠。她把刚绣好的布袋袋拿在手里把玩着,把上面的拉锁拉开又拉上。在一次拉开拉锁的时候,从布袋袋里掉下来几毛钱。

流过恐惧的泪水,一无所有的需求仍然将我紧紧地捆住。借人家的钱总是要还的。就是这个原因,使我下意识地注意着我所留心的钱。

我装着无意地从小姐姐手中拿过布袋袋,又装着专注地看那只黑色的小老鼠。

"姐,这老鼠像你。"

"哪儿像?"小姐姐很好奇。

"我也说不清,反正我感觉像。"我故意弄玄。

"说说看嘛。"小姐姐求我了。

"那么我想一想吧。我们都闭上眼睛,老鼠是在夜晚才出来活动的。"

在小姐姐闭上眼睛的一瞬间,布袋袋里的五角钱到了我的身底下。小姐姐睁开眼睛天真地问:"我没有看见。你看见了吗?"

我急于脱身,就将身底下的五角钱握到手里,然后挺起身,跳下床跑向外面:"我看见了,你看,小老鼠跑出门了。"

小姐姐跟着我跑了出去。

在街上,我将五角钱放到了卷起的衣袖的夹缝中。然后,我和小姐姐一起玩踢毽子的游戏。说不清楚玩了多长时间,当我和我的小姐姐都忘记了小老鼠这件事,都感到肚子很饿的时候,我们回到了家里。

一进门,爸爸坐在床上正把玩着小姐姐的布袋袋。小姐姐抢上前,从爸爸手里夺过布袋袋,说:"我忘了放起布袋了。"

说这话时,我的小姐姐将布袋袋的拉锁拉开,就在那一瞬间,我的小姐姐愣怔在那里了。她先是琢磨了半天,后来突然红了脸,急着嗓子说:"爸爸你偷了我的钱。"

爸爸笑了起来,爸爸的笑非常欢快,有一种玩笑的幽默,这一下可好,满心期待的我的小姐姐突然恼怒起来,爸的笑不知为什么激发了她那么强烈的委屈,她扑到床上大哭起来:"爸爸你真讨厌。你还我的钱。"

这次轮到我的爸爸愣怔在那里了。我的爸爸本来就是个喜怒无常的人,于是,一场可怕的争吵就在一笑之间发生了。一切痛苦的产生都在弹指一挥间,却都是事出有因的。所以,五角钱所带来的混乱也不仅仅就因为我的小姐姐丢了五角钱,对于我的小姐姐来说,这五角钱的积攒,不知要她花费多么大的欲望去克制。在那个年代里,五角钱是我小姐姐口中的十六根冰棍,在我家算得上一顿丰盛的晚餐。

小姐姐声嘶力竭的哭叫和爸爸怒火冲天的喝骂显现在光天化日之下我纯洁的心,我感到仓皇感到不安,我害怕极了。眼看着自己最爱的人的发狂一般地痛苦和怒火,我的心祈求我坦露出真正的实相。

然而,当我到卷起的衣袖的夹缝中寻找那五角钱的时候,我的心失落到一种冰冷的空荡荡的黑暗中了。

钱不在了。

我在这里真心地祈求我的小姐姐和爸爸能够或者说应该理解我。对千千万万个从幼儿走向成年的人来说,不知是否有过我那时的一次体验,类似洗礼一般的彻底转变。我要说,我那时的心中后悔极了。放弃内心私欲的力量是极新鲜、极强烈地伴随着小姐姐的泪水重复着怒放在我内心深处的每个地方。我的小姐姐,五角钱在她身上所获得的意义不再那么简单那么具体,在我的小姐姐那里,我对五角钱获得了一种更为抽象的意义。五角钱是属于我的小姐姐的,五角钱更是属于我们居身于斯的生活的。

我一生都不可能忘记这件事。自从这件事以后,几十年过去了，我从没有偷过任何东西。这种神秘的忠贞，就像我们喝水时的感觉，寒寒暖暖只有喝水的人自己知道。

真的，我已经说过，我内心的自信和纯而又纯，正是在这样一种冷酷无情和贫困残忍的情境里培养起来的。我十分感恩我的这种生活。我始终认为这是上帝给的机会。

再说我对男女私情过早敏感这件事。

每年节日期间，爸的单位就要发很多张电影票，那次我和三姐是初三上午10点那场的，还记得演的是《红灯记》。

三姐穿着嫌小的黑外套换到了我的身上。记得那件黑衣服虽然旧了点，且是平平常常的粗布料，但是，妈把它制成了那种日本中学生的校服模样，立领，上下各两个衣兜，紧贴着胸，我穿着它反而显得异样地俏美。用三姐的话说，像大户人家的忧郁小姐，干干净净、富富贵贵的。

我心情很愉快地和三姐走出家门，没想到，半路上飘了一阵小雪，雪到地面上很快就干了，可落在我衣服上的，却都成了一个个褐色的点，我觉得全身长满了麻子似的。

进了电影院，找到了自己的座位坐下后，我对三姐说："姐，你把我身上的泥点拍一拍，后背上的，我触不到。"

我将身子转到右边。

一个少女对一个男人的回忆绝对不会像回忆女人似的。二十年后我想起那个男人的时候，我的眼前依旧有缭乱的光彩恍惚如画。

那个坐在我和三姐身边,比三姐大一点儿的男孩子(那时候应该这样称呼),像我说的一样,好似屁股底下扎了刺,一刻不得安宁地变换着姿势。开头他是极胆怯地瞟了我三姐一眼,真真切切,我看出他很羞怯,但显然他抑制不了他内心的冲动,不断地、一而再再而三地涨红着脸偷看我的三姐。在他那个年龄是势所必然的。

同时,他显然也没有把我放在眼里。我放肆、开心而又嘲弄的模样,并没有引起他一点点的注意。

转过身,我对我三姐说:"姐,有个男孩子爱你了。"

三姐很吃惊,一下甩了我的手,训斥道:"小孩净胡说些什么。"

我往三姐身边靠了靠,将嘴巴触到她的耳朵边,悄悄地说:"真的,你注意我身边的男孩子,穿蓝色中山装的。"

三姐按照我的意愿看了那个男孩子一眼,但她立刻满脸涨红着垂下头去。

我的三姐,虽然那时已经 15 岁了,但是她的全部感觉和心灵就同她柔软的皮肤一样纯洁白净,我那时能够感知的东西,她无法懂得,就是到了今天,我现在已经做的和正在做着的许多事情,她也永远是连想都想不到的。

她有着一张恨不能让人咬一口的粉团一样的脸,两个黑又亮的大眼睛被一层很特别很醒目的长长的睫毛覆盖着。

三姐比我美,但她不知道或者说,她还不能自知这点。我不会嫉妒我的三姐,这并不是因为我那时还小,不懂得嫉妒。这是因为我的三姐总是很腼腆,无论遇到什么样的情形,好的或者是坏的,她只会一个人偷偷地藏在什么角落里，或者哭或者笑。我比我的三姐更能在一切方面引人注意。

让我再说说那个坐立不宁的男孩子，电影结束后，我发现他慢慢地蹭到出口的大门旁，我有意不放过他。我对三姐说："姐，我的脚有点麻，我们慢一点儿走。"

三姐显然早已把电影放映前的事，早已把那个可怜的男孩子忘得干干净净了。三姐永远都是这样一种人，什么都不放在心里，不知道什么是积怨，哭过就算了。在三姐的心里，没有朋友和敌人之分，所有的人都是好人。

我看到那个男孩子蹲下身子系鞋带，系得很慢，他是正好在我和三姐走到他面前时才系好的。

他一下子站起身来，依然没有把我放在眼里地盯着我的三姐："我们谈一会儿，好吗？"

在我的三姐答复他以前，我就知道他的这种笨拙的方式，对于我的三姐来说是十分荒谬的。

我的可怜的三姐低下头，眼瞅着自己的脚尖儿，说："我不。"

男孩子的脸一下子通红通红的，他也变得结巴起来，他畏畏缩缩地说："只谈一会儿。"

我的可怜的三姐依然低着头，眼瞅着自己的脚尖儿，说："我不。"

看着变得灰溜溜的、连咽口气都觉得困难的男孩子，我尽情地微笑起来。

我的笑使男孩子的窘迫变得无法忍受，他是在一种逃离状态下消失的。

　　整整一下午，我的心情极不好，想象着那么威武、那么痴情的男孩子，竟然不能同我的粉团一样的三姐说几句话，表达一下自己的情感，更谈不上牵一下三姐那纯净无邪的小手，我就怨恨我的三姐。如果说我在今天回忆起这件事情的时候，想对我当时的心情做什么解释的话，那就是我那时根本不懂男女之间的事儿是什么，只是觉得很吸引人、很神秘。真的，细想一想，儿时读的书不少，什么《青春之歌》《牛虻》《乘风破浪》啦，什么《苦菜花》《秋海棠》《上海的早晨》啦，尤其是《红楼梦》，其中所述的故事我差不多都忘却了，唯有那些男女私情的情节，我至今还记忆犹新。我是把那些情节如何来来回回地读了一遍又一遍，恐怕是说不清楚的。

　　我只想说，我那时把男女之间的事儿想得很美好。所有描写这些事儿的，都是好人，都是为了完成某种大事而必须选择的。或者说，都是一种需要。书中所有描写爱情的故事，都是真切而忧伤的，坏人的恋爱就不是这样。

　　童年时期就形成的观念在已经长成大人的我的心中，是根深蒂固的。缘于这种观念，当我作为成年人而设法涉足男女私情的时候，我是抱着极可笑极浪漫的想象的。其结果的失望，是不难想象的。

　　真的，当我在情感的跋涉中累得疲倦不堪时，连我自己都觉得不可救药了。

　　"我永远都长不大。"我一次一次地唾骂着我自己，一次又一次地对自己失望。

以后我会告诉你们,感情是一种鬼使神差的奇妙的东西。

其实,这一点在我的三姐、小姐姐身上也都得到了证实。也许在我提起笔来描述这些事情的时候,那难言的羞耻感使我的感情有所压抑,也许人们依旧把这种那种事情混淆到道德的范围之内。可对于我来说,一切的开始一切的结束都是说不清是怎么一回事儿的,我始终坚持感情上的东西什么都不是,只是一种体验,一种属于个人秘密的亲身体验。行为体验使人痛苦,而痛苦又催人成熟。常常就有人说,经过某一件事,自己好像长大了十几岁。

我哆哆嗦嗦写了这么多,总想说明一点什么,却又不知道说明了一点什么。读者若是还有兴趣,就继续读下去,关于我的童年,我的可爱的美丽的母亲、我的父亲、我的姐姐以及电影院里碰到的多情的男孩子,所有这些人和发生在这些人中的事情,对我现在的生活有至关重要的影响,我还将倾尽我的真诚将它们描述出来。

我一直不明白爸为什么一点儿也不喜欢我,现在我明白了。

和妈在菜市场上逛,妈指点着走在前面的一个老婆婆对我说:"你看,那就是老黄婆。"

听妈的语气,我应该认识这位老黄婆,就问妈老黄婆是谁。

"你不认识?"妈很意外。

"你忘了?你小的时候,她常常去找你爸爸,只要她一进我们家门,你就拼命似的哭。哭得太凶了,你爸爸就揍你。"

我于是恍惚忆起一双眼睛似又冷又深的渊,有一次光着屁股下湖玩,那湖水也是又冷又深的,差一点儿被湖揽到怀里没出来,于是就怕又冷又深的湖。

"是不是那一次我大哭着骂她老猫猴,被妈妈轰走的那个人?记得她已经走了,我还指着挂在墙上的蓝棉衣认为她一定就藏在里面,你哄了我半天。"

我什么都想起来了,这一瞬间,我感到我一下子走完了一段美好的然而又是苍白冷漠的历程。

想想爸是一个极高极漂亮有着潇洒风度的男子汉,我忽然非常想看一下这个曾经被我伤害过的女人的脸。

我的心情被期待烧灼得美好起来,我期待着老黄婆能和记忆中的样子一样美好。然而,爸要是还活着的话,我会为爸羞愧得晕死过去。

我一直坚持只承认是妈的孩子。我讨厌我的爸。

那次和几个同龄的女娃娃玩了会儿,忽然提议要学男孩子那样站着尿尿。于是几个女娃娃窝在仓库后的角落里,有气魄有风度地落下裤子,浊黄色的液体把裤子湿了一大片。一个男孩子闯见了,便四处游说着聚起一群男娃娃骂我们,我成了女娃娃群的"流氓头",羞极了就窝在家里,几天不出门。

妈奇怪,问清了原因后感叹道:"你总是这样野性,你这性格,你底下一定还会有一个弟弟,可惜老了老了,讲什么计划生育来了。"

我大怒,狂喊道:"我不再要什么弟弟,也不想要爸爸。再有了弟弟,我就要家里的男人都死掉。"

我想起一次吃晚饭，爸跟前放了一盘蘑菇鸡块，爸一口酒一筷子鸡肉蘑菇，其间由嘴里发出的咂嘴声，声声入耳，蛇扭一样在我心里跳个不停。

我终于忍不住探出手去，指尖刚触及盘沿，爸的筷子已经响亮地在手上弹跳起来。我又羞又愧地跑到里间的大屋里闩上门闩，扑倒在床上，任妈在门外唤了千遍万回也不出来。天晚了，爸有尿，厕所在我这间屋的隔壁，听爸在门外被尿憋得发脾气，就极解恨地乐。

"冰——棍——卖了。"忽然一声浩浩荡荡的老婆婆的声音传入耳鼓，我不自觉地将脚步移到了门前。

我听见爸的脚步奔腾般驰出去。

我就是被一支冰糕哄出来的。每每看见我这样狂喊狂怒，妈总要叹一口深长的气。

而我就这样开始憎恨我的爸。

邻居们都说我是一个乖孩子。说我是妈的好孩子，我承认；说我是乖孩子，我不这样看。邻居们这样说，主要是因为爸的脾气很不好，喝醉了酒就要摔一夜的东西骂一夜的人。

哥哥和姐姐不在意，爸在屋外摔摔骂骂，看热闹的人围满了我家的门窗，哥哥和姐姐依然自如地行自己的事，尤其是我的小姐姐，愈是这样，她愈是手捧着一只圆圆的小镜子左左右右地照个没完。她不知道她其实非常漂亮。我可是又羞耻又害怕，一心期待着爸忽然一下子就死去。我没有办法眼看着亲人们面对刀光剑影而无动于衷。

我那时还小,不懂得心疼妈。我心疼的首先是那些被爸摔碎的饭碗菜盘之类的。每每看到爸的眼睛圆起来,我都以疾快的速度把爸能摔的东西都藏到柜子里,我还不忘把菜刀和斧子也藏起来,家里的门和柜子已经没有完整的了。妈没有别的选择,她只知道哭。

一天下午,妈突然蒸了十几个雪白雪白的面馍馍,整个晚上,我眼里所见到的一切,都是极温馨的。白面馍馍四处散射着月光般诱人的光辉,我跑出去玩一会儿就要再跑回来,让这光辉在眼睛里多停留一会儿。我不断地催促妈早一点吃晚饭。

那天晚上,我的心情就是这样十分不寻常地焦灼着。妈让我去对面小楼上的一个人家叫爸回来吃晚饭,我飞跑着去了,气喘吁吁地推开门,烟气迷雾中,我看见我的爸和几个红男绿女正围着一桌花花艳艳的菜吃着大杯大杯的酒。爸的皮肤排泄出两股能烫伤肌肤的光,突然看见站在门口的我,爸不耐烦地说:"回去,说我不在家吃晚饭。"

我飞跑着离开爸回到家里,妈却是不说别的,只一再要我还去,还去。

那天晚上,我在白色的晶莹诱人的光辉下飞跑了三次。

爸很晚才从被我骂为老猫猴的老黄婆家回来,也就是在那个时候,我第一次看到了人性中最可怕的疯狂。那年我只有 6 岁。想不到 24 岁的我,今天也为了和爸一样的疯狂而遭受着绝望的痛苦,我的血液中原本就流涌着爸的疯狂啊。

爸只用一只脚就把妈给他预备的一桌子酒菜都踢翻了,酒杯斜卧在灰色的砖地上,红红绿绿的菜挣扎着飘起惨淡的微笑。我至今也没有忘掉爸的眼神和爸的眼神下妈呆木的神情。

看着静坐在地上的洁净的白面馍馍,我气极了。我跑到妈身边,抚着沾满妈咸涩泪水的枕畔对她说:"别哭,等我长大了,我让他一个人过,让他孤独地死。他这样欺负你,我长大了要写出来,要让全世界的人都知道他是如何欺负你的。"

妈对我说:"你不懂。"

幸亏我那时不懂,幸亏我懂得的时候爸已经死去了。不然我一定会亲手杀死他。一天,我和三姐在亮亮的柏油路上走,刚刚洗过澡的身子轻款款的,绿荫下天蓝色的斜长裙把我少女苗条的腰身卖弄地修饰出来,我觉得我漂亮极了,我注意到我迷住了整整一条街道上向我走过来的男人。一种莫名的欲念在心底抖抖的,我问三姐:"洗澡时,怎么没见你肚子上有疤痕?"

"什么疤痕?"三姐看着我,很吃惊。

"生孩子留下的。"我说。

"我不是剖腹产呀。"三姐说。

我也固执下去:"生孩子难道不是用刀把肚皮割开取吗?"

三姐忽然放声大笑起来,眼角挂着泪在马路上弯着腰止不住笑,好多过路人也看着我们两个人笑。

"你20多岁了,怎么还不懂? 不看些书吗?"

我竟是这样一直地停留在童年的意识里,我犯下的错也许不只是不看书。

接下来三姐神秘的描述真令我心颤神悸。二十年过去了,6岁时那个令我既得意又吃惊、既高兴又害怕的夜晚,清清楚楚地浮现出来。

"小板凳,一尺三,它的作用可实在是不小。"坐在邻居家,妈一边编织着军用伪装网,一边用略带沙哑的嗓音哼着歌。敦厚的歌声中,大我两岁的小姐姐站在一尺三高的小板凳上,用小手理出粗细相当的网草,排放到齐肩高的床上的盘子里。坐在一尺三高的小板凳上的我,听着妈低缓的歌声,眼睛蒙眬起来。

"妈妈,我想睡觉。"我说。

"找爸爸去。"妈说。

我出了邻居家,轻轻推开弥漫着酒香味的爸的房门。我看到老猫猴晶莹洁白的身子蛇一样躺在应该属于我的爸那宽厚的胸怀里。

我恼极了。

然而,什么也没有发生。那只狐狸猫没有动,她把鼻子和眼圈挤到一起笑得漫出皱纹来,我看着像一个鬼。

我发现爸铁青着脸和我愁眉苦脸地相对着,过去那个冷傲粗暴的爸,像个影子被撑到遥远的什么地方去了。爸说:"这是你黄姨。"

我忽然激动起来,过分的激动使我什么都看不见了,我只知道爸在这个时候一定害怕我,爸的眼睛分明在向我求助什么。我知道爸的心思。爸这会儿一下子就掉在我的手心里了。

我轻蔑地朝老猫猴哼了一嘴,大摇大摆地在爸的另一侧躺下。

我何不高兴如此呢？我什么也没看见,什么也不说,本来就什么事也没有,但爸就怕我了。只要爸怕我,这就足够了。

爸这样愚弄了我,童年的无知也愚弄了我。21 岁的我,站在三姐的面前,被 6 岁的我抵住了咽喉,我大口喘息着忍受着心脏在一刹那间的绞痛。我相信我达到了一种疯狂的极致。

该死的爸,不是我亲手杀死了你。

从这种绝望的疯狂中明白过来,我不再有意识地注意自己漂亮不漂亮,不再注意男人盯视我时贪婪的目光。二十多年了,醒过来我一下子就奔进一个虚脱的世界里,我什么都没有了,我什么都想要。无论是精神的还是物质的,一切都无所谓,想要的就拿过来。

他笑眯眯地站在画廊前和一个女孩子说话,女孩子大大的眼睛,黑色的皮肤透出一股含蓄的诱惑力。我散漫地将目光落在男孩子身上。男孩子竟会有这样粉白的肤色？这样淡远的嘴唇？而且这样的肤色和嘴唇在他的身上竟会构成那样一种脱俗的飘逸和潇洒。他的嘴闭上了,闭上的嘴唇荡出一股宁静的回波。突然,男孩子的脸转到我这边来了,看到我,他粉白的面颊上一下子挂上了两个金红色的光晕,男孩子美丽极了。美丽的男孩子向我弹来一丝淡远的微笑。刹那间,我被这微笑的美震得心都摇荡起来。男孩子的脸越发红得可爱起来,我想一定是我这样目不转睛地在光天化日之下盯视他的缘故。在男人的眼里,我有着一种媚入骨髓的忧郁的散漫,这点我知道。这种忧郁的散漫,就是 21 岁时的那一天,三姐魔术般降在我身上的。

我真想走上前去,亲手抚摸一下男孩子脸上极美丽的光晕,我始终没有动,男孩子也没有动。大眼睛黑皮肤的女孩子走了,男孩子这时就朝我这边走来。天啊,男孩子好雄伟呀,男孩子走过的地方,天空和地下突然都异样灿然地空旷起来。我被这灿然的空旷占有而且充满了。我知道,一种被我曾经遗忘掉的期待突然间就实实在在地降落在忧郁的我的身上了。我同时还知道自男孩子向我走来的这一刻,一切都散散漫漫的我,就将要多一种惧怕和担心了。

男孩子问我是不是也等着看电影,我说是。男孩子又说这样大白天里看电影,一定不会坐满场,我说是。男孩子接着一再要求我和他随便找两个空位子坐着看电影,我犹犹豫豫地答应了。看完电影男孩子又接着一再要求送一送我,我也犹犹豫豫地答应了。到了我住的大白楼前,男孩子告诉我,他和我原来就住在一条街上,只差二百米远。

那天是星期日。第二个星期日男孩子来找我,我们又坐在电影院里了。晚场的。散场后我发现竟下过雨,一定是洋洋洒洒地飘了一点点。

男孩子带我到一丛矮树丛里时,薄薄的树叶上湿了一层薄薄的水。男孩子随随便便地拉起我的手,对我说:"你的手真软呀。"

"一定是缺钙才这样软。"我悄声地应付男孩子。

"在你这样软的手指上,可以弹一曲很好的曲子。"男孩子浪情

266

起来。

　　看着站在我对面抚着我柔软的手的美丽的男孩子，我感觉像欣赏一棵漂亮的小小白杨树。没有颤抖，没有忘记想想自己是否沉醉，这种糟糕的平静真使我害怕，我老练而又真诚地演起戏来："下过雨了，叶子上的水珠还可以挂得住。"说这话时，我将手揣回自己的衣袋里。

　　男孩子开始摘眼镜，眼睛望着我笑嘻嘻地把眼镜揣到衣袋里，我知道男孩子接下去要做什么了，我真想逃脱一个孩子一生中该是最光辉灿烂、最圣洁、最激动人心的一刻。

　　然而，欲念无疑已经占有了我，男孩子的美丽使我的身子僵住似的动不了。

　　男孩子把我紧紧地拥在怀里，我的手还在衣袋里拿不出来。没有胡子的柔弱无力的肌肉在我的面颊上摩擦着，一种空落落的感觉向我袭来。

　　丛林外的路灯突然熄灭了，黑暗推出大块大块的浓雾。男孩子真激动，甜丝丝的口水好多都湿在我的睫毛上，湿在我的面颊上，也湿到我的口里去了。

　　我忽然很沮丧很疲倦。那天从男孩子第一次向我走来时就预感到的惧怕，充满了我的全身。美丽的男孩子太纯洁也太柔弱了，我突然明白，我欺骗了自己也欺骗了美丽的男孩子。男孩子只讨我喜欢，真的。

我睁大眼睛看着男孩子头顶上和身后永恒无限的黑暗喃喃道："天太黑了,我害怕。"

尽管男孩子满足不了我虚脱了二十多年的饥饿,我居然慢慢学会很成熟地演戏。我注意讨好我的男人的兴趣和爱好,注意他们各种各样的心理状态。我发现,忧郁的散漫加上温柔的微笑会使我适合所有男人的趣味。我身边的男人多了起来,包围我的是令我疲倦的电话和约会。

跨越出童年意识的我,在自欺自误而又欺人的意识下,犯下了一个一个的错误。我才24岁多三个月。

很久没有时间和男孩子在一起痛痛快快地玩一玩了。我像一只不安分的小鸟一样来来往往地飞。男孩子和妈相处得亲热起来。即便我没有在家,男孩子和妈也谈得很好,很来劲。

看见我家大衣柜里珍藏着一件丝织和服的人,一定就会从妈的嘴里得知她其实才真正是一个日本商人临死前抛在中国的日本孤儿。那件和服自然是我的妈妈的妈妈的。而且,不难想象,异国他乡用一件漂亮的和服包裹着要抛弃掉的孩子,就一定知道妈妈确实没有能力把自己的孩子带在身边,也没有勇气把孩子杀死。

我的妈妈整天挣扎在一种缺乏想象的无限的乡愁中,从这一点上,有谁知道几十年前在那个喧嚣的冬日里被摄入妈心田里的日本兵,是不是妈自愿的呢?反正这样的精神苦役,使得忧郁而又痛苦的妈妈善良得近于软弱,她是无依无靠的。即便是我的爸爸喝醉了酒,极恶毒地骂她,她也绝不会提出离开我爸的;即便是爸和老黄婆在一起做那些疯狂的事,她也只是知道哭,她甚至会找出一些不存在的理由来宽恕爸的疯狂。

美丽的男孩子和软弱的妈在一起谈论我,这在我们家那个教堂般古色古香的房子里已经是习以为常的了。

在我和美丽的男孩子交往期间,有半年时间就是这样,他只和妈谈我。和我在一起时,我们就享受那种肌肉的温馨,似乎我们两个人从来没有过去也不会有未来一样。

只是有一天,男孩子忽然买了各式各样的香水和发乳以及美容霜之类的送给我。洗完澡,我将润肤液倒一些在手心里,用匀力在脖颈上按摩了一会儿,又将香水洒一点在腋下和头发上。

做完这些事,淡远的幽香使我的神情清爽起来,很晚了我还心血来潮地和男孩子来到了我们那条街上尽头的一个小湖边坐下。

近午夜了,清幽的月辉映得湖水雾蒙蒙的,我们依靠的大树,纹丝不动地酣睡着。

男孩子捡起一块小石头,让它流星般跌入湖湾的那一头。

“这块地方真好!”男孩子说。

“拍张照片的话,看起来一定有一种独立怆然的凄凉感。”我说。

“有了孩子,我会每一年给他在这个地方拍一张照片留作纪念。”男孩子说。

这样老成的话在美丽柔弱的男孩子嘴里说出来,我就忍不住笑起来:“你喜欢女孩吧?”

“无所谓。”男孩子这样若无其事地回答我。

我说:"我只喜欢男孩子,有了儿子,我要在他刚会走路的时候,给他买一套黑色的毛料小西装,要给他穿白衬衫打红领带。孩子的肤色会像你一样的白。孩子怎么样也不用你管,我要他胖胖的,摔一跤可以用屁股稳住。他要是淘了气,只有我可以打他的屁股。"

"你、你太可爱了。"男孩子忽然很畏惧地说了一句,我感到男孩子的样子很悲戚。我的血液中有一半流涌着父亲的那种疯狂,有一半流涌着母亲的那种软弱,我呆呆地看着男孩子,心里极可怜他。

男孩子先是直视着我,后来掐我一般扳过我的肩头,就在这个时候,男孩子需要我,在静静的湖边,在静静的午夜时分。男孩子被一种刚刚认识的新奇激动得哭泣起来,他对我说:"你永远不要离开我。"

我也知晓了这种快乐的痛苦,这是一种简单极了的无色的快乐。然而,我的内心突然奔腾出一股异常沉静地对自身感到痛苦和厌恶。无论如何,对于纯洁美丽的男孩子来说,我就要使他有所抱恨,有所遗憾。像他这样的男孩子,自此就坠落在我的掌握之中,他没有办法,他什么也不知道,只有我知道。男孩子永远无法理解一种简单极了的无形的邪恶。

因为男孩子爱我,需要我,因为我们和其他的男男女女在一起时一样做了习惯做的事,男孩子更加孤零零地来爱我了。有一句话说,情到深处孤独,男孩子到了这种时刻已经是痛苦不堪了。而我,却从此只把自己当作一个物件,男孩子想要,就来。我的身体成了男孩子寻欢作乐最好的场所。没有喧嚣，没有干扰，只要有一层薄薄的墙壁和外面的街道隔开，就是一个独立完整的极乐世界了。我这样无动于衷地把自己的肉体全部送给了男孩子。

　　与戴维的重逢，不如说，当我再一次看见戴维的时候，那个在我6岁时和三姐看《红灯记》时遇见的，羞答答爱着我的三姐的男孩子，竟像父亲似的成熟而又稳重，成了生活在我周围的人群中一个迸射着霞光的人物。我相信我的眼睛，他是我周围众多男人中一个真正的男人。他眼睛黑滑，肤色黑红，神情像泰山一样。在我们居住的这个城市，8月是一个多雨而又凉爽的季节，他就是在缤纷的大雨中出现在我的面前的。

　　天已经相当黑了，雨仍然下个不停，我在一家已经歇业的百货公司的屋檐下避雨。我体质很弱，这样大的雨点泻到地面上又溅到我的裙子上沾湿了我的腿，我感到冷极了。这时候，对面汽车上下来一个宽肩膀的男人，手里撑着一把黑色的雨伞，他穿过马路向我这边走来，看到哆哆嗦嗦的我，他开始迟疑起来。我是个漂亮的女孩子，而他是一个30多岁的中年男人，一定是这种差异令他胆怯，也许我会说他趁着这场大雨想占一个无依无靠的需要帮助的女孩子的便宜。我知道他要做什么，我知道他正想什么，因此我不加掩饰地盯着他看。没有必要回避，我确确实实需要帮助，我确确实实在期待呀。我这样坦然显然使他克服了胆怯，他对我说话了。

　　一钻到他的黑雨伞下和他并排地走，我就知道我从此就要和这个男人打交道了。尽管二十年已经过去，幼年时期留在内心深处的第一个异性的影子，却是什么力量也无法抹杀的。尤其现在，他的神情，不仅仅讨我喜欢，而且是深深地把我吸引住了。那是一种别人无从把握的神情。他要和我说什么，我知道。因此我像老朋友一样对他说："天真冷。今天工作忙，加了点班。"接下去，他知道了关于我的一切。我这样信任他，他有所动情，他开始试着显示他的义务来保护我。我出生在国家三年困难时期，以后则是我们发扬团结光大的精神支持兄弟国家的漫长的历史时期，尤其在我的家庭里，更多了一些重男轻女的意识，发育时期因营养不良所带来的后果就是现在的样子：扁平的胸脯，蜂腰，细长的仙鹤腿，苍白得几乎看不出颜色的面颊。因此当他问我这样瘦弱是不是因为工作太累时，我感到难以回答，我逗他："我的瘦弱其实和性格有关，扁平的胸脯表明我的性格很内向。"我的回答令他诧异和兴奋，这样的调皮和小风趣，使我们顷刻间竟宛如久违的老朋友一样了。

回到家里，我的心里升起一种温馨的痛苦，像做了一场梦，明知一切都无从谈起，我们素昧平生，各自度过了属于自己的有所着落或者是无所着落的大段时间，然而顷刻间的厮守我们就什么也不需要讲了。我知道他是谁，在什么地方工作，我看出他的眼睛后面还有一双别人看不到的默默窥视的眼睛。他很少笑，但是我知道他笑起来是一点不吃亏的。就这样，简单极了，我一下子就被深谷一样的他吸进去了。

实际上，我只是不知道，在这一刻到来之前，我的心早已先它而漫漫呼唤了。只是这呼唤完成在这一时刻罢了。总会有发生这事情的时刻，只要是他这样的形象，无论哪个男人，真的，都会这

272

样。这样的形象会很轻易地控制住我,这个形象是命运回避开我而我竭力要抓住的。就因为这样,他将随意摆布控制我而不会有人知道。善良软弱的妈妈不会知道,美丽的男孩子不会知道。封闭在虚脱世界中的心是大海一样的。大海疯狂起来,是没有力量阻挡住的。唯有它自身在绞痛中将力量磨蚀掉。

他常常约我去公园,一起去舞厅,一起去大酒店了。哥哥有一天终于发现我和他而不是和美丽的男孩子一起在公园里散步。吃晚饭的时候,哥哥说再这样下去他就要强求妈妈来干预我。我望着他,看着他和爸一样酒精中毒的脸,听他的教训。然后我对那张脸说:"像过去一样,我吃什么、做什么、上学读什么书,都没有人管,现在也不要谁来管。"我让哥哥感到我十分厌倦这种干预。事情转变的就这样快,21岁时我站在三姐面前,是那样懊丧没有亲手杀死我的爸,仅仅过了两年多,我就什么都忘记了。爸的形象在24岁多几个月的我的眼里,变得无色无味了。只有他的醉态、他的疯狂的神情还停留在我的心里,令我想起来就要忍不住地作呕,我就这样带着爸留给我的疯狂,第一次踏进了他的家门。

他的卧室也兼作会客室。一进门,对面墙壁上一张满墙的画会深深地吸住你,画中白练一样倾泻的瀑布,会一下子把你带进一个清新的氛围中去。而且,午间的阳光被一层紫红色的窗帘推出去,幽暗的房间内蕴荡着一股温热的躁动。他没有拉开窗帘,平平稳稳地走近窗下的写字台旁把台灯打开了。薰黄色的灯光一下子跳到我的肌肤上慢慢地往我的心里钻去。我静静地望着他,他默默地坐到写字台旁的一张沙发上,长长的左腿放到右膝上,我看到他从上衣口袋里掏出烟来,随着打火机咔嗒的声音,在他的面颊上跳起了一股鲜红色的火光。他猛地吸了一大口烟,随之从他口中翻卷出来的烟雾把他的脸全部缭绕住了,透过隐约缥缈的烟雾,我看出他是在竭力掩饰一种慌乱、一种惧怕。他开始反反复复地问我为什么能够愿意到他这儿来,他说我同意到他这儿来真使他意想不到。

我看出他这样有意地掩饰,实际上是故意暴露出另一种欲望。我在他的房间里来来回回地走着,仔细打量屋里的摆设。我问他这样一间小房子,加上爱人和孩子是不是挤了点。在我童年的记忆中,爸从来都和妈分开来睡,妈活儿少的时候我和妈睡;妈活儿多的时候,我和爸睡。因为我家里的房子也很小。爸是五年前悬梁自尽的。他死的时候我们都挺难过的,我一直盼着爸死,哥哥姐姐们也一定偷偷地盼着爸死,爸真死了活着的人似乎也挺痛苦的。妈哭了一天一夜,哥哥哭得鼻涕都流了一地。爸活着的时候,哥哥也和爸刀子斧子对干过呀。看来怨怨恨恨的其实在人死了后也就可以宽解了。妈哭干了泪水,对要去给爸上坟的我说,她要是死了,不要把她和爸葬在一起。我想这一定又是妈那缺乏想象的乡愁的缘故,妈这一生恐怕去不了日本了。人总是这样子活下去,有多残酷。

他不回答我的问题却问我吃不吃糖,我对他说:"不客气,我自己来。"他执意要亲自剥了纸给我。

他开始慢慢地用手抚摸我的头发,他的手很轻,这种慈母般的抚爱出自一个男人的手。我的心被溶解得破碎开来,泪水涌上了

274

我的眼睛。我不自觉地看了他一眼，正是这一眼，像一束火花迸射出来，把他早已迫不及待的欲火点燃了。一瞬间，原始的情感变成了不可遏制的邪恶。

我挣扎着跳出他的围抱，愤怒地看着他，他很吃惊。本来的黑红的面颊竟奇异地苍白起来。他喃喃地一个劲儿地道歉，要我千万别生他的气。在这样一个流泪的男人的面前，我的心被洗涤得复苏出妈妈血液中的软弱，我什么也没有责备他就已经原谅了他。只是，这件事让我一下子明白了，没有人可以认识我、理解我。在他的眼里，我只不过是一个男人面前漂亮的女孩子而已，他永远也不会知道，世界上还有一个虚脱着的缺少父亲情爱的角落。

无论如何，我都常常到他家去。对于我来说，我知道我这样下去便要多承担一些义务，然而我还是要不断地来，再来。就像跳迪斯科一样，我在他面前一言一语都在寻找着举手投足的尺寸，我感到疲劳极了。这种疲劳使我觉得自己真真实实地抓到了什么，尽管这样很痛苦，然而这痛苦毕竟是实实在在地存在着的。我们的关系像磁石一样越吸越紧。

他的感情来势极猛，我对他保持这种神秘的距离，使他内心陷到一种绝望的境地中。他和我在一起时，就要掩隐着内心深处穿过默默的天宇，这天宇分明被沙漠包裹着。

终于有一天，他没有勇气这样坚持下去了，他索性把我带到了他的妻子和女儿面前。对他来说，最起码他要把一种友情长久地维持下去。

他选择这一方式，我更加崇拜他。我感觉这既机智又阴险，既圆满又富有戏剧味。我要同他的亲人亲热起来,这样我就可以作为他家里一个真诚的朋友大大方方地出入他的家门。只要他在一旁悄悄地看着我,就可以长久地在心里占有我;只要我能在他的家里,他就什么都拥有了:妻子、孩子以及可以自由想象的浪漫的情人。

是啊,如果真能这样下去,那该多好啊!

李琼,他的妻子,客客气气地同我打个招呼后,她就打开了霓虹灯,我看到和太阳一模一样的光一下子就扑盖住她的全身,她虽不漂亮却端庄大方。大家彼此寒暄的时候,她只是有礼貌地回答我的问题。我知道她是一所高等学府的物理讲师。我没有办法不多看她,她这样有涵养。我越发尽力地去看她,有修养到这种程度,我相信她不会做出什么冒失的事情让我难堪。

吃晚饭的时候,她只对小女儿的吃相善意地嘲笑几句,其余的话她讲得极少。而他呢,他不时用眼神探询着我们,几次自告奋勇牵扯的玩笑话都失败了。

他的失望极大地帮了我的忙,从坐下来吃饭开始,我的心就莫名其妙地慌乱起来。她的骄傲是在蔑视我,是在无声地命令我,让我滚开。

我尽全力拼命抑制住自己不做出恶劣的反应。他的沉默对我正合适。

我没有错,她的这种骄傲激愤了我。小时候,大姐姐恋爱的时候带我去朋友家,只要她的朋友送我一点点小礼物,我就会受感动,就会忘乎所以。

我多么不了解自己啊！我竟真的在下一次到他家的时候,给他的小女儿带了一支可以嗒嗒嗒嗒闪光的小冲锋枪。枪是我随便想到的。

孩子以为能闪光的就一定是真的。她把冲锋枪架到窗外的阳台上,双腿呈八字平卧在地上,像炉中的火苗一样,灿烂地喷向街道上的行人。孩子的心思我全看在眼里,我在期待。

孩子玩够了果然就扑到我的怀里,冲锋枪已经是她眼睛里微不足道的乐趣了。孩子在对我的行为上表现出尽可能的主动性。

李琼呢,她在呵斥孩子弄脏了我的衣服,她这是在嫉妒我,无论对她的丈夫还是对她的孩子,我拥有新鲜感和诱惑力,我陶醉在自得的心境中,居高临下地微笑着。

我曾经逃避开他的围抱,只在情感的世界中诗一样地占有他。但是,我的血液中奔涌着爸的那种疯狂,总有一天要坏事的,只要时间一到就一定要坏事的。我激愤到这种程度,这一时刻就连流动的可能都没有了。它是这样快地出现在我们中间,就像狂暴地冲到岸边的海水突然赤裸裸地抛出一直深藏在激流中的海草一样。

这一切真是不可思议啊。

刮了一夜的风,天都刮黄了。早晨一从家里出来,我感觉天地在一夜间就苍老了许多。是一夜的风把它折磨得太疲倦了。

似乎是一股特殊的冲击,我给单位的同事打了一个电话,随随便便地请了一天的病假。今天是星期三,他休息。

我的突然来临使他很兴奋,他匆匆地去煮咖啡。喝完加了牛奶和方糖的咖啡,我的精神跃跃地膨胀起来,肌肉软软地松弛开来。软弱无力的光线投到我的身上,像夏天的影子,我忽然感到非常燥热。

我斜靠在他的床头上,慢慢地,我像脱离开自己,什么都不存在了。唯有他坐在我的面前是那样地清晰可见:不可把握的神情,一双在默默地窥视着什么的眼睛,永不吃亏的微笑。它们构成了一个世界,我在这世界中慢慢地下坠,似跌入深深的山谷。

我的声音似遥远的呼唤:"你坐到我这边儿来。"

这个时候,是我需要他,他处在我的掌握之中。因此,主动性在我而不在他。然而,他永远无法理解我,永远无法认识我,因为他永远无法知道世界上存在一个缺少父亲情爱的角落。

他无意的行为竟促使那不可思议的时刻不经任何流动就突然来到我们中间了。我只需要他坐在我的身边,静静的,一切就足够了。然而,他是那样柔情地走近我的身边,从被子下面抽出枕头轻轻地塞到我的头下,又轻轻地拉上了窗帘。做完这一切,他静静地坐回到沙发上,习惯性地从上衣口袋里掏出烟来。这一切是我认识他之前在心里幻想过多少次的啦。白白的孩子,躺在冒着热蒸汽的大浴盆中,从爸爸的手下游到地球的另一头去了……

这种慈爱的行为再次出现在他的手下,我终于无力回避它了。

我走近他的身边,不自禁地捧起他的双手抚在自己满是泪水的面颊上。

就这样,什么都晚了,来不及了。随着一阵嗒嗒嗒嗒的冲锋枪的响声,我们房间的门被撞开,他的小女儿球一样滚了进来。

孩子生了病,趁着父亲休假也留在家里了。

我们忽略了另一个小生命的存在,就像我忽略了自己的欲念一样。

孩子一下子就愣在那里了,一定是我满脸的泪水把孩子吓坏了。孩子一声不响地僵立在门口,张大的嘴巴像一个大大的惊叹号,怀里的冲锋枪口黑洞洞地指向我的心脏。

我在孩子面前清醒过来,看到自己的手还紧紧地握着戴维的手,看到戴维铁青着脸默默地盯视着惊呆的孩子,我一下子回到了二十多年前的那个夜晚:妈在别人家里坐着小板凳,而我却看到老黄婆那洁白如玉的身子躺在爸深厚的胸怀里。

人啊,愚蠢的人,只有在别人的经验中才能明白自己做的是什么事情。

泪水使世界模糊起来,孩子惊呆的眼睛像黑夜天空中的星星,无穷无尽地在我心里延伸下去,永远找不到尽头。两年以来,在我的心里变得无色无味的爸爸,竟在戴维身上活下来,实实在在地站在我的面前。而在孩子惊呆的眼神中,我分明看到了我自己身上正叠印着爸的情人老黄婆的影子。尽管其中有那么多不尽相同的地方,对于孩子来说,我却没有力量辩解,唯任它永远地被抱恨下去。

我无意间把一种疯狂和一种同样残酷的重复在一个纯净的世界上又继续下去。我发过誓不再后悔，然而我现在悔得不得了，我对孩子说："韦韦，阿姨病了，阿姨头疼。阿姨和韦韦一样也得病了，阿姨病得很重，可是韦韦把阿姨的病治好了。"

显然，孩子也继承了父亲血液中的那种深沉，她只是以非常诚挚的神情小心翼翼地审视了我一会儿就默默地走开了。在孩子的审视下，我虚弱地一点点滑下去，我感到一种永恒无限的痛苦。

我才 24 岁啊，跌倒了不正适合再爬起来向前走吗？

这微笑、这肤色、这嘴唇，都是不能消逝的啊。我似乎才真正懂得它。

男孩子又将这一切孤零零地全放到我的脸上了。听了我说的一切，男孩子像过去一样把它们全映到我脸上了。

男孩子对我说，要紧的是生活，找一个年轻的生命，单单纯纯地来生活吧。男孩子是聪明的，他懂得的这个就像我突然明白其实我们终有一天都会老一样。

我的三次回家

　　从未觉得母亲会老。有一天,我接到一封信,是姐姐以母亲的口气写来的,信中说母亲十分思念我,还说这个月的 17 日是母亲的 66 岁大寿,姐姐关照我无论什么情况都要回家给母亲祝寿。

　　母亲近日刚刚拍摄的照片也一并寄来了。母亲的脸没怎么见瘦,只是因为肌肉过于严肃,整个眼窝看上去似罩了一轮黑色的光晕。我把这张照片同我六年前离家时携来的另一张照片相比,心里有了一种潮乎乎的酸楚,母亲一下子老了那么多吗?照片的感觉不对吧。

　　十年前,我第一次有机会离家。东北的一所大学录取了我。离家的那一天,我的三个在农村接受贫下中农再教育的知青姐姐都归家为我送行。母亲就站在她的四个女儿中间。虽然母亲衣服穿得乱糟糟的,虽然由于天气炎热的缘故,母亲的神色十分恍惚,但母亲嘱咐我的那句话听起来却是生动有力的。母亲对我说,上大学一定要好好的。母亲还强调说,大学毕业分配时,千万别要求回来,出去闯闯,外面的世界大,会让人有出息。

　　那时我 17 岁。我心里有种深深的感动,坚强的母亲,她是把她对生活的向往都寄托到我的身上了。熟悉我家里的人,就一定熟悉我母亲的过去。母亲作为抗日战争时期被抛弃在中国的日本

281

孤儿,被所在地的一位教书先生收养了。七年后,母亲又成了一个孤儿。15岁就被迫结婚的母亲,到了17岁的时候,已是独自一人闯关东闯到东北的大连来了。提起这段往事,母亲总是自豪地说:"我闯来大连两年后,你爸才敢跟过来到工厂做工。不是我,你们这些孩子如今还都是些干农活的呢。"每每在这种时刻,我的心里就有一大片模糊奇异的世界涌动着,且日复一日地强烈。有这样一个坚强的母亲,真可以说是我的幸运。贫穷和卑微紧紧地束缚着她,却依然不能分散她对未来的向往。后来我能于一些黑暗或失望的时刻乐观地挣扎着,不知道是否与母亲有关。我始终不明白。

按母亲教我的那样,大学期间我拼命地读书,并且为了自尊,我终日将头发梳得整整齐齐。只两套可以换洗的衣裤,也洗得干干净净。常有一些女同学对我说"你真美",也常有一些男同学爱我,但误以为有着高傲外表的我的家庭是什么高干或高知而不敢接近我。我这欺人的外表,在大学四年后毕业离校之际才得以真实地显现。那是我以30多科皆优秀的成绩被分到北京的时候,老师和许多同学为我打包行李、收拾东西。老师惊讶地说:"没想到,真没想到,你原来使用的是这样的被褥。"一个女同学,她其实是班级的生活委员,专门负责补助困难同学的。她用手抚着我使用了四年的根本不是棉套而是起了许多棉球的被子说:"其实想一想,大学同学中,你是最朴素的。"我看了看老师,又看了看那个女同学,我说:"是的,我其实哪里都朴素,就脸长得不朴素。"我的意思是说,现在说这样的话还有什么用? 在以前,在我因为缺钱而舍不

282

得买菜只喝一个汤的时候,说这样的话才有用。从此以后,我宁可人家说:她很美,她真富有。

记得我心情迫切着归家告诉母亲这个消息时,我特意买了一盒胭脂。我已经21岁了。我用胭脂将面颊上的小粉刺掩饰起来,胭脂令我看上去很青春又很女人味。

从车站到家的一段距离,我是走是跑还是连走带跑,已经记不清了。我只记得那是一个十分美妙的夜晚,是夏季少有的好天气。空气纯净如银,宁静安谧,暮霭从地面冉冉升起,以温暖、柔和、波动而又朦胧的光潮无声无息地载着我激荡的心。我看见家里所居的那幢灰色小楼了。宽阔的台阶上,月光如一面明亮的镜子将乘凉的人们的身子透射得柔软灵巧。月光中,我梦一般地跳上台阶。

"回来了?"

"分配到什么地方啦?"

我不知道,我感觉不到问我话的这些人都是谁。我几乎是一边大喘着气,一边就迫不及待地说,不,应该是喊了一句:"我分到中央了。"喊完这句话,我甚至来不及看看人们的反应就箭般地射向家门。

时间还早,屋内异样地安静。屋顶中央处垂挂下来的电灯,似一支烛光明亮地照耀着正在读书的母亲。一阵颤动透过我的全身。"妈。"我身不由己地大喊了一声。

我把那消息对母亲讲了。整整四年,我盼的就是这样一种时刻。我的眼睛里涌满了热辣辣的泪水。

母亲起初没有反应过来,是不敢相信,母亲刹那间呆愣在床上了。后来我打开包,拿出那份报到单递给母亲,我对母亲说:"你看,你看,看这个地方,这地方写着呢。"

慢慢,母亲似醉了酒。她举措不定地抱住了我,就像抱一个婴儿。母亲的手贪婪且哆嗦地在我的头发上、脊背上移动。在我成年后的意识里,到那时为止,母亲以这种方式抱我是第二次。第一次是一次期终考试后的假日。我进了家门,将旅行包往地上一甩就一头扎进母亲的怀里。我哭着对母亲说,我受不了啦,一天考一科,可我的头疼,头疼得受不了。我那时因为营养不足又劳累过度,患了严重的神经衰弱症。

真是不可思议。同样是母女相抱着哭泣,但这次我趴在母亲怀里的感受,却与上一次一点都不同。上一次母亲抚摸我,那感觉既是安慰又是引诱,这一次完全是激情和欢乐。

我曾经答应过母亲我要在分配时争取到最好的城市最好的单位,如今我的许诺兑现了。当哥哥从大屋出来见我时,我对哥哥说:"哥,我成功了。"哥哥看看母亲,又看了看我,然后哥哥古怪地笑了一下。哥哥笑完后,用力在我的肩上拍了几下。我觉得哥哥拍得很沉重。

那时我尚年轻,并且天真。因此我那时根本不能理解哥哥那一拍所包含的是多么深重的意义。只是到了后来,当我面对那么复杂的人生时,我才渐渐理解了。

家里兄妹几个,数我和哥哥最出息。

哥哥是恢复大学考试制度后的第一届大学生,哥哥毕业时,没有听从母亲的规劝而是坚决地回了家乡。哥哥说他离不开家乡的大海，哥哥还说他舍不得离开母亲，因为家里就他这么一个男孩。哥哥说这些话时，故意说得轻描淡写，母亲竟为此狠狠地感动过一阵子。但是，不知道为什么，我总觉得哥哥再回家乡，除了这么简单的原因外，一定还有其他的原因，只是我说不清。

我能说得清时，是我在北京工作了三年以后回家探亲的时候。

离家去京时，哥哥姐姐去送的站，母亲只送到台阶处。母亲说，你姐姐下乡时，我每次都亲自送到站台上。那时候，孩子是去农村受苦，我的心就好像被撕裂了破成碎片，回家后满屋子乱转。你和你姐姐们不同。你这是去好地方，是去首都，有好前途，我心里踏实。去出版社报到后要来封信，不要叫我惦念。有了机会，我也想去北京转转，看看首都是什么样子。

母亲这样说，我就握住母亲的手。我对母亲说，一定让她在北京住一阵子。

我去北京一年后，我的母亲到北京玩了一个月。60多岁的人了，坐了18个小时的火车，出站台时，竟不可思议地精神抖擞，执意不去我的宿舍，要去天安门。

我问我的母亲，说您这么大的年龄了，怎么不坐卧铺？母亲，我的母亲竟回答说，什么是卧铺？

母亲到天安门去了一次，到颐和园去了一次，到全聚德烤鸭店去了一次，最后她又到我工作的单位去了一次。母亲坐在我办公室里的一个旧沙发上，歪着脑袋将房间的每一处每一个人都细细地打量了一遍。现在母亲也知道了，当初令她女儿那么惊奇的中央单位，其实不过是中央的一个直属机关。她的女儿不过是一家不算太有名也不算没有名的小杂志社的编辑。尽管如此,我的母亲并没有改变她对她女儿的期待,因为她在她女儿的办公室里听见女儿和同事们提起什么米兰、什么马尔克斯的。母亲说,你们这些人,不一般。母亲这次离开北京后,再也没有回来过。尽管北京有全世界最大的广场,尽管北京有她从没有见过的雕梁画栋朱门玉砌。我的母亲回家乡时,我让她见识了一次卧铺。只是母亲在回去后的来信中写道:可惜那么贵的卧铺,我一夜未曾睡着。也可惜那么好听的单位名字,外边的人不进去,还以为你在那里享什么不得了的福呢。无论如何,今年探亲假一定回来,家里有新鲜的海货,你在北京根本吃不到的。母亲在信的最后又加了花边强调了一句,说:一定要回来。

临近假期还有半个月时,家里的信陆陆续续地来。先是嫂子写的,接着是姐姐写的。嫂子和姐姐都一样打着母亲的旗号,说母亲如何想念我,家里如何为我回去备了许多的海货,等等。每每读家中的来信,心中都潮湿着,什么米兰的生命中不能承受的轻,什么马尔克斯的《百年孤独》,都浸润得柔软了、模糊了。真的,轻也罢,孤独也罢,都去它们的好了。我有母亲,有温暖、善良的气息。这足够了。不是吗?

我这边也加紧采购礼物,终于到了回家的日子,心中的那个兴奋啊。

我真是恨不能一步就跨进家门。无论如何,我给家里写过信,家里知道我就在这几日回去的。

可是,让我再说说这是怎么回事,到底又是什么原因。

我这次回家时,星星高悬天际,莹光耀辉。一切都和上次我回家时一样,我的心中流溢着如痴如梦的柔情,有什么东西吸引着我,使我慌乱并且兴奋。我几乎是不假思索地推动家里的大木门。

但是门没有开,门是从里面锁上的。我屏住气息,用力地敲了几下大门。我听见里面有窸窸窣窣的脚步声传来。

"谁?"嫂子的声音。

我想家里人应该知道是我回来了,就故意不应声。里面嫂子再次问话的声音有点不耐烦时,我笑了。嫂子打开门,小声地笑起来。

要知道,我接了那么多信,想象着母亲日日夜夜地思念着我,如今我终于回来了……

也许是我搞错了。一直到我进门,走到母亲身边,母亲都没有发觉我回来了。我大吃一惊。真奇怪,相见原来只是这样一种情形。一旦知道了我的归来并不新奇,我的心情便显得多么没有价值!好像有一股酸楚向我袭来,我轻轻地叫了一声:"妈。"

我的母亲这才转过脸来,见到我,只微笑了一下,说:"你回来了。"我这也才发现,母亲聚精会神专注着的,是我的哥哥和哥哥手里正在忙着的活计。

哥哥头也不抬,他一边忙着往一个酒瓶里倒酒,一边对我说:"你回来了。"

差别太大太明显了,令人觉得好笑。本来我心里酸酸的,想痛快地流流泪,但我却变得和气了。我问我的母亲,我说哥哥这是在忙活什么?我的母亲笑起来,而我的哥哥依旧是眼睛也不敢抬一

287

下地说,赚点钱。

我在家里待了三天。三天里,哥哥一下班,家里先是吃饭,然后哥哥从墙旮旯里翻出那些空酒瓶子、大酒桶以及封胶套。哥哥将大酒桶里的酒倒进空酒瓶子里,再用封胶套封好。母亲和嫂子就坐在哥哥的身边看哥哥做这种事。哥哥用这种方式赚钱,我从不敢问能赚多少钱,对哥哥来说,这样子赚钱应该是太过窝囊的事。倒是母亲抑制不住高兴地对我说,你哥哥用便宜的价钱从酒厂里买回酒,再分别装到酒瓶里,拿出去卖市场的价,一个月怎么也可以赚个几十块的。

几十块? 我的心为这么微小的数字而战栗了。就为了这么几十块钱,哥哥竟至于整晚整晚地干? 哥哥怎么不读书、不学习? 怎么不想法子搞点研究什么的? 我问我的哥哥,我的哥哥拍拍我的肩。我哥哥说,小妹,我和你不一样,你从小学到中学到大学再到单位,专业又对口,我由初中到工厂到大学,坐科室就如坐地狱,我其实什么知识也没掌握。

我默然了。哥哥其实生活在彻底的孤独状态下。他本来是一个工人,所求不多。对他来说,大学生的牌子不过是一层表面的镀金。一旦现实生活中具体化后,镀金便腐蚀掉了,什么也没有了,到了山穷水尽的地步。我喉咙处哽塞着说不出话。哥哥拍我的肩,我觉得哥哥拍得很沉重。大学毕业分配时我回家那一次哥哥也这么拍过我。现在我懂得这沉重了。我对哥哥说,这样也好,什么都一样,都为了活得好一点。哥哥,他是这么痛苦。他使我获得的意义是那么抽象,又那么艰难沉重。哥哥,这个来自工人的大学生,他是属于工人阶级的劳动人民。没错,哥哥只有这样,才能取得内心的自信,才能更深层地感受到对自己本质的确定。

母亲还是对我重复她信中说过的那些话了。母亲高兴地看着我吃她亲手烹制的各种海鲜。我边吃边对母亲讲一些微不足道的可笑的事,母亲笑得很开怀。母亲的笑中有一种无可告慰的欢乐,有一种深邃的苍然的美。我对母亲说,我要回去,回北京,回单位工作,只在家里待三天。母亲很诧异。我要离家的理由我没有办法讲,但母亲很快就接受了。母亲对我说,你们那些人啊,我知道,忙啊,心中就只有工作。

真想问问母亲,哥哥属不属于"你们那些人"。

这样的母亲,一下子就会老了吗?

继姐姐的来信后,哥哥又追来一封信。哥哥在信中强调说,母亲一生从未有过真正的生日,这次母亲66岁大寿,按民间说法是一大劫,应竭力庆贺一下,一是求得母亲安安稳稳的,二是也让母亲高兴一下。哥哥在信尾强调说,别忘了带一件礼物让母亲高兴。

给母亲过生日,将是我大学毕业后的第三次回家。家中的情况,虽不曾亲眼看见,但从上两次回家和母亲来信时的絮叨中,也知道得差不多了。

从来不和妹妹说话,从来不邀请任何人到家里去,从来不感到对母亲对弟弟妹妹负有责任,这就是我那又冷又硬的不可接近的大姐。交谈之于大姐,是根本不存在的。她蔑视她的二妹和三妹,因为她们是工人。对工人谈论的表示兴趣,那就是表明降低了身份。她又嫉恨她的小妹,也就是我。我每次回家,不仅对什么都好奇,且对姐姐的什么都有兴趣,我只是对她这个大姐不说话,甚至看都懒得看。虽说大姐大我 20 岁,走在马路上,甚至会有人误以为她是我的母亲,但"时间"这个词并不能表示隔膜和冷漠。我知道大姐从农村抽调回城后,先是和一个当兵的结了婚,后来参加夜大的学习班,被一个工程师老师看上了。大姐经过考虑,决定把当兵的换成工程师。因不能去大姐家,只听说这个工程师非常能赚钱。工程师讲一小时的课,赚一百元。工程师搞一个小研究小发明什么的,赚上千元。又听说大姐刚搬到工程师新分得的房子里,什么羊毛地毯壁纸马赛克的又潮又缭乱。我用"缭乱"这个词,是指大姐在原则上不了解她自己。我是说,大姐作为一个生于大海边长于大海边的人,却根本不懂得海。那一次我就对大姐说,我说浪花只是一瞬间的现象,浪花其实仍然是水,但我看出大姐根本不懂我这句话的意义。我心里的大姐是不可救药的,她自己将自己推向绝境而远离了母亲和她的弟弟妹妹们。

在抽调回城那段时期,由于急于找一份工作,我的二姐擅自决定同负责安排工作的那个人的弟弟结婚了。这个男人将会把我的二姐变成怎样一个人,我的二姐无从预料。如果二姐有这种预料的能力,以后她的丈夫终日酗酒,酗了酒就随便向什么人吹他练过的功夫,且对着我哥哥任意挥舞起来,踢踢腾腾的时候,二姐怎么从不怨恨别人呢?离婚吧,结束这段毫无快乐愉悦的家庭生活吧。我常常劝二姐。二姐没有这样做。二姐把一个家庭维持下来,且痛苦地活着。母亲很同情二姐,我却怨恨我的二姐,二姐之于大姐,除了她们有着相同的一个母亲外,其他的什么都不一样。根本不可能一样,如果一定要问为什么,天下万物,无论巨细贵贱,皆有其容身的地方,恰到好处。如果可以打个比方,那么作为水的二姐,是绝不会以她的自在去计较大姐那云一般的逍遥的。二姐无条件接纳她自己的那一席地。我怨恨我的二姐,又不能不佩服二姐的耐力。但不幸的是母亲只能采取袖手旁观的态度,母亲常这样叹道,老二自小就不省心,大了还是不让我放心,我的担心怕是没完没了啦。

　　打起架来显然双方都一样沮丧。母亲对我说,他们总是不正经,总是好了打,打了好,就像一对孩子,他们永远都不会来真格儿的。母亲说的是我的三姐以及那个同三姐在一个知青点儿又一道抽调回城的厨师小伙。我知道我的这个厨师姐夫同样可以赚很多钱,平时,别人家有个婚丧嫁娶等红白喜事,免不了请他帮忙。他热情,他大度,花大力气为别人做了事却从不计较报酬。他酗酒,他喜欢交朋友,哥们几个凑到一起一喝就是泥醉。即便醉了,他回家时,衣袋里,背包里,仍有什么现金啦、名烟啦、名酒啦。他醉了酒并不打人,却是泪水汩汩地顺着眼睛往下流。我的三姐不睬他。每每出现了这种情形,我那醉了酒的姐夫就孩子气地吼起来:"你要和我离婚吗?只要我还爱着你,你休想。"吼叫的姐夫那时一定是赤着脚的。我的三姐也一样赤着脚。我的三姐后来说,一到这种时候,房间里的酒气就变成一股暴风雨过后的植物散发出的香味,神意盎然。我的三姐对三姐夫这种狂暴式的爱法很愉快。我的三姐是个十分愉悦的人。三姐夫醉酒的时刻,与她所期求的爱情正协调。三姐实在是一个很幸福的人。

有这样三个姐姐和那样一个哥哥，我想我给母亲选择的礼物如何必将十分重要。不管怎么说，自小学到中学到大学到编辑，且又出了几本书，好歹也是哥哥姐姐眼中的一个新潮作家。偶尔提起梅里美，提起尼采，大姐一副不屑的爱答不理的样子，二姐三姐却是你掐一下我扭一把地对我说："小妹，你真不一般，都一个妈生的，可你的脑子是怎么回事儿?"看上去一点儿正经也没有。我就用拳头锤二姐三姐的肩，也拍屁股，且眼瞟着大姐说："哪里啊，还不是大姐说的那样，赶上了好机会，不用下乡，还可以考大学!"我说这话时，大姐就低垂着眼睑，闷着吸烟。烟雾一圈一圈地缭绕着大姐，大姐看上去就好像离我们很远很模糊。母亲这时就说："秋自小就省心。我那时工作忙，不管什么时候，只要把她往床上一丢，她自己一会儿就睡过去了。"这也算我省心的理由吗? 我和二姐三姐相对看着，然后冲着母亲大笑，十分有意思。

在我家所居的楼群里，60 多岁的老人戴金戒指金耳环金手镯的我还没见过。很多年轻的女孩子就环佩叮当的，还有一圈金光抹在脖际。那天我考虑给母亲选择生日礼物时，那些戒指耳环手镯项链什么的——佩在想象中的母亲的手指、耳朵、手腕和脖子上。什么道理也没有，最后，我否定了耳环、手镯和项链。

为了使母亲感到新奇，第三次回家时，也为了上次回家时那出人意料的情形，我给母亲写信，不提到家的时间，只说哪天回去。

我从来没有看见过像那天晚上那般湛蓝而又深邃的天空。星月的光线似燃烧着从天庭深处喷泻下来，洒在我的肩上我的头上。

我轻松舒畅、神清气爽,吸进内心的,仿佛不是空气,而是散发着果汁芬芳的饮料。

或许因为我的衣袋里揣着给母亲买的礼物,且自以为很贵重,很有意义,那天我在火车上,在通往家门的路上,表现得很招人。我觉得我的母亲应该正在期待。后来我回家时我的母亲对我证实了我的这种感觉。由于火车晚点,走到通往家门的小路上时,时间已经很晚。我的母亲,她就站在一棵大树的阴影下忧忧远望。一个年迈的老太太,一头银发,伫立在星月下的一棵大树旁,孤零零一个人。母亲那藏青色布衣衫形成了那里全部的景象和色彩。

"妈!"我远远地笑着向母亲致意。身体里的血液似与远天深处的大河相接,汹涌向前。

母亲说:"你能回来真是太好了。你写信没写时间,我以为你不回来了呢。"母亲对我说,她站在这里期待我已经有三个小时了。我对母亲说:"你等就说明你知道我一定赶回来。"我的母亲,她的脸上现出了笑容。

哥哥狠狠地捶了我一拳,说:"你到底赶回来了。"嫂子接着哥哥的话说:"全家人盼你盼了好几天。"我注意到哥和嫂子的脸上有抑制不住的兴奋,于是狡黠地问:"是盼我还是盼别的什么东西?"哥哥说:"直说了吧,你给母亲买的什么礼物?"我有意卖关子,我反问我的哥哥,我说:"哥哥你买了什么礼物?"嫂子指着母亲的耳朵说:"买了一副金耳环。"

我奇怪我刚才怎么没有注意到母亲的耳朵上佩着耳环呢?我的母亲,她从来没有长长的挂满衣服的壁橱,即使有,她也一定不知道怎样穿才好,但母亲终于戴上高价的首饰了。我看出母亲自己也喜欢,这倒是十分鼓舞人。

我对哥哥说,我给母亲的礼物明天生日再拿出来。哥哥看上去迫不及待。哥哥对我说:"不用等明天,今天就拿出来我们看看吧!"我的母亲站在一旁笑,笑中溢满着期待。

我将我赶回家乡前一天转遍北京金店才选中的一枚24K、6克重的金戒指从贴身的衣袋里拿出来,戴到母亲手指上,在我的眼睛里,母亲手上的皱纹,母亲皮肤的颜色,以及母亲皮肤的气味,都已经不存在了。只有母亲刚刚拔掉牙齿的凹下去的嘴角的抽搐,只有母亲眼睛流溢着的泪的莹光,带着倦意的温煦,还有一种听不见的声音,在我的心里弥漫开来。我对母亲说:"这耳环,这戒指,都太适合于您了,早就该有了。"母亲对我说:"现在也不晚,只要我没有死。"母亲又对我说,"只是你嫂子自己都没舍得买,你也没舍得买,先都让我这个老太太戴了。"

我知道哥哥嫂子买得起,我也买得起,逢到这样的时候我就说话了,我对母亲说:"放心吧,一点也不贵,我们想戴的话,自己会去买。"母亲问:"多少钱?"我说百块多钱吧。母亲不解地盯着我,大概是觉得她的小女儿花起钱来心不在焉有点儿奇怪。

母亲应该知道世界上有一种东西无法用金钱来买。

母亲只觉得她的儿子、她的女儿肯花这么多钱给她买礼物,她意料不到。母亲的心里产生了很多感触,又快乐又酸楚。

母亲对我说了一件事。

母亲随大姐转商店就注意上那对24K的金耳环了。母亲对大

294

姐说她喜欢那耳环。大姐说,喜欢那就买下来。但大姐接着说,哪一天,将所有的姐妹和弟弟凑到一起,挨个拨钱。母亲什么也没有说,母亲不快乐,但母亲将不快乐说给她的儿子听了。

大姐真叫我觉得丢脸,觉得难为情。所有的人都会这样感觉的,但相信大姐一无所知。真该把大姐关起来,让她孤独。

哥哥看上去已不像我刚进家时那般兴奋。我看见哥哥嘴角动了一下。哥哥说,他真想知道明天大姐来家后看见弟弟妹妹给母亲买了金耳环、金戒指时,会是什么样子。哥哥说:"廉耻丧尽。"

我告诉哥哥:"你千万别相信在大姐这样的人身上还会有什么奇迹发生。"

暗夜透过窗帘来到家。我突然发现哥哥嫂子不再忙活可以赚钱的掺酒的活计了。我问哥哥,哥哥说他打报告给领导,申请回到车间干工人的活了。哥哥说他在车间里干什么都感到自在。哥哥说得既得体又真挚,哥哥终于回到他应该去的地方。哥哥活得很真、很实在。

母亲的生日气氛,是从我的三姐和三姐夫进家时开始的。

三姐带来一个三姐夫亲手制作的生日蛋糕,还带来一提袋鲜海螺、螃蟹什么的,说是做母亲生日宴席上的菜。只是我的三姐看到我给母亲买的戒指时,对我说:"大姐昨天看见我还问,说小妹怎么不回来给母亲过生日。"

继三姐之后,大姐和她的工程师丈夫以及两个孩子也来了。大姐给母亲带来的礼物是一件她年轻时穿过的式样极老的旧呢大衣。

最后来家的是我的二姐、二姐夫。二姐、二姐夫什么都没有带，但除了大姐嘲讽的目光外，任何人都没有埋怨二姐的意思。我的二姐她前一天晚上刚和醉了酒的二姐夫打了一次凶狠的架。为什么打的，没有人问，因此也没有人知道。但二姐的一只眼睛青紫乌黑得令人不忍目睹，二姐夫手上一条条刚刚结痂的伤痕也令人心乱如麻。整整一天，我的二姐一句话也没有说。

值得提上一句的是，我的三姐临离家时对我说："大姐知道你给母亲买了金戒指，很感叹，她说没想到小妹在外面混得那么好。"

再值得提上一句的是，大姐那天来家，耳朵上同母亲一样戴着金耳环，且大于母亲戴的那对耳环。大姐的手指上也戴着同母亲一样的金戒指。

哥哥期待的奇迹最终也没有出现。

我家乡的秋子

　　蓝蓝的水一望无际地铺展开去,眼所尽极的地方分不清哪里是天哪里是海。

　　脚下踩着细软的沙滩,一个个圆乎乎的卵石散散地镶在沙滩上。

　　清凉凉的太阳下,被浪推得四面飞散的白水花钻到沙子里,又退到海里去。

　　这就是我的家乡,水的故乡。

　　秋子是我 6 岁的时候来到我的家乡的。那是一个夏天的傍晚,太阳跌落在西天的烟囱上,邻居的婶婶阿姨们正借着晚风在树下乘凉。

　　两条支棱八叉的羊角辫,很长时间没有洗过已结了痂皮的脚上穿着一双看不出颜色的塑料凉鞋,厚厚的嘴唇一直就那么咧着笑。

　　尤其她发肿的眼睛上戴着一副黄了边儿的大眼镜。

　　"你叫什么名字?"有人问。

　　"叫秋子。"回答是一字一顿的,答完了接上一串肉乎乎的笑。

　　这简直就是一个傻子,怪撩人地寻开心。

　　"几岁了?"

"10岁。"

我伏在妈的背上偷窥着她,她的眉毛格外地长,格外地粗,活像两条毛毛虫。我对她有一种半惊半恐的悚然感。

"秋,又一个孩子叫秋子啦,你们是同名。"妈微笑地瞅着她,好像就因为和我是同名,妈便也亲近了她似的。

"不,她不叫秋子,她叫华。"我不愿意这个模样的人和我有一样美的名字。

"她是叫秋子。"邻里的婶婶阿姨一本正经地寻开心。

我将脸伏到妈的鬓发上,断了线的泪珠把妈的头发弄湿了,我贴在妈的耳际嘟囔道:"妈,她不叫秋子,她叫华。"

妈回过头笑我:"这么小气?"

笑完了,妈将我的小辫子弹来弹去地摆弄着,这时候,一棵大树下已经围了满满的一圈人,路灯的光一下子明亮起来。这意味着天已经完全黑了,白天的热气已经散尽,乘凉的人们可以回到家里舒舒服服地睡个觉了。

秋子她妈站起身,随手搬起坐在屁股下的小板凳,说:"秋,早跟妈回家歇着,明儿是十五,大潮,我们去赶海。"

秋子已经先于她妈踢踢啦啦地往家走去。

"这新来的女人真勤恳,一个小仓房一个整天就盖起来了。"邻里的婶婶阿姨们都这样说。

秋子的家是最临街的那间屋子,地段最好,既朝阳,又位于十字路口的东北角,在住房的旁边,正好可以建一个不大不小的仓库房。早先的人家,占了这么好的地方不知道用,这阵儿秋子她妈的眼睛里好像住着蛀虫,眼珠子一翻,就知道这儿的风水使得住。下午,小房刚盖好,到了现在这小房外面涂着的石灰粉还没有干,大伙儿却已经"秋子家的小房""秋子家的小房"地叫开了。

家乡的人们共嬉一处水,水不断地从大海的深处冲上来,清清凉凉的,置身其间又舒服又松弛。

不为了赶海,就难得有机会来海上泡一泡。因此,每每到了有大潮的日子,人们大都不肯轻易放过。第二天,妈也格外地准备了点小零食,几个桃几个李子什么的。妈还用一块蒸过多次已经发了黄的笼屉布包上两个长长的贴饼子。

带上这些东西,妈露着被早霞染成了花瓣的层次不同的牙齿,领我高高兴兴地上路去。

退了大潮的海,是正在沉睡的海,黑褐色的肌肤如赫然打开的巨门,赤裸地伸展着。唯有一抹蔷薇色的光,低低地浮在天空,光洁清雅。举目远眺,远远近近地显现出来的暗礁犹如徘徊的梦,玲珑剔透,庄严至极,平和至极。我那时忽然有了一种包裹于灵光之中的感觉,似乎小小的肉体已经消融,只留下凝结的灵魂于这永恒的海滨之上。

妈说:"秋,不要傻站着,妈去前面的礁石附近挖蚬子,你不要远走,就在这周围捡点海菜。"

海菜很多,菜叶蘑菇般膨胀着。海菜是捡不尽的。昨天退潮时已经被赶海的人捡尽了,可今天,海水一退下去,海滩上就又抛下了一层,每一片海菜都是嫩绿嫩绿的,蜷曲着,点点连成一片,把个褐色的海滩点缀得五彩缤纷。

我手里的海菜刚刚装了半塑料袋,身后突然传来尖尖亮亮的女孩子的声音:"今天什么天？赶海的天,赶海的老婆屁股朝天。"

我吓了一跳,猛一转身,也惊讶地喊起来:"秋子,怎么是你?"

她拍着巴掌哈哈大笑起来,笑声穿透了我的心脏似的。

我说:"秋子,过来一起捡海菜吧。"

"你捡吧。"

好像她脚下的地失去了平衡,只见她左脚一弯曲,然后就坐到湿漉漉黏糊糊的海滩上了。

"秋子,那地方不能坐。"我说。

她又哈哈大笑起来,这次没有拍巴掌,一双浮肿的眼睛急切地搜寻着她刚刚打开的小包。

秋子她似乎并不关心,我的疑问也没有能提示她有什么人可以等待。海滩上已经热闹起来,远远近近的人影或蹲或弯着腰。

"你妈呢?"我问。

"不知道。"

她俯下身子,黑褐色的手爪从小包里抓出两个黄桃。她的一双浮肿的眼睛已经失去急切的搜寻,看上去又贪婪又开心。

海滩上已经映着沉重的红影,眼看朝阳就将黎明前海的暗影驱赶出去了。秋子的嘴巴不停地嚼动着,黄色的液体脓水一样从她的嘴角滴流下来,使人觉得无比恶心。

时间随着日出延伸下来,海滩已是一片金黄。中午时分,海醒过来了。闪闪烁烁的是渐涨起来的一碧绿水,正扇面一样一点一点地逼上海滩。天和地明亮起来。

终于,秋子她妈背着一个沉沉的大袋子趔趔趄趄地出现在明晃晃的阳光里,向秋子走去。

我的身边妈也拎着一袋蚬子正笑着。

妈说:"秋,累了,找个地方吃点儿东西吧。"

我说:"那个秋子也在,叫上她们吧。"

于是,朝着一碧闪闪烁烁的水面,到了开始涨潮的时候,赶海人就聚集到海水中高高的礁石上。那是一顿美味的饭。用自带的小锤子或者随便捡来的大石头将礁石上嵌着的海蛎子敲开,用手抓了蛎肉放到口里,再咬一口玉米面贴成的饼子。只听见大人喊,孩子笑。深深地吸一口气,就仿佛那海鲜游进了心底深处。不久,一座礁石上的碎蛎皮如满地的落花,礁缝中也只剩下微小的蛎,指甲一样地缩着,泛着没有一点光辉的白。

"妈,吃个桃吧。"我拣了一个最大的递给妈。

"给阿姨吃。"妈说。

秋子她妈急忙客气:"不要的,我自己也带了。"

秋子她妈在小包里四处摸索,终于没能摸出一个桃来,她将目光朝向秋子,说:"带来的桃子,都吃完了?"

"咦,嘻嘻。"秋子用她那种开心和痴呆的笑容笑着,说,"现在是玩水的时候,要是不吃饱了,一脑袋钻进水里去,哎呀,还不要腿肚子抽筋呢。"

秋子她妈说:"那你去吧,别往深水里走。"

秋子黑黑的双臂像翅膀一样张开着扑向海水里。

"我这女儿就这样,有点傻,从来带她下海都这样,她先不干活不戏水,一定先吃东西,可等我做活累了,想吃东西的时候就已经什么都没有啦。"

我看了看正在水里扑通的秋子,果然极快乐,她那一种痴呆而开心的笑,是怎样的意味深长呢? 想一想就有一种惊异的力量在心里涌动。

已经开发为沿海特区的家乡,当然不是从前可以相比的,站在车站的大楼下四处张望,新耸立的大楼鳞次栉比,即使白天,也有个别的霓虹灯明明灭灭,个体户缤纷的长廊如一排彩色的信笺。我古色古香的家乡,海水一样动荡地漂远了。遗留下来的是未变的日子,仍然是一个白天一个夜晚。家里的木制房屋依旧,秋子家十字街口东北角上的小仓库也依旧,只是有一点变了:儿时黑洞洞锁着的仓库呼啦啦地热闹着,天天傍晚有拥来拥去的人影。看不见人们乘凉用的木板凳了,只有变得匆忙的脚步在鲜亮的嘻嘻哈哈的说笑中走了又来。

总以为秋子还是痴呆地笑着,每每看上了我的鞋子,就求我脱下来拿到鼻尖的眼镜下细细地瞅,似乎鞋子的气味她一点儿也不在乎。总觉得秋子的模样不会有改变的。

然而,回到家乡的第二天中午,我外出办事的时候在仓房前看见秋子了。

"秋。"一个怀抱着孩子的女人喊我的乳名。

"嗯?"

"嘻嘻！嘻嘻!"熟悉的笑声有滋有味地穿过了我的肠子,我一下子就知道我面前站着的竟是秋子。

太阳火辣辣的,秋子半裸着的胸膛看起来在热乎乎地蠕动,超短的迷你裙遮着肉乎乎的大腿根,脚上的水红拖鞋一尘不染。

"回家乡来了？"秋子问我。

"出差。"我说。

秋子站着不动,好奇似的散开目光抚摸我的全身,她怀里的孩子睡熟了一般低垂着蘑菇般的大头。

"是你的孩子?"我问秋子。

"嗯。"秋子口里应着我,却依旧在我的身上摇晃着她的目光。我发现,黄了边儿的眼镜被一副金丝眼镜代替了,纤细的镜架在火辣辣的太阳下发出炫人眼目的光。

"孩子几岁了?"

"两岁。"秋子吐了下口水,目光从我的身上蜷回去。

我近前握了握孩子的小手:"叫阿姨。"

"他还不会说话。"

两岁的孩子不会说话？我仔仔细细地从眼帘下瞄她怀里的孩子,黑沉沉的目光无精打采的,一丝涎水从口角滴到脖颈。我想说点什么,看着秋子又露出痴呆的笑容笑着,顿悟要说出的话有些多余。一时间找不出话说,就转了话题。

"秋子,工作得愉快吗?"我问。

"工作？我不工作。我公爹不让我工作。哎呀,每天就是闲着。"秋子的表情让人觉得蹊跷。

"不工作靠什么打发时间?"

"所以呀,我公爹让我挑喜欢的随便吃、随便穿,除了吃和穿,还有什么打发时间呢?"

秋子的话说得很快,情切切的。

"孩子你照看?"

"没有,公爹请了人,说是早早地培养,长大了有出息,上大学,就像你一样。"

秋子的脸紫红起来,爆出一阵惬意的大笑。

去办事的路上,秋子的情况我细细地盘算了下,终于闹不清她的变化和未变都在什么地方。

傍晚,我决定到秋子家的仓房前去看看她家里卖蚬子的行情。仓房的门依旧锁着,买蚬子的人却已经排了长长的队。十字路口穿来的晚风舒心地凉。秋子家的人呢?

我环视四周,临街的秋子家的门前坐着秋子妈,一身乔其纱太太服宽松地套在发了福的身子上,看见了我的注视后,呷了一口茶,一脸慷慨地喊着我:"刚回来,晚上吃点鲜。在北京工作怕是吃不上这些东西吧?"

这时候是蟹肥蚬子肥蛎肥的季节,赶上今天又是十五,大潮,满海滩都会潜隐着小小的吐着白沫的蚬子。

我不禁走上前去。

"姨,孩子大了,该享清福了。"

"哪里!越来越忙了,孩子她爹和姑爷午间去拉货,傍晚执秤就我一个人,肩酸腰痛呢。"

话虽这么说，又明明很兴奋的样子。快乐自有快乐的分量，故意愁着眉的时候，眼角的流光的洋溢却是遮不住的。

我说："现在国家搞开放，是老百姓致富的好时候。听秋子说了，姨找了个好姑爷。"

"哪里的话！秋子她公爹在养殖场工作，自己有一条船，每天吃大苦给我们摇一船货，也不容易。"

秋子她妈毫不隐讳，很真诚的样子。说完话她匆匆地站起身，丢给我一句话："晚上来我家，我给你留几斤蚬子。"

顺着秋子妈去的方向，我看见一群人拥拥挤挤地嚷了过来，仓房前排队的人们一阵嗡嗡的低语。

"卸货，卸货。"秋子爸喊。

"姑爷呢？"远远地我听见秋子妈喊。

"又犯老毛病了，留在他爸那里癫痫呢。"

突然间，有什么东西来到了我的心上，仿佛秋子家变化的和没有变化的，都那么艰难。

阴 阳 世 界

十年前,一个冬天的夜晚,有两匹狼自西向东走来,正经过我家的窗前。窗前一个水泥砌就的窝里有哥哥精心饲养的两只硕大的兔子。或许是兔子强烈的臊气十分浓烈地袭击了狼,两匹狼想嗜血的渴望躁动起来。

最早听见灾难落在兔子身上的那一阵声响的是我哥哥。

狼用爪子抓住窝的木板门使劲儿摇晃。我哥哥觉得呼呼呼呼的声响落在他的心里,就像炸雷一样。

哥哥跳下床,光着身子去厨房的板架上取来了一把刀。夜幕里刀发出的青光十分寒冷地映着我哥哥两条大腿间的东西正急速地粗壮起来。

哥哥声嘶力竭地喊叫起来,他一手舞着刀,一手狂乱地寻找着窗户上的闩。那一刻父亲以令人吃惊的速度老态起来,与我哥哥两条大腿间的东西正相反,父亲的身子一下子瑟缩着枯萎下去,父亲的身子像夜里凄惨抖动的一片树叶。

"我的兔子!"哥哥喊着。

"不要叫,不要开窗,也不要点灯。"父亲命令哥哥。

父亲说话的声音似闷在山谷里的蛙鸣,虽压抑但很坚决。

哥哥一下子安静下来,发出奇异亮光的眸子贴在窗玻璃上。

我哥哥那两只心爱的兔子被狼爪送进了狼口。被狼的利齿叼着耳朵的兔子发出凄惨的叫声,叫声颤抖着冲撞到我哥哥脸贴着的潮湿的窗玻璃上。

整整一刻钟,屋里没有一个人说话,死寂的空气中,只流动着人的肺部喷出的气息,有一种血腥的味道。

那本来是一个充满清新气息的夜晚,月光洒在地面,宁静温柔地蔓延着。可是,转瞬之间,月光映照着的,是噩梦般的天地。两只兴奋的狼从容消失在看不见的夜的东方。

哥哥目送着狼远去狼消失,他的眼睛潮湿了。最初的一阵恐惧过去之后,哥哥于黑暗中听到父亲的喘息细碎如鼠,心中忍不住悔恨起来。

夜里发生的兔子事件,笼罩着我哥哥第二天的情绪,哥哥不停地向遇到的所有熟人描述他心爱的兔子被狼叼走的经过。我听见哥哥对邻居四叔叹息着说:"眼看着自己心爱的兔子被狼叼走了,我心里难受极了,我现在还能听见兔子惨叫的声音。"

四叔不无遗憾地笑起来。四叔对哥哥说:"可惜这两匹狼没有被我遇上,否则的话我家里会多出两块狼皮,你姨的关节炎用得上。"

哥哥觉得四叔的笑声像鼓点落在他的心上,五脏六腑整齐地轰鸣起来。

哥哥怔怔地用不解的目光瞅着四叔,四叔就从我哥哥的目光中看出一丝渴望。四叔用粗糙的大手拍拍哥哥的肩,说:"狼在夜里怕有光亮的东西,狼只要看见亮光就会软下来,趁着狼软下来的时候,咔嚓一下就解决了。"

四叔描述得轻描淡写的。哥哥述说兔子事件的热情一下子冷淡下来,在独自回家的路上,哥哥绝望得近于疯狂。哥哥来到兔子窝前,先是用脚将狼爪拆下来的木门踩烂,然后操起铁锹将石灰砌就的兔窝捣得粉碎。

我是唯一能够理解哥哥的悲痛的人。

自此哥哥将一切玩乐都抛到一边,我哥哥只摆弄家里那个会放出亮光的台灯。摆弄得久了,台灯的构制零件就坏了,坏了的台灯总是流溢着阴沉的光泽。

11 月是我最难忍受的季节,这是父亲五年前去世时留给我的感觉。以后的几年里,事实证明,我一到 11 月份,就会头痛恶心、心慌无力并且焦躁。我不知道这是不是所谓的情结。

兔子事件后,父亲在我和哥哥的眼里,总摆脱不了卑琐的形象。但是父亲不在乎,父亲依然如往常一样在早上吃两碗面条,晚上喝二两白酒。

兔子事件后的第四年我考进长春的一所名牌大学,又在一个炎热的夏季回家探亲。

从长春直抵家乡的火车到了终点的时候,我提着皮箱向出口走来。满目的人头中,我一下子就发现了父亲和哥哥。

父亲的身子比我在家时显得更加瘦弱,向我走过来时摇摇晃晃,很不平稳。哥哥跟在父亲的身后,沉默的脑袋和父亲灰不溜秋的蓝衬衫一直保持着一段不变的距离。

父亲和哥哥到我跟前来了,哥哥像一个阴沉的影子般俯下身,接过我手中的皮箱,随后又一言不发地向出口走去。

　　父亲拍着我的肩,松弛的眼窝里包着莹莹的水,闪闪烁烁的。我觉得父亲拍在我肩头的手单薄且无力,父亲身上有分量的东西似乎都凝在眼窝中的泪水里。

　　我不由得看了看父亲穿着黑色软底布鞋的脚,父亲移动着的脚步看起来有些茫然失措。

　　我一把握住父亲的手,父亲的手心里攥着一把冰冷的汗水。我觉得,父亲手心里的生命线是淹没在一大片潮乎乎、冷冰冰的汗水中的。

　　父亲的身体散发出的气味是发了霉的香烟的气味。

　　我咧了咧嘴,勉强对父亲扯出一丝笑容。

　　我对父亲说我带了两斤老白干,是父亲最喜欢的那种。

　　父亲潮湿的眼睛看了看哥哥手里提着的皮箱,我第一次感觉到,从车站到家的路程怎么会是这样长。

　　我一眼就发现曾经被哥哥用铁锹粉碎的兔窝的残垣不见了,兔窝旁边种的大片向日葵、扁豆和玉米什么的不见了。重新立在那里的,是一个红砖砌就的仓房。接下去,我还发现与我家的仓房相连,无数高矮不等的仓房铺排蔓延下去,往昔四处可见的一大片绿油油的植物全都不见了。母亲说,这是因为哥哥要结婚,旧的东西舍不得扔,便盖了这个仓房。毫无疑问,十年前那两匹狼所走过的路自此是被堵截了。

　　我怀着好奇心仔细观察仓房的时候,阳光正好在仓房的一角笔直地打出一条斜线,映在阳光下的部分,宛如一块巨大的三角形的金子,美轮美奂。不久,我看见父亲的身影显现在仓房的窗玻璃上,接着,我看见父亲吃力地抬起一只手臂将窗户打开。由于阳光映照着窗玻璃的缘故,我发现戴在父亲手指上多年并且已经失去光泽的廉价亚金戒指,也迸射出一道金灿灿的光束来。虽然只是跳跃的一瞬间,但它留在我心底的痕迹却和阳光映在仓房一角上的感觉一模一样。

父亲从仓房里端出一盘苹果,父亲要我回家吃苹果。父亲从我身边走过的时候,我的肚子里有东西强烈地蠕动起来。我竭力想象我的空空荡荡的肚子为什么会蠕动时,我和父亲打了一个照面。我看到父亲的一双充满忧伤的眼睛。父亲的眼睛也像那束金色的光芒,深深地印刻在我的心中。

父亲打开我的皮箱开始替我收拾东西。我看到父亲从皮箱里乱七八糟的物件中,提出了结结实实用绳子系在一起的两瓶老白干。

父亲哆嗦的双手开始十分吃力地解那打着死结的绳子。

我对父亲说:"用剪刀剪断就是了。"

父亲说:"这么好的绳子,留下来或许会有什么用的。"

父亲终于将绳子解下来,站起身时细弱地喘息了一声。然后父亲迈着茫然的步子向仓房走去。透过窗玻璃,我看见父亲将手上的绳子绾成球状塞在什么地方。

五年前的 11 月 19 日清晨，一夜混沌的梦使我没能像平时那样按时起床。其他的同学都去教室上课了，我在寝室里睁开眼，窗外直直地射在我眼睛上的阳光使我觉得格外刺眼。

我简单地洗过脸，昨天晚饭吃进去的食物似乎一点儿也没有消化，胀乎乎地撑着我的胃。我觉得难受，我想去什么地方散散步。

校园里冷冷落落的几个人影，挂在天空上的太阳因为人影稀落的缘故看上去格外清醒并且精明。这时候我发现校内小卖部的门前有一个男生正拎着一瓶啤酒向我走来。男生走过我身边的时候好像用很惶惑的目光盯了我一眼。我觉得很奇怪，不久，我觉得肚子里有东西强烈地蠕动起来，就像寒假回家探亲时，眼望着父亲的身子摸进仓房木门时产生的蠕动一模一样。蠕动的肚子突然有了一种饥渴的欲望，我来不及多想地走进小卖部，我买了一瓶红葡萄酒就迫不及待地返回宿舍，似乎有惶惑的一刻即将来临似的。

没有用杯，我口对着酒瓶的嘴亲吻一般地一气喝下了半瓶。之后我发现酒瓶里的液体闪闪烁烁的，它令我想起父亲眼窝里的泪水。我的眼我的脑我的心全部开始朦胧起来，只有寒假回家探亲时仓房一角的金光灿烂无比地迸发在我的眼前，铺天盖地。

我听到一阵敲门声，我为这焦灼难耐的声音不寒而栗。

敲门的人一走进房间，我无端地感到他手中拿着的电报上有一种死亡的气息冰冷地击中了我。死亡是一种直觉，直觉有一种感情牵连。我知道我的父亲死了。刚才那荒诞的蠕动不过是一个不可理喻的感应而已。

父亲死在 11 月 18 日的夜里。没有人知道父亲死亡的确切时间。父亲就死在院子里用红砖砌就的仓房里。听母亲说父亲自杀时用的正是我寒假回家探亲时带的两瓶老白干上的绳子。父亲曾哆嗦着双手解下它。我所能感觉到的空气中跌宕着父亲的声音,苍老的声音:"这么好的绳子,留下来或许会有什么用的。"

父亲死前没有一点儿迹象。父亲死前只是对母亲说他想吃用羊肉包的饺子。父亲吃完母亲包的羊肉饺子后就走出了家门。母亲、哥哥全都没有感到一点儿异样。夜很深了父亲依然不见回家,母亲将焦虑的眼睛伏在窗玻璃上搜寻夜的世界。母亲发现那天夜里天空上的星星忧郁得像人的泪珠。母亲凝视了很长时间。

第二天,应该是我将红葡萄酒一气喝下半瓶的时候,母亲也发现了仓房上太阳在一角上打出的斜线,如三角形的金子。母亲的心无端地涌过一阵战栗。母亲心慌慌地走到仓房的门前,门被反锁着。母亲将脸贴到窗玻璃上向仓房里张望。

父亲面向东方跪在仓房里的地上。

听一些年长的人说,人无罪而死面朝南,人有罪而死面朝东。我不知道应不应该相信这句话。父亲正是面向东方跪在地上而死的,而东方正是太阳升起的地方啊。我只是可以想象和猜测,父亲于孤苦绝望中进入那种混沌的极限境界时应该没有力量选择方向,父亲所拥有的应该只是他自己的一切的总和。父亲无法选择罪或者无罪。

如果不是这样的话,十年前面对着两匹狼便枯叶般抖动的父亲,绝不可能勇气十足地用绳子结束自己的生命。

面向东方谜一样死去的父亲,使母亲、哥哥和我,经历了很长一段时间的骚乱和折磨。

父亲死后的第二天夜里,哥哥翻来覆去睡不着觉。哥哥不敢闭上眼睛,他一闭上眼睛就会看见父亲狰狞着面孔出现在一个铁锅里。哥哥整夜里瞪大眼睛瞅着自己的鼻尖。第二天清晨,哥哥向母亲描述了他夜里闭上眼睛时看到的恐怖情景,母亲在听哥哥描述时将牙齿咬得咯咯响。

母亲皱着眉,沉思了很长时间,然后语调严肃地对哥哥说了一件事——我们家所居的房子曾有人吊死在窗棂上。母亲进一步解释说,听老人讲吊死鬼想解脱的话必须找一个人做替死鬼。母亲半信半疑地说,该不是你父亲被那个吊死鬼抓去当替身了吧?母亲分析说,如果真的是这样的话,你父亲的魂一定还锁在仓房里,铁避邪,你父亲大约经不住什么避邪的东西,故意以这种方式暗示你去帮助他。

母亲和哥哥一起去仓房,哥哥果然找到一口生了锈的铁锅。母亲对哥哥说:"你砸碎它。"哥哥于是抄起铁锅奋力摔到地上。一切都十分默契,母亲将铁锅的碎片拾到垃圾袋里,哥哥俯身拎起垃圾袋将它们丢到街角的垃圾站。

想不到第二天的夜里父亲又以恶魔的形象出现在我的梦里。我梦见父亲的手里握着一根烧得通红的铁丝,铁丝上穿着几个人的心脏,心脏冒着青烟。父亲张牙舞爪地扑向我,我听见父亲一边追着我一边说:"我要将你的心脏也串到铁丝上。"

梦中的我看见父亲手中握着的铁丝上有心脏蝴蝶一样地跳跃

着。我只是想远离父亲,一个劲儿地跑。我一边跑一边回过头对父亲说:"你不可能追上我。"

哥哥得到父亲的暗示而砸碎了铁锅并得以解脱,但是父亲暗示于我的却是不可解的茫然和困惑。哥哥开始在之后的夜里沉沉睡去,父亲却屡屡出现在我的梦中不屈不挠地追逐着我。

去火葬场火化父亲尸体的那一天,父亲已被换了绸衣绸裤缎子软鞋,静静地躺在停尸板上。我走到父亲身边,伸手握住父亲僵硬弯曲着手指的手。那一大片淹没了父亲手心里的生命线的湿乎乎的汗水没有了。父亲的手又冷又脆,那冰的感觉似冬的寒流涌在我的心底。

哥哥对冷得打着哆嗦的我说,父亲早年去山上自杀过几次,每次都是刚把绳子系在树枝上时便听见我在很远的地方呼唤他,几次父亲都没有死成。

听过哥哥所告知我的这件事后,夜里再梦见父亲追逐我,我便大声地哭泣。

我母亲推醒大声哭泣的我,听我描述了我被父亲追逐的梦后好像放了心似的说:"没事了没事了,你父亲没有追上你便好,你的命硬,你父亲拽不去你。"

母亲虽然这样说,我的眼前却是拂拭不去的那四个蝴蝶般跳跃着的生动鲜艳的心脏,它们充满着活力,一定是一个可怕的征兆。恐怖使我变得迷信。

"可是,那四个活人一样跳跃的心脏呢?"我问母亲。

"那四个心脏是什么意思呢?"母亲自言自语地重复着我的话。然后母亲突然间大声地唤我哥哥:"土,你起来。"

哥哥听见母亲唤他的声音在房间里很尖锐,便迟疑地穿上衣裤。

母亲盯视了我和哥哥一眼,随后又将眼睛眯缝起来看着东方,好像想起了什么。

"土,你还记得你父亲死的时候面朝东吗?"

"记得。"

"不是说有罪的人才面朝东吗?"

"是的。"

"你父亲他是有罪的人。"

如果活到今天会是 80 岁的父亲,五十多年前,是一个大财主和他的第四房老婆留下的种。这第四房老婆,不仅年轻而且貌美。前三房在这位大财主娶了她以后,一个继一个地抑郁而死。除了父亲外,爷爷还与第二房老婆留下一个种。这个儿子生性堕落,吃喝嫖赌无恶不作。父亲年岁尚小,与他相比又是次子,只能无力地看着他无情地毁灭着曾是当地最丰富最牢靠的家产。后来分土地给农民的时候,爷爷的名字以及父亲赖以享受过的家,早已如一种幻景般从那片土地上消失了。母亲嫁给父亲时,父亲十分贫穷和温顺。爷爷找阴阳先生为即将结婚的父母占卦时,阴阳先生说父母的一生不会有什么大的灾难,只是爷爷一生欠下四个女人的情,死后应被四个女人生拉活扯的,但爷爷的命硬,爷爷的罪,要由父亲死后去承受。

母亲无可奈何地说："阴阳先生算的卦都说是迷信,想不到果真很灵验。"

母亲说完这个故事的第二天中午,我清清楚楚地看到,在仓房的窗玻璃的反光中,站着一个身穿黑色绸衣绸裤的男人。我将男人指给哥哥看的时候,哥哥毫不犹豫地大叫了一声:"爸!"

母亲活了那么大的年龄,似乎第一次露出一种十分惊愕的表情。母亲关心父亲,就像父亲本不是她的丈夫而是她的孩子。母亲后来告诉我,那天中午,当我指着仓房玻璃上的男人让哥哥看,而哥哥大声喊叫着爸时,母亲觉得有一只鸟叽叽地叫着从她的耳边擦过。

母亲说:"死去的人不可能在白天出现,你爸他的魂还困在仓房里。"母亲当即和哥哥一起将仓房拆掉了。

按照母亲老家的习惯,人死后的第七天要去坟地祭奠,俗称"烧七"。

父亲的坟茔是母亲找风水先生选定的,是在一座挺拔的山的半山坡上。每天早晨当朝阳冉冉升起,父亲的坟就沐浴在金色的阳光里。坟旁有一片树林,树木不高但是粗而茂盛,叶子笼着一团凝重的绿。

我和哥哥去山里祭奠的时候,太阳将雪融化开来,山上的冷风又将水冻成了冰。我在镜子般的冰坡上看到自己的脸是浮肿着的,我那时就开始有了一种头晕目眩的感觉,以后这感觉常常困扰着我。

爬过冰坡,哥哥说他像爬过一根用僵硬的神经连接起来的人的脊背。我觉得我呼吸畅通。

到了坟前,我意外地发现父亲坟前新砌就的水泥石上有两串动物的蹄印。哥哥认出蹄印的形状,说是狼留下来的,因为它们和十几年前自西向东走过我家窗前的那两匹狼留下的蹄印一模一样。我忽然觉得十几年前那两匹狼的出现和我父亲死在曾经是兔窝后来又改成仓房的地方并非没有缘分。

我和哥哥下山后找了一块没有树木且又能看见父亲的坟的地方,将一垛黄色的纸钱燃起来。长长的火舌像金色的蝴蝶般美丽轻柔地舞动着。

我的头因为眩晕再一次剧烈地痛起来。

黄色的纸燃尽后,我看见一股风从山上向我和哥哥这儿吹过来,绕着我和哥哥打了一个旋又缓缓地游回山顶。

哥哥用一根树枝指着父亲的坟,黄色纸钱的灰烬便精灵般浮向父亲的坟。哥哥后来说我那时的面颊苍白得像冬天的雪。

我的头晕的感觉尚没有消失就听见那一阵清脆熟悉的鸟鸣了。当这个清脆的声音回响在山林间并逐渐热烈起来的时候,一种悲哀深深地嵌进了我的心里。

那只彩色的大鸟就立在父亲坟前的一棵大树上,它的羽毛有一半浸着金色的阳光。

彩色的大鸟歪着头看我和哥哥。我看见鸟的眼睛又明又亮。大鸟看我和哥哥时,先用一只眼,后来又用另外一只眼,之后就一直用另外一只眼看着我和哥哥,专注而又神伤,并且不再啼鸣。

不久,彩色的大鸟忽地飞离那棵树一下子消失了,但它留下的那一声啼鸣却久久地颤动在我的心里。我愿意相信大鸟是我的获得了自由的父亲的魂,一定就是。